KB081996

서문

서산
신지견 대하 장편소설 ⑩

초판 인쇄 | 2014년 04월 15일
초판 발행 | 2014년 04월 20일

지은이 | 신지견
펴낸이 | 신현운
펴는곳 | 연인M&B
기   획 | (사)서산대사 호국선양회
디자인 | 이수영 이희정
마케팅 | 박한동
협   찬 | 대한불교 조계종 제22교구 본사 대흥사
등   록 | 2000년 3월 7일 제2-3037호
주   소 | 143-874 서울특별시 광진구 자양로 56(자양동 680-25호) 2층
전   화 | (02)455-3987 팩스 | (02)3437-5975
홈주소 | www.yeoninmb.co.kr
이메일 | yeonin7@hanmail.net

값 12,000원

ISBN 978-89-6253-092-6 04810
ISBN 978-89-6253-082-7 04810(전10권)

신지견 대하 장편소설

⑩

서산

서산 휴정

심중에 성품을 달구니 용의 불꽃이 솟아났다
성품 중에 명을 굳게 세우니 흑룡강이 나타났네
가슴속 아름다움이 연꽃으로 찬란하게 피어나
세상의 빛을 관장함이 본래 그대였구려!

연인
M&B

차례

제6장 소인천하

도성은 지옥이었다

유키나가와 기요마사가 후퇴해 도성으로 들어오니, 일본군 내부에서 성민을 모두 죽여야 한다는 논의가 이뤄졌다. 평안도와 함경도가 왜적의 최전선으로 명나라 진격의 버팀목이었지만, 두 녀석이 철수해 돌아오므로, 도성에서는 그야말로 눈뜨고 볼 수 없는 대 참사가 벌어졌다.

지옥이란 사람이 악한 짓을 저질러 죽은 뒤에 그만한 대가를 치르는 것으로 생각해 왔다. 칼날 어금니에, 눈은 번갯빛이고, 구리쇠 손톱으로 창자를 끄집어내 자근자근 씹는다는 것. 구만리장천에 날개를 드리운 곤鯤만한 매가 무쇠 부리로 눈알을 쪼고, 얼음장 같은 쇠 뱀이 몸뚱이를 또르르 감고 있으면 대가리에 대못을 쾅쾅 뚜드려 박는단다. 혀를 빼내 갈기갈기 찢고, 펄펄 끓는 구리 쇳물을 입안에 들이부어 하루에 만 번 죽이고 만 번 살리는 것이 지옥이라는 것이다.

계사[1593]년 봄, 한양에서 이와 똑같은 지옥의 상황이 눈앞에서 펼쳐졌다. 유키나가의 패전으로 독이 오른 복쟁이 이빨 같은 왜놈들 칼끝이 조선 백성들에게 겨누어졌다. 사타구니에 불알 달린 놈은 눈에 띄는 족족 그 자리에서 칼집을 만들었는데, 그게 부앗김에 서방질이자 패전의 앙심이었다. 핑계야 명나라 군사가 들어오면 내응이 이루어지니 미리 잡도리한다는 것이었지만, 그건 껍데기 개소리였다.

한양 백성 중 어리석은 자와 미처 도피하지 못하고 숨어 있던 자들이, "적은 백성은 죽이지 않는다."고 소문을 내니, 차츰 모여들어 시장과 가게를 벌이기까지 하였다. 적들은 물러가게 되자 이들을 모두 찔러 죽일 것을 비밀히 의논하고, 백성들을 결박하여 남문밖에 열을 지어 세워놓고 위쪽에서부터 찍어 내려오는데, 우리 백성 중에는 칼을 맞고 모두 죽을 때까지 한 사람도 탈주를 꾀하는 자가 없었다.*

대량 학살의 칼끝이 남자들에게만 집중되었으므로, 여인으로 변장한 사람들이 많았다. 관아라는 당우는 말할 것 없고 백성들 집까지 모두 불에 태워졌다.* 어찌 명나라 군사와의 내응이 사내들만의 일이겠는가. 왜적이 여자를 죽이지 않은 이유는 딴 데 있었다. 하천한 여자라고 사정을 봐주는 법이

---

* 한국고전종합DB, 연려실기술 제16권, 선조조 고사본말(宣祖朝故事本末), 명나라 구원으로 서울을 수복하다, 〈난중잡록〉 〈일월록〉
* 宣祖修正實錄 27卷(1593, 癸巳) 1月 1日

없었고, 사대부집 부녀자는 더더욱 능욕이 특별났다. 너 나 할 것 없이 치마만 둘렀다 하면 겁탈의 표적이 되었다. 조선 주자학이 스무 살 안팎의 청상까지 개가를 금해 그처럼 높이 추켜세우던 여성의 정절이 잡종 개새끼만도 못한 왜놈들의 성 노리개가 되었다.

이와 같은 조선 여성들의 수난은 명나라 군사가 입성하면서 한결 '합법적'으로 이루어졌다. 어패가 있게 들릴지 모르겠지만, 합법이란 조선을 구하러 온 구원병이니 겁탈은 그저 그러려니 쉬쉬 덮어 두라는 것이었다. 서릿발 같다는 조선의 '대쪽 선비'들이 어디에 있기나 했었던가. 슬픈 이야기 같지만, 임진왜란 기간에 출생한 우리들의 피는 한족과 왜구와 반반이라 했다. 여자가 명나라 병사에게 몸을 더럽혀 자식을 나으니 아비의 성을 몰랐다.*

"명나라 군사들에게 시달리는 남방 부녀자가 너무 가혹하다."는 비변사의 보고가 줄을 이었다.* 무자식이 상팔자라는 말이 이래서 나온다. 같은 값이면 다홍치마라고 입성이 깨끗한 사대부집 부녀자들 능욕이 한결 더 성했다. 아들만 있는 집이라면 칼을 맞아 죽은 것으로 끝이 나 수치스런 변고가 없었지만 부녀자가 있는 집은 사정이 달랐다. 그래서 왜적이

---

* 여자가 명병에게 몸을 더럽혀 자식을 낳아서 아버지의 성을 모르는 자도 있었다. 한국고전종합DB, 연려실기술 제17권, 선조조 고사본말(宣朝朝故事本末), 난중(亂中)의 시사(時事) 총록(摠錄)
* 宣祖實錄 47卷(1594, 甲午) 1月 10日

물러간 뒤 화를 모면한 집에서 혼인을 기피하는 풍습이 생겨났다. 이 지경에 이르니 선조께서 말씀하시기를 "만일 이런 풍습이 이대로 간다면 조선에 누가 온전한 사람이겠는가." 이 못난 자가 종실과 양반들에게 그러지 말라고 하였다는데,* 과연 이 땅에 왜놈과 되놈들 피 안 섞인 사대부는 누구이며, 그렇게 혈통을 자랑해 온 양반이 누구인가.

(시어머니와 함께 피해 달아나던 성주의 선비 부인은) 여러 일본 군들이 돌려 가면서 간음을 하여 그 괴로움을 이기지 못해 죽으려고 하나 죽지 못하고, 시어머니의 생사도 모른다고 하였다. 다만 허리에 찢어진 치마만 걸려 있고 속옷은 없는데, 우리 군사들이 치마를 올리고 보니, 음문이 모두 부어서 걷지도 못한다 하니 더욱 참혹한 일이다.*

전쟁이 터지면 당연히 생필품 값이 오른다. 갑오년에 큰 소 한 마리 값이 쌀 서 말이었다. 세목細木 값은 좁쌀 두 되가 안 되었다. 진기한 보물은 팔 수도 살 수도 없었고, 갑오년에는 말 한 마리가 쌀 서너 말에 팔렸다.

---

* 그때 사대부집 부녀들이 많이 약탈을 당하였는데 왜적이 물러간 뒤에 화를 면한 집에서는 변고를 당한 집과 혼인하지 않으려고 하므로 임금이 근심하여, "이런 風習이 만약 이대로 간다면 온 나라의 대가(大家) 중에는 거의 완전한 사람이 없겠다." 하고, 종실과 귀척(貴戚)에게 힘써 권하여 변고를 만난 집과 혼인하도록 하였더니 그 뒤부터는 감히 험점을 구별하는 자가 없었다. 한국고전종합DB, 연려실기술, 앞의 책, 제17권
* 새롭게 다시 보는 임진왜란, 국립진주박물관, 삼화출판사, 1999, p145 〈吳希文, 瑣尾錄 再引用〉

진쟁이 난 지 일 년이 되자 비용이 바닥나 벼슬을 팔았는데 [賣官], 무슨 곡식이든 백 석이면 3품 벼슬을 주었고, 30석이면 5품, 계사·갑오년에는 20석이면 가선嘉善이 되어 당상관에 오를 수 있었다. 한데 벼슬을 사는 사람이 없었다. 선조가 통치하던 조선이 이러했다.

소와 말이 있는 사람은 명나라 병사들에게 팔았다. 명나라 병사들이 하루에 수백 마리 소를 잡아 고기를 먹었으므로, 시골이나 한양이나 소·닭·개들이 종자까지 없어져 버렸다. 남원에서 유정이 진휼소를 설치했더니 굶주린 백성들이 구름같이 모여들어 잠시 연명은 할 수 있었으나, 곧 곁에서 죽어 나갔다. 어떤 놈은 배가 터지고 어떤 놈은 똥구멍이 찢어진다고, 명나라 병사 하나가 너무 많이 처먹어 술은 취하고 배가 불러 길 가운데에 토했다. 굶주린 우리 백성들이 그걸 주워 먹으려고 우르르 달려들어 서로 머리를 맞대고 밀치는 바람에 힘없는 사람은 그것마저 주워 먹지 못해 한쪽으로 밀려나 울기만 했단다.

각 도의 백성들이 집을 버리고 떠돌다 굶어 죽은 시체가 길가에 즐비했고, 산 사람이 죽은 사람 시체를 먹기에 이르렀다. 이렇게 되면 눈에 보이는 것이 없는지라 죽은 시체보다는 산 사람 고기가 더 맛있겠다 싶어 서로 작당하고 사람을 죽여 잡아먹는 바람에, 여자와 어린아이는 마음 놓고 나다니지도 못했다.

굶주려 죽은 시체가 잇따르고 백성들이 다투어 그것을 먹고, 심지어 죽은 사람 뼈를 벗겨 즙을 내 마시고 발길을 돌리다 중독되어 모두 그 자리에서 죽었다. 무슨 놈의 나라가 그렇게 재수가 더러운지, 거기에 전염병이 돌아 죽은 시체가 서로 베개를 베고 누웠고, 수구문에 시체가 성보다 두어 길이나 더 높게 쌓였다. 그래도 만만한 게 승려들이라 시체를 모아 파묻게 했는데, 을미년에 들어와서야 매장하는 일이 그쳤다는 것이다.

왜적이 성 밖으로 물러갔으나, 굶주림과 전염병으로 열이면 아홉은 죽었다니, 이것이 지옥이 아니고 무엇인가. 나라를 이 지경으로 만든 선조는 그래도 임금이었다. 이처럼 백성들의 재해가 사람[人事]의 실수로 일어난 것임에도 대부분 운수로 생각했단다.* 이 얼마나 착하고 마음씨 고운 백성들인가. 누가 이처럼 착한 백성들을 이 지경으로 만들었는가. 오희문吳希文의 쇄미록鎖尾錄은 이렇게 말하고 있다.

성균관 안에 들어가 보니, 대성전, 명륜당, 존경각, 식당, 정록청은 모두 타 없어지고, 다만 성전의 협문, 전사청만 남아 있고, 좌우의 재실은 반쯤 탔으며, 대성전 앞의 성비聖碑는 세 번 꺾어졌고 부구는 꺼내다가 거꾸로 내버렸다 한다. 주자동 종기에 가 보니 모두 불타 버렸고 사당만이 홀로 남았는데, 들으니 신주는 후원에 묻어 안치했

---

* 한국고전종합DB, 연려실기술, 앞의 책, 제17권

다고 히므로 들어가 보고 파내서 뢰려 했으나 종 천복千卜의 남편 수이遂伊가 말하기를, 집안에 죽은 시체가 쌓여 있어서 들어갈 수가 없다고 한다. 사당 앞뜰에서 천복의 어미 및 천복과 그 아들 양지良之의 처를 죽여서 그 위에 시체를 버렸고, 나머지 수이의 두 사위와 마을 사람들 12명의 시체를 그 속에 버렸는데, 아직 장사를 지내지 않아 악취가 온 고을에 가득하기 때문에 들어가지 못한다고 한다.*

성균관의 문묘가 불타고 공자님 비석[聖碑]이 박살나 나뒹구는 판에 쇄미록의 봉선전奉先殿* 이야기는 기묘한 역설로 유가들의 작태를 보여 준다. '봉선전도 다 타 없어지고 승려 대여섯이 집을 마련해 세조의 영정을 보호하고 있더란다. 나중에 이참봉이란 자가 영정을 행재소로 가지고 가니, 선조가 이야기를 듣고 승려들에게 품직을 제수했는데, 모두 사양하더란다.' 주자학을 우려 호의호식해 온 유가들이 임금이 제수한 품직을 사양한 승려들을 어떻게 보았을까. 깨져 버린 성비聖碑 속에서 그 정신을 찾아낼 수 있을까.

왜놈들이 모두 한양으로 도망친 뒤, 개성으로 올라온 이여송이 전루북에서 춤추듯 한양을 수복하겠다고 설레발을 쳤다. 이런 원맨쇼를 연출한 이여송은 조선족 이성량의 아들로

---

*吳希文, 瑣尾錄(上), 李民樹 譯〈第2 癸巳日錄 5月 8日〉海州吳氏楸灘公派宗中, 1990, p171
*봉선사 동쪽에 세운 세조의 영전(影殿)

명나라 무장이었다. 무장은 적군을 막아야 하는데, 왜놈들을 다 살려 한양으로 내려보내 놓고 '쥐새끼 같은 놈들 한 발로 콱 이겨 버리겠다.' 며 간지러운 뒷북을 때렸다.

한양에는 유키나가뿐 아니라 함경·평안·황해·강원·경기 북부에 진을 친 왜군들이 모두 집결해 있었다. 군수품과 군량을 공급 받기 어려운 형편이라 군대를 분산시키는 것보다 한곳에 모여 있는 것이 방어에 도움이 된다는 전략으로, 우키타 히데이에를 비롯해 16명의 적장들이 집결해 있었다.

가면이 천리라더니, 몇 명 되지도 않은 명나라 군사로 한양에 집결한 16명의 적장을 한 발에 밟아 버리겠다는 호언난설은 이여송의 쇼였다. 왜 쇼냐? 평양성에서 퇴로를 열어 일본군을 살려 보내 놓고, 조선 백성을 죽여 왜놈들 수급으로 둔갑시켜 송응창과 논공 과정에서 갈등을 빚은, 문관인 송응창이 보니 이여송이 아주 우수운 놈이었다.*

모양새가 더럽게 된 이여송의 선택은 밥 비는 데는 장타령이 제일이듯 왜놈을 짓밟겠다는 것 외에 다른 선택이 없었다. 단순하고 순진한 이 무관의 선택이 '벽제관 전투'였다. 거기에다 장단까지 맞아 한양을 탈환해 달라는 도체찰사 유성룡의 간청이 있었다.

---

* 송응창은 절강 출신의 양명학자였다. 그의 수하인 원황과 유황상은 긴사 출신의 눈관이었다 두 사람은 합교 신분이였시만 무관 이여송을 얕보며 고분고분하지 않았다. 결국 평양 승전 이후 논공행상을 둘러싸고 이여송과 송응창 사이에 갈등이 빚어졌다. 그것은 이여송이 지휘하는 북병과 송응창이 이끄는 남병 사이의 갈등이었다. 한명기의 -420 임진왜란 ⑲, 벽제전투와 강화 협상, 유성룡, 이여송의 바짓가랑이를 잡았으나……. 한겨레신문, 2012. 06 .22

이여송은 부총병 사대수를 파주로 보냈는데, 가토 미츠야츠加藤光泰의 일본군 척후 60여 명의 목을 단숨에 베어 버렸다. 독불장군 이여송은 왜놈들이 조선 추위에 얼었다 덜 녹았다고 생각하고, 친위병과 1천여 기병을 이끌고 직접 선두에 나서 혜음령惠陰嶺을 넘어 벽제관으로 올라갔다.* 도성에 모여 있는 왜놈 장수들은 호랑이 같은 명나라 이여송이가 쳐들어온다는데, 꼼짝도 하지 않았다. 참 알다가도 모를 일이었다.

이여송이 망객望客현에 이르러, 고바야카와 다카카게라는 참 별것도 아닌 왜장이 이끈 8천여 적병과 맞닥뜨렸다. 북방의 대장군이 한양을 치려고 내려오는데, 도성의 주력 왜군은 꼼짝도 않고, 다카카게라는 놈이 강아지 범 무서운 줄 모르고 군대를 3대로 분산해 에워쌌다. 그날 찬비가 내려 땅이 매우 질척거렸다. 아니 할 말로 이여송은 곤장 메고 매 맞으러 간 짓이었고, 다카카게는 막걸리장사 빈바가지 내두르듯 달려들었다. 화포도 가져오지 않았던 이여송은 다카카게 졸개들이 조총과 장검으로 기마병을 유린하는데, 이 또한 망신이 아닐 수 없었다. 하여간 포병이 없는 명나라 군사를 두려워하지 않는 다카카게 군졸들과 난전이 이루어진 속에 이여송이 생포 직전에 이르렀다. 이것 참! 개망신이 따로 없었다.

---

* 대군을 뒤에 남겨 두고 가정(家丁; 사병과 유사한 친위군)과 기병으로 구성된 1,000여 병력을 이끌고 혜음령(惠陰嶺)에서 벽제관(碧蹄館)으로 이어지는 방향으로 진격했다. 한명기의 -420 임진왜란 ⑲, 위의 신문, 2012. 06. 22

큰일 났다 싶은 부총병 이여백李如栢과 참장 이여매李如梅가 혈로를 뚫고 들어오고, 지휘사 이유승李有昇이 목숨을 걸고 막아 주어 가까스로 위기를 모면했다.

벽제관 전투에서 명나라 군사는 왜졸 120여 명의 목을 벤 데 비해 14명의 장수와 1천 500명이 넘는 군사가 목숨을 잃었다.* 송응창이 보니 명나라 제일의 장군이라는 사람이 참 한심하기 짝이 없었다. 이여송에게 짜고 치는 고스톱이니 한양을 그대로 놓아 두라는 전갈을 보냈다. 심유경과 유키나가 사이에 논의되고 있는 강화 협상에서 이제는 대동강이 경계가 아니라 임진강이 되느냐, 한강이 되느냐 밀고 당기고 있으니 매듭이 날 때까지 왜군을 건드리지 말고 굿이나 보고 떡이나 먹으라는 것이었다.

그래서 이여송은 임진강을 건너 동파역으로 올라갔고, 파주로 내려간 사대수도 다치바나 도오도라[立花統虎]의 부장 도토키 덴에몬[十時傳右衛門]에게 패한 척 동파역으로 올라갔다. 국토 분할이 심각하게 논의되는 나라의 당사자인 유성룡은 그것도 모르고, 이여송을 겁쟁이로만 알고 다시 전진해 줄 것을 간청했다.

"파주에서 정세를 살핀 뒤 다시 진격해 주시지요."

이여송은 한숨 더 떴다. 명나라 황제에게 올리려고 써 놓은

---

* 벽제 전투의 결과는 참담했다. 명군은 120여 명 정도의 일본군을 참수했지만, 희생자가 1,500명이 넘었다. 장수들도 14명이나 전사했다. 한명기의 -420 임진왜란 ⑲, 위의 신문, 2012. 06. 22

주청서奏請書 초안을 보여 주는데, 겁을 단단히 집어먹은 내용이었다. '한양에 적병이 20만이나 되어 중과부적이라는 것과, 자기는 병이 심해져 임무를 수행할 수 없으니 다른 장수를 보내 달라.'는 내용이었다. 곁에서 우협대장 장세작張世爵이 퇴진해야 한다고 바람을 솔솔 넣으니 유성룡을 호위하고 따라온 우리 관군의 순변사 이빈李蘋이 그래서는 안 된다고 끼어들었다. 장세작이 대번 이빈을 냅다 발로 차면서 욕설을 퍼부었다.*

그러시다면 '잠시 물러나 있다가 틈을 보아 다시 움직여 주시기 바란다.'는 유성룡의 간절한 요청에, 이여송이 그렇게 하겠다고 코대답을 했다. 이게 자다가 남의 다리 긁는 수작인 줄 모르고 유성룡은 좋아라 했단다. 까투리 콩밭 생각이 이런 것이다. 이여송은 곧 개성으로 내려갔고, 틈을 보아 움직이겠다는 그의 말은 홍 생원네 흙질이었다.

우리 행재소 도체찰사 유성룡은 좀이 쑤셔 우의정 유홍, 도원수 김명원, 순변사 이빈을 데리고 이여송을 다시 찾아가 간청을 하니 "날이 맑아져 길이 굳어지면 그렇게 하겠다."고 날라리 피리만 거꾸로 불고 평양으로 내려가 버렸다.*

---

*柳成龍 一行은 그를 만나 보고 '破州에서 情勢를 大觀한 뒤에 다시 前進할 것'을 請하자 그는 皇帝에게 올리려고 草잡았던 奏請文을 꺼내 보였는데 거기에는 '賊兵 20餘萬名이 王城中에 있어서 衆寡不敵으로 도저히 당할 도리가 없다.' 또 '臣의 病이 甚하오니 다른 사람으로서 任務를 맡게 하여 주시기를 請하옵니다.'라는 등의 句節이 있었다. 이때 그의 곁에 있던 右協大將 張世爵이 主動이 되어서 退陣할 것을 勸하였으며 이것을 極力 反對하는 巡邊使 李蘋을 발로 차면서 辱을 퍼붓기도 하였다. 李烱錫, 壬辰戰亂史 上, 壬辰戰亂史刊行委員會, 1967, p680

심유경은 집요했다. 유키나가에게 한양에서 철수할 것을 요구했다. 너희들이 무기는 좀 우세할지 모르나, 알지 않느냐, 명나라 군사는 몇 십만이 아니라 몇 백만이다. 백날 붙어 봤자 안 될 것이니, 한강 이북은 명나라에 떼어 주고 너희들은 한강 이남만 갖고 철수하라는 것이었다.

도성의 왜군들도 상황은 최악이었다. 식량도 부족하고 군수품도 부족했다. 장기간의 전쟁으로 지쳐 있는 것도 사실이었다. 그들 모두는 고향으로 돌아가고 싶어 했으나, 관백이 한강 이남의 조선을 차지하게 되면 누구를 남겨 둘 것인가에 초조한 관심이 집중되었다.*

게다가 주먹구구에 박 터진다고 유키나가와 기요마사의 갈등이 노골화되었다. 네까짓 게 뭔데 내 의견도 들어 보지 않고 너 혼자 강화 협상을 한다고 지랄이냐고 드러내 놓고 꼬라지를 내며 욕설을 퍼부었다. 하지만 유키나가는 히데요시의 신임을 받고 있었으므로, 기요마사를 싹 깔아뭉갰다.

왜군의 내부가 이러고 있을 때, 처영은 휴정 노스님의 격문을 받고 두류산과 두륜산에서 승군 2천 명을 모아 순안 법흥

---

* 柳成龍은 곧 三道都巡邊使로 와 있던 右議政 兪泓과 都元帥 金命元, 그리고 巡邊使 李蘋 등과 같이 그의 뒤를 따라서 사람을 轅門에 보내어 다시 進擊하기를 要請하니 그는 말하기를 "天氣가 맑아지면 道路가 굳어질 것이므로 내 마땅히 進兵하여 敵을 擊退할지로다." 라고 하였다. 그러나 그 말은 결국 虛事가 되고 말았다. 李炯錫, 前揭書, p681

* 매우 장기간 전쟁으로 지쳐 있어서 고향으로 돌아가고 싶어 했으며, 관백이 조선 일부를 차지하게 되면 조선에 자기들 중 누구를 남겨 둘 것인가에 대해 두려워하고 있었고, 식량과 군수품이 부족한 문제도 염려하고 있었다. 임진난의 기록, 루이스프로이스 지음, 정성화 양윤선 옮김, 살림, 2010, p130

사로 올라가다 전라 순찰사 권율權慄을 만났다.* 숫자가 3, 400이라면 왜군의 눈을 피해 각개약진으로 이동할 수 있다 하겠는데, 2천 명이나 되니 왜놈들 초소격인 요소요소의 왜성을 피하기가 어려웠다. 이럴 바에는 권율과 합세하자는 생각으로 독성禿城산성으로 갔다. 거기서 우키타 히데이에와 맞서 벌인 전투에서 대승을 거두었다. 그리느라 법흥사로는 못가고 계사[1593]년 2월 도성을 수복하려고 한성부 서쪽으로 치고 들어갔다. 거기서 전라 조방장 조경趙儆을 만나 행주산幸州山에 목책을 치고 전쟁을 준비했다. 그때 권율이 독성산성에서 올라와 합류가 이루어졌다.

도성 안에는 왜군 총사령관 우키타 히데이에와 고니시 유카나가, 가토 기요마사, 이시다 미쓰나리[石田三成], 구로다 나가마사, 갓카와 히로이에[吉川廣家], 모리 모토야스[毛利元康], 요시미 모토요리[吉見元賴], 고바야카와 히데카네[小早川秀包], 고바야카와 다카카게를 비롯 용맹을 떨친다는 4만여 왜군이 집결해 있었다. 이에 비해 승군은 관군과 의병까지 합쳐 보아야 1만여 남짓이었다. 왜군이 기둥만큼 든든한 강군이면 승군은 작대기 모양의 빈약한 군사였다. 함에도 간덩이 크게 한양에 집결한 왜군을 상대로 싸움을 벌이겠다고 진을 쳤던 것이다.

배짱 좋게 2월 열이튿날 새벽에 전투가 시작되었다. 처영은

---

* 處英은 湖南에서 2千餘僧을 거느리고 蹶起하여……. 李烱錫, 前揭書, p264

북서쪽 제2성을 맡았다. 고추가 커야만 매운가. 승군이 무슨 풋강아진 줄 알고, 4만이 넘는 '사무라이' 군대가 산성을 에 워싸고 고양이 쥐 놀리듯 덤벼들었다. 처영은 가사 위에 갑 옷을 입고 목탁을 잡아야 할 손에 장검을 들고 앞에 섰다.

전투가 시작되자 권율이 북을 둥둥 두드리더니 처영을 동 북쪽으로 불렀다.

"처영은 이쪽으로 오너라!"

그래서 갔더니, 평양성에서 납작코가 되어 도망쳐 온 유키 나가가 털빛 푸른 말을 타고 뿔 달린 검은 투구를 쓰고는 선 봉으로 나섰다.

"코케키시테 노보레! (공격해 올라가라!)"

기세당당하게 공격 명령을 내렸다. 행주산이 높지는 않았 으나 봉우리 위에 진을 쳤으므로, 공격을 하려면 위를 쳐다 보고 올라가야 했다. 흰 바탕에 빨갛게 원이 그려진 일산을 받치고 있던 유키나가가 일산을 접으라 하더니, 말 옆구리를 탁 굴러 내쳐 들어왔다.

"가만 놔두어라. 성책城柵 가까이 오게!"

처영은 성책 가까이 다가온 유키나가에게 공격 명령을 내 렸다.

"저놈 얼굴에다 목화수거木火獸車를 퍼부어라!"

목화수거란 앞에 바퀴가 달린 수레 위에 날개 달린 호랑이 형상이 앉아 있는 무기였다. 발사하면 입에서 신화神火, 독화

毒火, 법화法火, 비화飛火, 열화烈火라 하는 불꽃이 모래를 뿌리듯 뿜어져 나갔다. 그것이 옷에 맞으면 옷을 태우고 얼굴에 맞으면 얼굴 속으로 독이 스며들어 비실비실 돌다가 쓰러졌다.* 햐, 이놈들 봐라! 목화수거가 무엇인지 모르고 달려들었다가 선두에 선 왜놈들이 불세례를 맞고 비탈로 굴러떨어졌다. 함에도 워낙 숫자가 많다 보니 불개미 떼처럼 계속 달려들었다.

"저놈들한테 변이중邊以中 화거火車를 퍼부어라!"

변이중 화거는 지금 행주산 전투에 참가한 전라 소모사全羅召募使 변이중이 창안해 낸 괴상한 무기로, 두 개의 바퀴 달린 수레 위에 쇠가죽으로 단단히 감싼 가마 같은 궤짝을 부착시켜 층층으로 40개의 총구멍에 승자총을 넣고 발사하는 무기였다.

꽈광—!

변이중 화거에서 행주산을 두 조각 낼 만큼 우렁찬 소리를 내며 철환이 튀어나가자, 앉은뱅이 뭣 자랑하듯 덤벼들던 유키나가가 허헉! 조선 놈들이 별별 무기를 다 가졌군! 그러고는 졸개들을 손짓으로 불러 뒤로 물러났다.

"야, 어떻게 저런 자가 우리 일본군 최고 선봉장이냐?"

눈알이 퉁방울 같은 이시다 미쓰나리가 유키나가를 보고

---

* 火從諸獸口中 噴出神火 毒火 法火 飛火 烈火 火器次第而發. 조선의 무기 I, 강신엽 역주, 도서출판 봉명, 2004, p46

히쭉히쭉 웃더니 제 차례가 아님에도 두 번째로 덤벼들었다.

"진천뢰震天雷로 저 녀석을 박살내 버려라!"

처영의 명령이 떨어지자 승군들이 진천뢰의 도화선에 불을 붙였다. 진천뢰는 수류탄처럼 생겼는데, 크기가 좀 더 크고, 모양새가 둥근 것도 있지만 표주박처럼 생긴 것과 술병처럼 손잡이가 붙은 것도 있었다. 승군들이 손에 집히는 대로 제각각 모양의 진천뢰를 집어 쏘니, 미쓰나리가 하늘이 진동하는 소리에 옷에다 생오줌을 질질 깔기고 도망쳤고, 놈이 거느린 군졸들이 횃대에 동저고리 넘어지듯 피를 흘리고 쓰러졌다.

"이제 보니 우리 '사무라이' 군대가 얼었다 녹은 고구마가 되어 버렸구먼!"

저 혼자 잘나 맹장이라고 까불던 가토 기요마사가 조총을 든 졸개들에게 엄호사격을 하라고 지시를 내린 뒤 앞장서 성책 가까이 접근해 들어왔다.

"저 녀석이 가등加藤이란 녀석이 맞지?"

처영이 기요마사를 손가락으로 가리키며 명령을 내렸다.

"포전砲箭으로 가슴에다 구멍을 뚫어 버려라!"

칼날 두 개를 꽂은 포전을 화살처럼 쏘아 대니, 그래도 장수라고 체통을 구길까 봐 도망은 못치고 옆으로 게걸음을 치는데 보기에 민망했다. 그때 난데없이 승자총통이 꽝! 하면서 폭음을 내니, 놈은 그 자리에 탁 엎어져 버리고 조총을 쏘아 대던 졸개들만 궤멸 상태에 빠졌다. 제까짓 게 무슨 장수라고 까불던 기요마사도 겁을 먹고 달아나 버렸다.

"저 녀석이 목줄이 질기긴 질긴 모양이구나."

그때 관군의 화살이 바닥나 사기가 시들어 가고 있었다. 큰일이었다. 그럴 즈음에 우키타 히데이에가 승군이 지키고 있는 제2성책 앞으로 달려들었다.

둥! 둥! 둥!

"승군장 처영은 제2성책으로 가라!"

권율의 명령이 바뀌어 떨어졌다. 소리 없는 고양이가 쥐 잡는다고, 권율의 작전이 워낙 치밀해서 순변사 이빈이 두 척의 배에 화살을 가득 싣고 한강으로 올라왔다. 관군의 사기가 다시 살아났고, 처영이 제2성책 앞으로 장검을 들고 쫓아나가니, 우키타 히데이에가 가사 위에 갑옷을 입은 괴상한 처영을 보고는 낮도깨비를 만난 듯 싸워 보지도 않고 도망쳐 버렸다.

그래도 왜적은 '사무라이' 깡다구가 몸에 뺐는지라 끈질기게 덤벼들었다. 이번에는 육십노장 고바야카와 히데카네가 제2성책 앞으로 돌진해 들어왔다. 놈은 늙은이라 잔꾀가 많았다. 짚단을 가져와 성책 밑에 쌓아 불을 질러 통로를 내고 들어오니 승군들의 동요가 일어났다.

"저 늙은이를 돌로 사정없이 쳐라!"

처영의 호령이 떨어지니, 승군들이 일시에 와―! 소리를 지르며 벌 떼처럼 일어나 돌멩이를 쏘아 댔다. 늙은이 투구 위로 우박 쏟아지듯 툭! 탁! 퍽! 소리를 내며 돌멩이가 떨어져 전투가 최고조에 달했다. 불에 타 버린 목책을 경계로 벌어진 접근전은 조총이고 활이고 아무 소용이 없었다. 먼저 돌멩이가 날아가고 곧바로 몽둥이로 대갈통을 내리바수니 살아남은 왜적들이 대통 맞은 병아리처럼 달아나기 시작했다. 그 뒤를 승·관·의 3군이 장검과 용도창龍刀槍으로 휘젓고 들어가 발로 차고 찌르는데, 적의 모가지가 수박통 뒹굴 듯 나뒹굴었다.

　행주산성 전투는 대승을 거두었고, 도성으로 쫓겨 들어간 왜놈들은 큰 타격을 입었다. 진짜 얼었다 녹은 고구마처럼 놈들이야말로 비실비실한 모습만 보여 주고 도망쳐 버렸다.

이놈이나 저놈이나 도둑이다

한산도 해전 이후 안골포와 부산포 해전에서 연전연승을 거둔 이순신 함대는 무적의 함대가 되었다. 거북선을 뒤에 달고 바다에 떴다 하면 왜놈들은 살쾡이를 만난 쥐처럼 으슥한 섬 사이로 숨느라 정신이 없었다.

한강 이북 왜군 주력군이 내리막길 토끼처럼 아저씨 아저씨 하면서 혼쭐이 날 때였다. 임진년 10월 진주성 전투가 패배로 끝났더라면 전라도로 들어오는 하동 두치, 구례 석주, 함양 팔량재, 안음 육십령이 대 소란이 벌어졌을 터인즉, 김시민의 지휘로 관·의·승군의 승리로 왜놈들을 박살내 전라도로는 넘어오지 못했다. 한데 판세가 달라졌다. 놈들이 남쪽으로 꽁무니를 빼다 보니 전라도를 넘볼 기회가 다시 생겼다.

계사[1593]년은 대흉이 들어 형편이 말이 아니었다. 풍년이 들어도 백성들이 격군이나, 총 쏘고 활 쏘는 병사로 동원되어 농사를 지을 사람이 없는 데다 군량이 부족해 어려움을 겪어 왔다. 마른하늘에 날벼락이라더니 거기에 전염병이 돌아 전국 곳곳에서 사람이 죽어 나갔다.* 온 나라가 다 깨진 그릇이 된 마당에, 수군이라고 다를 것 있겠는가. 먼 바다에서 진을 친 지 다섯 달을 넘기니 사기가 꺾인 데다 군량까지 바닥나 쫄쫄 굶는 날이 하루 이틀이 아니었다. 생물은 먹어야 산다. 굶으면 죽는다. 덩달아 유행병까지 돌아 600여 수군이 죽어 나갔다. 이제는 보충을 하려 해도 보충할 백성이 없었다.*

그래서 그랬든지 이순신이 삼혜, 의능, 성휘, 지원, 신해를 불렀다. 4대 요해처를 지키는 승군을 반만 남겨 놓고 사량도로 출동 명령을 내렸다.

"임무를 교대한다!"

임무 교대란 바다에서 싸우라는 말이었다.

"승군총섭 삼혜를 전라 좌수영 함대 시호별도장豺虎別都將으로 임명한다!"

이순신의 명령이 줄 끊긴 염주 알 쏟아지듯 쏟아졌다.

---

*백성들이 사부와 격군으로 해전에 동원되어 농사를 지을 수 없어 식량을 마련할 방법이 없고, 전염병이 번져 사망자가 잇달아서……. 이민웅 임진왜란 해전사, 청어람미디어, 2004, p136 〈李舜臣 壬辰狀草 癸巳年 4月 6日 再引用〉

*留屯遠海 已及五朔 軍情已懈 銳氣亦摧 癘疫大熾 一陣軍卒 太半傳染 死亡相繼 加之已糧儲乏匱 飢餓顚連 飢餓之極 得病卽必死 有數軍額 一減月論 更無充立之人 雖以臣之所率舟師計之 射格幷元數六千二百餘名 去今年死亡數 及自二三月至于今日病斃者 多至六百餘名. 李殷相, 忠武公全書 上, 社團法人 忠武公記念事業會, 檀紀4293, p255

"오늘부로 의능을 유격별도장遊擊別都將, 성휘는 우돌격장右突擊將, 신해는 좌돌격장左突擊將, 지원을 양병용격장揚兵勇擊將으로 임명한다! 알겠느냐?"*

"예!"

"좋아!"

그리고 구례에 사는 방처인房處仁은 섬진강 도탄陶灘 나루, 활량 강희열姜姬悅은 두치 나루를 지키라는 임무가 주어졌다. 성응지成應祉는 베를 받쳐 군역에서 빠진 사람이었으나, 마음을 돌려 의병을 일으켰으므로 그에게는 순천성 수비를 맡겼다.*

삼혜는 시호별도장, 의능은 유격별도장, 성휘는 우돌격장, 신해는 좌돌격장, 지원은 양병용격장, 말하자면 이순신 함대의 핵심 돌격장이 승군으로 교체되었다.

삼혜, 의능, 성휘, 신해, 지원은 이순신을 따라 견내량으로 올라갔다. 의능은 전쟁 전 남해안 지형을 조사하면서 연화도 비구니들을 알게 되었는데, 그 비구니들이 섬 아래 봉우리에 피운 봉화를 보았다.

'음, 왜적의 무리가 소강상태라는 거군……!'

견내량에 도착하자, 약속이 있었던 듯 전라 우수사 이억기

---

* 順天居僧三惠豹虎別都將 興陽居僧義能遊擊別都將 光陽居僧性輝右突擊將 光州居僧信海左突擊將 谷城居僧智元揚兵勇擊將差定. 李殷相, 忠武公全書 上, 前揭書, p234.

* 又有求禮居進士 房處仁 光陽居閑良 姜姬悅 順天居保人 成應祉等 慷慨奮義 糾合鄉徒 亦各起兵 故房處仁 陶灘 姜姬悅及僧性輝等 豆恥. 李殷相, 忠武公全書 上, 前揭書, p234

의 주력부대가 뒤따라 당도했다. 그날이 계사[1593]년 2월 초 여드렛날이었다. 의능은 연화도에 수행처를 두고 수행을 하다 전쟁이 일어나자 남해안 척후 활동을 해 온 비구니 스님들 이야기를 이순신에게 들려주었다.

이순신이 깜짝 놀랐다. 망망대해 외딴 섬에 그런 기특한 사람들이 있었느냐면서 매우 신기해했다. 좌우지간 그런 사람들이 있다고 했다. 여자의 몸이지만 조국을 위하는 일이라면 목숨을 내놓겠다는 그런 수행자라는 말까지 보탰다. 왜놈들 정보를 얻으려면 그 수행자를 만나는 것이 가장 정확하고 빠르다는 말까지 해 주고, 사후선을 내 연화도로 가 보련과 보월을 데리고 견내량으로 올라갔다.

날렵한 일엽편주에 돛을 세워 나타난 보련과 보월이 전라좌수사 이순신과 인사를 나누게 했다.

"이 사람들이 남해안 사호四皓 중 두 분입니다."

머리를 기른 보련과 보월을 보더니 어리둥절했다.

"아니, 스님이라더니?"

저렇다니까, 유가들은 머리에 먹물이 들었음에도, 지금이 전시임을 감안하지 않고 스님이라면 무조건 머리를 깎은 사람으로만 여겼다.

"왜놈들이 쳐들어오니 절에서도 삭발할 틈이 없었다네요."

그랬더니, 이순신이 껄껄 웃으며 물었다.

"또 두 사람은 누군가?"

의능이 머뭇거리니 보련이 답을 했다.

"한 분은 연화도에 있고, 한 분은 금강산에서 내려와 왜적과 싸우고 계신 유정선사이십니다."

"유정이라 했소?"

"네!"

이순신은 어디서 들어 본 이름 같다고 하면서 나라 구하는 일은 승가나 유가나 차이가 있어서는 안 된다는 말을 하고, 전라 우수사 이억기와 경상 우수사 원균에게 인사를 나누게 했다.

바로 그때 보련이 요긴한 정보를 주었다. 적선이 웅포熊浦에 정박해 있는데, 움직이지 않는다는 것이었다. 그 보고를 받고 이순신이 즉시 명령을 내렸다.

"사실이라면 중대선을 띄워 왜선을 웅포 앞바다로 유인해 내라!"

이튿날 의능은 새벽같이, 허름한 중대선 한 척에 승군 10명을 태웠다. 성휘에게도 중맹선 한 척에 승군 10명을 태워 웅포로 올라갔다. 보련과 보월의 정보는 정확했다.

의능과 성휘가 바다 가운데로 왜선을 유인해 내기로 약속하고, 놈들 앞을 왔다 갔다 하면서 낚싯밥을 던졌다. 하나 꿈짝하지 않았다. 사람을 잡아먹는 이리는 울지 않는다는 것을 놈들이 먼저 눈치를 챈 건가? 이순신 함대에 얼마나 혼쭐이 났는지 조선 수군과는 아예 부딪쳐 볼 엄두를 내지 않았다.

"야, 이놈들아! 개가 물똥 마다하는 거 봤냐?"

주먹으로 감자를 먹이며 소리를 질러 보았다.

"호랑이도 시장하면 왕거미도 먹는 겨!"

포구에는 텅 빈 배처럼 놈들의 군선들만 파도에 출렁거렸다.

"조선말이라 못 알아듣는가 보다."

이번에는 가까이 다가가 주먹총을 쏘았다. 한 놈이 조총을 겨누고 바라보았다. 됐다, 저놈이 조총을 쏘면 줄줄이 줄을 지어 나오겠지. 눈치를 살살 살피며 슬슬 사정거리 밖으로 꽁무니를 빼는데, 웬걸 조총만 탕! 한 발 발사하고 끌려 나오지 않았다.

"저놈들이 언제 저리 죽어 대령이 됐냐?"

"옛날에는 떴다 하면 기러기지만 지금은 이순신 아닌가?"

놈들 군선 곁으로 가까이 다가가 화살 한 대를 날렸더니, 또 조총만 탕! 발사하고 그것으로 끝이었다.

"뚝배기로 개 대가리 때리기네."

"놈들 배 위로 건너가 휘저어 버릴까?"

"허허, 도마 위에 고기가 칼 무서워하겠어?"

놈들 곁으로 더 가까이 다가가 화살을 날려 보았으나 뱃속에 무슨 의송을 감추어 두었는지 도통 포구 밖으로는 끌려나오지 않았다. 이튿날은 비가 와서 쉬고, 열이튿날 이순신 함대는 칠천도로 올라갔다. 이번에는 지원이 중맹선을 타고, 삼혜와 신해가 더 작은 협선을 저어 웅포로 올라가 유인해 보았다. 하나 요지부동이었다. 배를 몰고 코앞까지 들어가 장창을 흔들며 약을 살살 올렸으나, 무슨 군령이 내려졌는지 조총만 몇 방 쏘고 그만이었다.

저놈들이 무슨 수작을 부리려고 맞불을 놓지 않는가? 할 수 없이 보련과 보월을 불러 척후로 보내 알아보게 했더니, 예전 한산대첩 때 겨우 목숨을 건져 도망친 와키사카 야스하루가 총지휘를 맡았는데, 이순신이라면 고개부터 젓는다는 것이었다.

"하이고, 뱀보고 놀란 놈 부지깽이만 봐도 놀란다더니……."

칠천도로 돌아와 보고를 하면서, 삼혜가 거북선을 몰고 들어가 확 휘저어 버리면 어떻겠느냐고 하니 이순신이 고개를 흔들었다.

"그렇게 되면 놈들이 육지로 올라가 우리 백성들만 괴롭힌다."

어떻게든 놈들을 바다로 끌어내 수장시켜야 한다는 것이었다. 2월 스무날, 3군 전 함대가 웅포로 올라가 유인작전을 폈다. 마찬가지였다. 이쪽에서 아무리 꽹과리를 두드려 대도 저쪽에서 놈들은 '시아비 뭣이다.' 그러는 것 같았다. 어쩌다 낚시에 걸려 독이 오른 몇 놈이 끌려나오면 고놈들만 수장시키는 국지전으로 끝나 버려 그것으로 끝이었다.

곧 작전회의에 들어갔다. 결론은 수륙양면전으로 계획이 바뀌었다. 이순신 함대는 다시 송진포로 내려가 쉬었다가,

삼도수군이 경완선輕完船을 다섯 척씩 차출해 번갈아 드나들며 현자·지자총통을 쏘아 반나마 깨뜨린 뒤, 시호돌격장 삼혜가 날쌔고 활 잘 쏘는 승군을 태운 군선 10여 척을 몰고 안골포로 상륙했다. 의능이 거느린 10여 척의 판옥선이 제포로 상륙해 웅포 뒤로 돌아가 포위망을 좁히며 포구로 내려갔다.

웅포해전에는 두 척의 거북선이 참전했다. 노군, 화포장, 포수, 화전과 대장군전을 쏘는 사수에 이르기까지 모두 승군으로 교체되었다. 거북선 한 척은 우돌격장 성휘가 지휘했고, 또 한 척은 좌돌격장 신해가 지휘했다. 놈들이 정박해 있는 바다 앞에 이순신 함대가 초승달 모양의 진을 쳐 안으로 조여들면서 정면 돌파로 파고드니, 왜놈들이 닭장 속의 닭처럼 꼼짝 못하고 갇혀 버렸다. 포위를 당한 왜선 속으로 거북선 두 척이 파고들어 현자·지자총통을 마구 쏘아 대면서 휘저어 대니, 판자에 아교만 붙인 것 같은 아타케부네와 세키부네가 산산조각으로 부서지면서, 특별 훈련을 받았다는 왜놈 수군들이 물 위에 둥둥 떠다녔다.

성휘와 신해가 지휘한 거북선 두 척이 성난 부사리처럼 선착장 가까이 치고 들어가니, 조총을 든 놈들이 이리 뛰고 저리 뛰면서 군선을 버리고 달아났다. 그래 보아야 놈들이 갈 곳은 포구로 올라가 도망치는 길밖에 없었다. 한데 포구 뒤를 믹아선 승군들이 활을 쏘고, 쇠도리깨를 휘두르며, 일총통을 쏘고 요구창撩鉤槍으로 찔러 대는데, 놈들의 수가 워낙 많다 보니 타작하는 데만 꼬박 하루가 걸렸다. 누가 들으면 거 짓말이라고 하겠지만, 기적이 일어났던지 이순신 장계에 '아 졸무상我卒無傷'이라고 했듯, 승군은 부상 하나 입지 않고 대 승을 거뒀다.*

이순신은 와키사카 야스하루를 다시 만났다. 원수를 다시 만난 그것이 팔고八苦 가운데 하나인 바, 한산대첩 때 몰살 직 전까지 내몰린 패장이 히데요시에게 어떻게 보였던지, 다시 모가지가 붙어 일본 수군을 지휘하고 있었다. 어떻게든 그놈 을 웅천 앞바다에 수장시키려 했건만, 목숨이 워낙 모진 놈 이다 보니 이번에도 땅강아지처럼 어디론가 달아나 버렸다.

웅포해전을 승리로 이끈 것은 흥국사 승군이었다. 솔직히 말이 이순신 함대 어쩌고 그러지만 목숨을 내놓고 적과 대치 해 싸우는 전쟁이니 잠자리야 그렇다 치자. 한데 밥이라도 배불리 먹고 싸울 형편이 아니었다. 군량 구하기가 처녀 불 알 구하기 같던 그때, 흥국사 수좌 수인守仁과 의능이 뭍으로 올라가 각 사찰의 찻독을 모두 긁어 가져오고, 장정들을 몇 백 명씩 데려다 수군에 편입시켜 사기를 높였다.

그래서 좌수사 이순신은 승군장 수인과 의능이 제 몸 편할 것을 생각하지 않는 헌신적인 군인이라 칭했고, 정의의 기개

---

*因使三道舟師 各出輕完船五隻 合十五隻 迭相突戰于賊船列泊之處 放地 玄字統筒爲半撞 破 亦多射殺 又令臣募率義僧兵 及三道驍勇射夫等所騎船十餘隻 東泊安骨浦 西泊薺浦 下陸 結陣則彼賊 恐其水陸交攻 東西奔走 與之應戰而義僧兵等 提槍揮劍 或弓或砲 終日突戰 無數 射中 雖未斬頭 我卒無傷. 李殷相, 忠武公全書 上, 前揭書, p240

를 남김없이 발휘해 각각 300명씩 장정을 모집해 와 수군에 편입시켜 나라의 수치를 씻는 일에 솔선수범했다는 장계를 올렸다.* 이와 같은 승군 장수들을 나라에서 특별히 표창해 뒷사람의 사표가 되게 해야 한다고 했지만,* 뒤틀린 성리학의 포로가 된 유가들은 특별 표창은커녕 특별난 원수처럼 왜놈보다 승군을 더 미워했다.

한데 원균은 참 괴상한 종자였다. 이 작자는 남해안 현지가 나날이 전쟁 상황임에도 행재소 종잇장 벼슬이 얼마나 탐이 났던지, 부하를 시켜 우리 어부들의 목을 베어 가짜 왜놈 모가지로 만들다가 이순신한테 들통이 났다.* 이런 장수가 조선 조정의 신임을 받고 있으니, 이것은 정녕 나라가 없어지고 종갓집은 망해도 향로와 촛대는 남는다는 유가들 나름의 풍습 아니겠는가.

계사[1593]년이 가을로 접어들면서 조선, 일본, 명나라가 요상하게 얽혀 이상하게 돌아갔다. 일본이 싸움을 걸고 명나라가 끼어들었는데, 두 나라가 조선 땅에서 금관자 서슬에 큰 기침이라더니, 왜 너는 넓냐? 나는 왜 좁냐? 실랑이를 벌이며

---

* 僧將 守仁義能等 乘此亂離 不思偸安 激發義氣 募聚軍兵 各率三百餘名 擬雪國恥 極爲可嘉 海陣兩載 自備軍糧 轉轉分供 艱以繼絶 其勤苦之狀. 李殷相 忠武公全書 上, 前揭書, p305
* 僧將 守仁義能等 宜自朝廷 各別褒獎 以勵倭人. 李殷相, 忠武公全書 上, 前揭書, p305
* 사도 첨사(金浣)가 복병했을 때 사로잡은 포작(鮑作) 열 명이 왜군 옷으로 변장하여 한 짓이 준비된 것이기에 추궁하여 물으니, 어떤 근거가 있을 듯하더니 경상 우수사가 시킨 것이라고 하였다. 亂中日記, 노승석 옮김, 민음사, 2012, p133

땅뺏기 놀이로 시간을 보냈다. 이게 굴러온 돌이 주춧돌을 밀어낸다는 것이다. 아니 김칫국을 젓가락으로 집어먹는 싯이다. 저팔계는 인삼 과자를 먹어도 맛을 모른다. 일본과 명나라가 조선 국토를 반분하자는 협상에 조선 조정은 끼지도 못했다.

야, 돼지를 낮짝 보고 잡아 먹냐? 반 토막으로 쫙 갈라 위는 니들이 갖고 아래는 우리가 갖자! 놈들끼리 인심을 팍팍 쓰면서, 조선을 쓰러진 나무토막 자르듯 이리 자르고 저리 잘랐다. 하여간에 이놈이나 저놈이나 똑같은 도둑놈인데, 조선은 주자학 껍데기만 남아 그래도 일편단심 명나라뿐이었다.

벽제관 전투에서 포로가 될 뻔했다 살아나온 이여송이 슬슬 설레발을 치면서 평양으로 내려가더니 꼼짝도 하지 않았다. 기요마사는 국경인에게서 선물로 받은 임화군과 순화군을 데리고 도성으로 들어왔다가 갈수록 전세가 불리해지니 얼마나 심술이 났던지, 우키타 히데이에와 짜고 못 먹는 떡 침이나 뱉자면서 선조대왕 마빡을 쳤다. 마빡을 쳤다는 소리는 왕실과 조선 주자학이 그토록 떠받든 아킬레스건을 건드렸다. 아킬레스건이란 선릉[成宗], 정릉[中宗], 강릉[明宗], 태릉[文定王后]을 후벼 파 선조의 마지막 콧대를 비틀어 버렸다.

그때 송응창은 평양에서 꼼짝 않는 이여송을 바지저고리로 취급한 나머지 슬슬 일을 벌였는데, 심유경에게 일본과 진행해 온 강화 교섭을 마무리 지으라는 것이었다. 여기에 조선은 또 빠져 있었다. 계사[1593]년 3월 보름날 용산 왜놈들 군영에서 심유경과 유키나가가 강화 교섭이란 이름으로 밀거래가 이루어졌다.

밀거래 내용은 명나라가 조선을 차지해 병합한 뒤, 다른 제후국들을 그리했던 것처럼 명나라의 대신을 보내 조선을 대신 관리하게 하고, 국왕인 선조를 조용한 곳으로 옮겨 여생을 편안히 보낼 수 있게 조치하겠다는 것이었다.* 참, 가랑잎으로 눈을 가란다더니, 그 소문이 파다하게 퍼졌건만 조선에서는 누구 하나 나서는 사람이 없었다.

그때 노원평 전투가 벌어졌다. 삼각산 그쪽 사사들이 올린 보고를 보면, 귀때기 새파란 우키타 히데이에와 고바야카와 다카카게가 녹양[綠陽; 의정부]과 양주에서 떼를 지어 노략질을 하느라 신바람이 났다는 것이다. 왜놈들도 군량이 바닥났으니, 양곡을 털어 가는 것이야 그렇다 쳐도 소, 돼지, 염소, 닭은 말할 것 없고, 마을마다 들어가 눈에 띄는 여염집 아낙들의 겁탈이 자행되어 산속으로 숨느라 도봉산과 수락산이 허옇다는 것이다.

"이런 호로 새끼들!"

그때 금강산 승군과 구월산 승군이 임진강 해암진蟹岩鎭에 내려와 있었다. 삼각산 사사들 보고를 받은 승회와 혜은이

* 이 기회를 통해 중국군이 조선을 차지한 이후 중국에 병합해서 다른 국왕들에게 해 왔듯이 중국 대신들로 관리하게 하고 조선 국왕은 어느 한 곳에서 여생을 편히 보내도록 할 것이라는 소문이 나돌았다. 루이스 프로이스, 앞의 책, p133

유정과 의엄을 찾아갔다.

"동네마다 장정들이 군역에 나가 죽고, 과부가 된 아낙들만 눈물바다라는데, 왜놈들이 꽃놀이를 한답니다!"

"꽃놀이라니?"

의엄이 고개를 들었다.

"그게 뭔지 모르세요?"

내용을 알고 난 금강산 승군총섭 유정과 구월산 승군총섭 의엄이 나섰다.

"가십시다, 사형님. 가서 콱 밟아 버립시다!"

"그래, 가지! 그런데 금강산, 구월산 승군만 가서 되겠나?"

"놈들은 기가 죽었잖아요, 승희하고 혜은이만 데리고 가도 백정 닭잡기 아니겠습니까?"

"좋아!"

출동 명령이 떨어졌다. 승군은 임진강에서 도원수 관군과 진을 치고 있다가 갑자기 전투태세를 갖추더니 강을 건넜다. 강을 건너는 승군을 보고 도원수 군관이 잽싸게 쫓아왔다.

"어디로 출동하십니까?"

"양주로 사냥 갑니다."

"사냥이라뇨?"

군관이 자초지종 보고를 곧바로 올려 김명원을 데리고 왔다.

"양주로 사냥 간다고 했나?"

"그렇습니다, 도원수 어른."

"거기에 무슨 사냥감이 있나?"

"히데이에와 다카카게가 우리가 오기를 기다린답니다."

김명원이 허허, 웃었다.

"알겠네. 그럼 앞에 떠나게. 내 뒤를 받치고 따라가도록 조치하지."

그래서 금강산과 구월산 승군이 임진강을 건너 녹양으로 올라가 수락산에 진을 쳤다. 수락산과 도봉산 사이에 두험천[頭驗川; 중량천]이 흐르는데, 중량포中梁浦로 이어져 한강으로 유입되는 지류가 그것이었다.

수락산 자락에서 속계涑溪에 이르기까지 들판이 넓고 기름져 민가가 많을 뿐 아니라 전쟁만 아니면 퍽 살기 좋은 고장이었다. 도성 안의 왜놈들이 그곳에 흉년이 없다는 사실을 어떻게 알았는지 아예 진지를 만들어 놓고 노략질로 세월 가는 줄 몰랐다.

"우키타 히데이에가 왜군 사령관 맞냐?"

의엄이 혜은한테 물었다.

"맞십니더. 스물한 살 처먹은 새파란 놈입니더."

도성의 정황을 살피러 갔을 때 그림, 병풍, 술병, 장종지까지 가져간 놈으로, 히로모토한테 들은 새파란 놈이란 기억이나 그렇게 대답했다.

"스물한 살? 네가 그것을 어떻게 아냐?"

"와 모르겠는교? 임금이 똥 누는 매화틀까지 가져간 놈입니녀."

"고놈이 지금 노략질을 하고 있다는데, 손발 묶어 올 수 있겠냐?"

"하몬, 마 걱정마이소."

그래서 유정은 금강산 승군을 누원[樓院; 다락원]에 매복시켰고, 의엄은 승희와 혜은을 앞세워 구월산 승군을 이끌고 수락산 자락을 타고 속계로 내려갔다. 중랑포에서 노원평 들녘 마을들을 홀아비 핫것 벗어 이 잡듯 샅샅이 뒤지며 위로 올라갔다. 아니나 다를까, 노략질에 재미를 붙인 놈들이 조총으로 대항을 하겠다고 앞을 막아섰다. 조총이란 것도 처음에는 그놈의 귀창 터질 것 같은 소리 때문에 놀라 자빠졌지만, 이젠 하도 들어서 아이들이 새 쫓는 '뙈기' 소리만도 못했다. 승군들의 무기야 활도 있고 창도 있었지만 도끼에, 쇠도리깨에, 쇠스랑, 낫 이것이 더 무지막지했다.

뭐니 뭐니 해도 승군은 무술이 고단이라 가까이서만 붙으면 한 사람이 일개 소대는 그 자리에서 작살을 낼 수 있었다. 머리에 수건을 질끈 동여매고 가사를 입은 스님들이 왕주먹을 쥐고 나타나니, 행주산 전투에서 처영한테 영금을 보았던 놈들이라 뭣 빠진 놈 먼 산 보고 달리듯 도망치기 일쑤였다.

"야, 도망친 저 녀석 아랫도리를 걷어 엉덩이를 작신 밟아버려라!"

승희는 조총을 들었거나 칼을 들었거나 거치적거린 것이 있으면 쇠몽둥이로 막고, 손에 잡히는 놈마다 불끈 들어 개골창에 처박았다. 혜은은 독사 주둥이로 놈들의 모가지를 한 대씩 찍고 돌아다니는데, 불문곡직, 그 자리에 픽픽 꼬꾸라졌다. 좌우지간 한번 꼬꾸라지면 다시는 일어나지 못했다.

"돈나 야츠가 히데이에나노카? (어떤 놈이 히데이에냐?)"

소리를 꽥 지르니 왜놈들이 모두 쳐다보았다.

"저 저 자식 일본 사람 아니냐?"

"맞다. 나도 일본 사람이다."

왜놈말로 대답했다.

"일본 놈도 나쁜 짓하면 콱 쥑이뿌려야 한다!"

독사 주둥이로 왜놈들을 계속 자빠뜨리며 소리소리 질러댔다.

"히데이에 고놈 새끼 모가지를 비틀어 데려온나, 네놈들 평생 처먹을 것 앵겨 주마."

삐쩍 마른 놈이 되는 대로 두드려 패면서 왜놈 말을 중얼거리고 돌아다니니 놈들도 어이가 없는지 칼을 들고 쳐다만 보았다.

"그놈이 금으로 만든 갑옷을 입었다는데, 사실이냐?"

하나 그런 갑옷 차림은 눈에 띄지 않았다. 승군들이 워낙 쇠도리깨질 선수들이다 보니 노략질한 물건을 모두 집어넌지고 설음아 날 살려라 했다. 그래 봐야 금강산 승군이 매복해 있는 누원 쪽이었다.

"저놈들을 한 놈도 남기지 말고 다리몽둥이를 분질러 놔라!"

유정이 소리치니, 금강산 승군들이 와—! 소리를 지르며 벌 떼처럼 일어나 격전이 벌어졌다. 왜적이 거지반 죽고, 겨우 겨우 도성으로 달아난 녀석은 기백 명에 불과했다.

어째든 이 전투에서 우키타 히데이에와 고바야카와 다카카게를 포로로 붙들지는 못했으나 대승을 거두었다. 그날 도원수 김명원의 지시를 받고 뒤를 받치고 따라온 삼도 방어사 이시언李時言과 경기 방어사 고언백高言伯이 칼 한번 휘둘러 보지 않고 노원평 전투의 승리를 가져갔다.

한데 노원평 전투를 승리로 이끈 사람이 이시언과 고언백이 아니고 유정과 의엄이라는 사실이 뒤늦게 행재소에 알려져, 유정에게는 선교종판사禪敎宗判事 직첩이 내려졌다.*

"사형님은 시경도승을 할 것이 아니라 식년시나 전시를 보셨더라면 영의정 자리는 따 놓은 당상일 텐데……."

비아냥거림이었다.

"주는 직첩 마다고 할 것까지 있나?"

의엄은 자기의 생각과 다름을 알고 입을 꾹 다물었다. 물론 유정에게는 뒤에 당상관 직이 제수되었다.

의엄에게도 같은 직첩이 내려졌으나 고개를 흔들어 사양하므로, 선가판사禪家判事 직첩만 주어졌다.*

---

* 宣祖實錄 26卷(1593, 癸巳) 3月 27日, 4月 12日
* 宣祖實錄 26卷(1593, 癸巳) 5月 15日

모쿠소의 목

미꾸라지한테 뭣 물린다더니, 다카카게란 쪽발이한테 체면을 구기고 나니, 이여송은 쪽팔려서 평양으로 돌아와 문밖출입을 끊었다. 문관이란 것들은 대가리 속에 꾀만 솔솔 들어 송응창이 싹 깔아뭉갰다. 강화 협상을 한대나 어쩐대나 하면서 이여송을 아예 내젖혀 버렸다.

이여송이 꼼짝 않으니, 이번에는 유성룡이 명나라 장수 왕필적王必迪을 찾아갔다. 한강을 타고 몰래 들어가 용산 왜군 진영을 기습하자고 제안했다. 왕필적이 좋다고 맞장구를 쳤다. 평양성 전투가 시작되면서 이여송이 조선군 군령과 작전권을 송두리째 쥐고 있었으므로 왕필적의 맞장구는 그야밀로 빈 깡통 때리는 대답이었다.* 작전권, 어디서 많이 들어 본 소리 같은데, 자주국이라는 조선은 전시작전권도 갖지 못했다.

반 사기꾼 심유경을 조종하는 놈이 송응창이었다. 심유경은 유키나가에게 한양 철수를 집요하게 요구했다. 유키나가가 멋대로 결정할 사안이 아님에도 철수 조건으로 히데요시를 일본 국왕으로 책봉해 주겠다는 카드를 들이밀었다. 송응창과 심유경 이놈들은 명나라가 대국으로 우쭐거린 줄만 알았지 허울 좋은 개살구라는 것을 몰랐다. 명나라가 대국이니 국왕으로 책봉만 해 주면 히데요시도 조선처럼 깝쭉 엎어져 죽을 줄 안 모양이었다. 이게 저 혼자 잘난 착각이란 것인데, 평양성 전투에서는 졌지만, 조선과의 전투에서 이겼다고 자부한 왜놈들에게 그게 먹힐 까닭이 없었다.

어쨌거나 심유경은 송응창의 지시로 죽이 착착 맞는 유키나가와 공모해 송응창의 부하 사용재謝用梓와 서일관徐一貫 두 놈을 명나라 황제 사절로 위장해 나고야로 보냈다. 놈들의 임무는 히데요시의 항복문서를 받아 오라는 것이었다. 한데 나고야로 들어가 히데요시를 만나 보니 항복문서는커녕 잘못했다가는 그 자리에서 모가지가 댕강 달아날 판이었다. 되레 강화 조건으로 일곱 가지 조건[和件七條]을 제시했는데, 문제가 된 핵심이 다음 네 가지 조항이었다.

---

* 류성룡은 명군 장수 왕필적(王必迪)에게 남병 병력을 뽑아 강화도로부터 한강 남쪽으로 몰래 들어가 각지의 일본군 진영을 기습하자고 제안……. 평양 전투 승리 이후, 이여송이 조선군의 군령, 작전권까지 틀어쥔 상황에서 조선군은 독자적으로 작전을 펼칠 수 없었다. 한명기의 -420 임진왜란 ⑳, 앞의 신문, 2012. 7. 7

첫째, 명나라 황녀皇女를 일본 천황의 후궁으로 보낼 것

　둘째, 조선 팔도 가운데 네 도를 일본에 할양할 것

　셋째, 일본군이 물러날 경우 조선의 왕자와 대신들을 볼모로 보낼 것

　넷째, 중단되었던 명나라와 일본 사이의 감합무역勘合貿易을 재개
할 것

　번지수를 잘못 짚어도 한참 잘못 짚었구나 싶었다. 이래서
남의 밥에 시래기 국 끓인다는 말이 나온다. 송응창이 자기
나라 병부시랑이긴 했지만 이 작자는 동녘이 훤하니 일본까
지 제 세상인 줄 알았다. 병부시랑이란 이자의 착각이 이 정
도 수준이면 명나라 현주소가 눈에 환했다.

　가짜 사절 사용재와 서일관은 턱이 덜덜 떨려 항복문서는
말도 못 꺼내고 오줌만 질질 저리고 돌아왔다. 더더욱 등골
이 오싹한 것은 명나라 황제의 딸을 섬나라 오랑캐 일본 놈
천황 후궁으로 보내라는 것이었다. 그 말을 입 밖에 뻥긋했
다가는 그 자리에서 모가지가 재깍 날아갈 판이니, 이러지도
저러지도 못하고 속만 끙끙 태웠다.

　심유경과 히데요시는 얼굴을 맞대고 히히, 웃었다. 어쨌거
나 사용재와 서일관이 명나라 황제 사절로 나고야에 다녀왔
으니, 가는 것이 있으면 오는 것이 있어야 했다. 고니시 유키
나가는 가신 나이토 조안[內藤如安]을* 일본국 사신으로 위장

---

* 명나라와 조선에서는 이 사람을 소서비(小西飛)로 칭한다.

해 심유경과 송응창을 찾아가게 했다. 명나라 황제에게 올리는 '상호우호 관계를 다지기 위해 명 황제께 공손히 충성을 맹세한다.'는 가짜 '납관표納款表'*도 작성했다. 뭘 번거롭게 이러고저러고 할 것 있느냐, '히데요시를 일본 왕으로 책봉한다는 것, 중단되었던 감합무역을 재개한다는 것' 이 두 가지가 히데요시의 강화 조건이라고 적어 넣었다.

나이토 조안에게 가짜 납관표를 들려 가짜 사신과 가짜 납관표가 왔다 갔다 하는 사이 일본군은 도성에서 철수하기로 했고, 계사년 4월 스무날 이여송이 한양으로 들어왔다. 구멍에 든 뱀이 긴지 짧은지도 모르는 송응창은 이여송을 턱 떨어진 광대로 보았고, 가진 것이 힘밖에 없는 이여송은 또 뒷북을 치고 한양에 나타났다. 동생 이여백에게 기병 1만을 주어 퇴각하는 일본군을 뒤쫓으라 했는데, 누가 그 형에 그 아우 아니랄까 봐 우리가 왜 일본군을 쫓아야 되나, 한강을 반쯤 건너다 발이 아프다고 되돌아와 버렸다.* 야! 조선 놈들아, 우리가 끝까지 일본군과 싸운 거 봤지. 그것만 보여 주면 됐지 뭘, 허허허……. 이것이 조선을 구하러 온 명나라 군사였다.

심유경과 유키나가가 배가 착착 맞아 사기극을 벌이고 있을

---

* 마음으로부터 복종한다는 문서

* 도성에 입성한 이여송은 뒷북을 쳤다. 후퇴하는 일본군을 추격하겠다며 자신의 아우 이여백(李如栢)에게 1만여 명의 기병을 주어 먼저 출발시켰다. 하지만 이여백은 명군이 한강을 반쯤 건넜을 무렵, 갑자기 발이 아프다고 하면서 도로 돌아왔다. 일본군을 추격할 생각이 전혀 없는 상황에서 조선에 보여 주기 위한 면피성 행동이었다. 한명기의 -420 임진왜란 ⑳, 앞의 신문, 2012. 7. 7

때, 이여송은 서울을 떠나 충주를 거쳐 문경으로 내려갔다. 이여송이 대군을 이끌고 계속 남하하는 것을 보고, 심유경은 일본 측이 들고일어나 화의가 깨질까 봐 입술이 바득바득 탔다. 타는 입술에 침을 살살 바른 감언이설로, 대구에 내려가 있는 부총병 유정劉綎과 유격장 오유충을 찾아가, 일부 병력만 남기고 모두 한양으로 올려 보낸 성과를 거두었다.

조선에서 보면 뭣 주고 뺨 맞는 꼴이었으나, 심유경과 유키나가 이 두 놈의 사기극에 똑똑하다는 유성룡도 젯상 앞에서 꼬리치는 개꼴이었다. 이 두 놈이 하는 짓거리를 보고, 명나라에 망명만을 고집하던 선조가 다시 숨구멍이 트였는지 "조선은 심유경 그놈 때문에 망할 것"이라 했다나? 허허허, 이걸 '네 탓'이라 하는 게다.

판이 이렇게 돌아가는 상황에 경상도로 물러난 왜군이 누구 좋으라고 바다 건너 제 나라로 철수하겠는가? 철수 좋아하지 마라, 새판잡이로 성을 쌓고 군사훈련을 강화하면서 전세를 가다듬었다. 히데요시도 심유경과 유키나가의 사기극에 놀아나 명나라에서 답서 오기를 기다리면서 임진년 진주성에서 당했던 패배에 대한 보복의 칼을 빼들었다.

그래서, 제2차 진주성 전투가 시작되었다. 제1차 진주성 전투에서 부상을 입은 우리의 영웅 김시민은 세상을 떠났고, 나라를 이 모양이 되게 만든 책임이 없다고는 못할 유성룡의 끄나풀 김성일은 마땅히 전쟁에 몸을 던져 목숨을 바쳤어야 속죄가 되는 건데, 제 명을 다 살고 병으로 죽었다. 최경회가 그 자리로 올라가 경상 우병사가 되었다.

최경회는 창의사倡義使 김천일, 충청 병사 황진과 진주성을 지켰다. 김해 부사 이종인李宗仁, 해미 현감 정세명鄭世明, 거제 현령 김준민金俊民, 사천 현감 장윤張潤이 최경회를 도왔다. 고경명의 큰아들 고종후를 비롯한 여러 고을의 민여운閔汝雲, 오유吳宥, 이계연李繼璉, 강희보姜希輔, 이잠李潜, 임희진任希進, 심우신沈友信을 비롯한 의병장들이 진주성에서 최경회와 함께했다.

뼈를 꾹꾹 쑤시게 만든 제1차 진주성 전투 패배의 앙심으로 이를 앙다문 히데요시는 경상도로 내려온 전군을 투입시켰다. 제1대 가토 기요마사, 제2대 고니시 유키나가, 제3대 우키타 히데이에, 제4대 모리 히데모토[毛利秀元], 제5대 고바야카와 다카카게, 놈들이 거느린 92,972명의 대군이 진주성으로 향했다.

그때 이여송은 도로 한양으로 올라가 있었고, 부총병 유정과 유격장 오유충은 대구에, 또 한 사람 부총병 왕필적은 상주에, 참장 낙상지駱尙志와 유격장 송대빈宋大斌은 남원에 있었다.

제1대 가토 기요마사가 선두로 순천당산에서 내려와 신북문 앞에 진을 쳤다. 제2대 고니시 유키나가는 단성으로 들어와 서문과 구북문 앞에 진을 쳤고, 제3대 우키타 히데이에는 소천역으로 들어와 동문 앞에 진을 쳤다. 제4대 모리 히데모토는 마현에서 내려와 뒤를 받쳤고, 제5대 고바야카와 다카카게는 비봉산 아래에서 뒤를 받치고 있었다. 깃카와 히로이에는 함안에서 들어와 남강 건너 강가에 진을 쳤다.

우리 관군 황진은 동문을 맡았고, 신북문은 이종인이 맡았다. 구북문은 김천일, 서문은 내성사 승군과 최경회가 맡았다. 유키나가와 한통속이 되어 버린 심유경은 그때 도성으로 올라가 있었다. 도원수 김명원과 경상 순찰사 한효순韓孝純이 심유경을 찾아가 진주성 전투를 막아 달라고 애걸복걸 매달렸다. 심유경이 가로되, 나는 유키나가와 조금 아는 것뿐이고, 이번 전투는 기요마사 고놈이 앞장을 선 것으로, 유키나가의 말도 안 듣는 놈이라고 했다. 교활 무쌍, 참담한 심유경은 지금 진주에서 벌어질 전투는 작년에 김시민에게 패배한 히데요시의 분풀이라 누구도 막을 방책이 없다는 것이었다.*
이 말을 잘 뜯어 보면 발뺌의 차원을 넘어 되레 진주성 전투를 부추기는 소리였다. 조선의 군사 외교가 이 수준에 이르러 끝내 진주성은 대 참화를 겪게 된다.

관군은 그때 상주·함안·김해 등지로 뒷북만 치고 다녔고, 대사지를 메꿔 성을 늘려 쌓으면서 성벽이 낮아진 진주

---

*都元帥 金命元과 慶尙道巡察使 韓孝純은 沈惟敬에게 懇請하되 "晋州의 일이 急하니 당신이 힘써서 救하여 주시오." 하였다. 沈惟敬이 대답하기를 "敵은 昨年에 晋州에서 뜻을 못 이루었으매 이것을 忿恨하게 여겨서 銳意 再擊하는 것이외다. 이제는 다른 方策이 없으니 오직 諸將으로 하여금 行長의 말대로만 하게끔 하는 것이 可하리라." 하였다. 李炯錫, 前揭書, p728

성의 방어가 삼태기로 뭣 가리는 꼴이었다. 전투가 시작되자 밤낮을 가리지 않고 일진일퇴를 거듭했다. 적세가 너무 완강하니 누군가 성 밖으로 나가 관군의 구원을 얻어 와야 한다는 의견이 주를 이뤄 임우화林遇華가 특사로 선발되었다. 한데 구원병을 얻으러 간 임우화가 성문을 나가다가 그 자리에서 붙잡혔다. 왜놈들이 임우화를 결박해 화살받이로 끌고 다니면서 심리전에 이용했다.

6월 열아흐렛날 시작된 전투가 스무사흘에 이르러 조총으로 집중포화를 퍼붓는 가운데, 최경회와 김천일이 성루로 올라가 바라보니, 먼 하늘에 하얀 먼지를 일으키며 대군이 달려오는 것이 보였다. 급하면 관세음보살이라던가. 옳지!

"명나라 군사가 우리를 구원하러 온다!"

아니나 다를까 사기가 살아나 삼진삼퇴를 거듭하는 판에, 먼지를 일으키며 달려온 군사는 명나라 군사가 아니라 왜놈들이었다. 이것 참, 맥 빠진 일이 아닐 수 없었다. 맥이 빠진 가운데 의병장 최강과 이진이 고성으로부터 올라와 망진산 앞에 이르러 사진오퇴를 거듭하면서 300여 우리 백성들을 구출하고 퇴각했다.

스무나흘, 적진에서 귀갑차龜甲車가 등장했다. 관모양의 궤를 생소가죽으로 싸 바퀴가 네 개 달린 수레에 얹어 무장한 군졸들이 끌고 돌진하는 무기였는데, 보는 것만으로도 자지러질 만큼 괴상한 것이었다. 김성일의 빽으로 진주성 목사가 된 서예원徐禮元이 그 귀갑차를 보더니, 생오줌을 질질 싸면서 도망치는 것을 김해 부사 이종인이 콱 밟아 버리려다가 놔뒀다. 그래도 쥐구멍만 찾고 돌아다니므로, 최경회와 김천일이 그 자리에서 파직시키고 사천 현감 장윤더러 대신하라 했다.

스무닷샛날은 왜놈들이 토산을 만들어 조총을 쏘아 댔다. 너는 삼태기면 나는 바작이다, 황진도 웃옷을 벗어젖히고 돌을 져 날라 성안에다 토산을 만드니, 내성사 승군들이 모두 달려들어 왜놈들 것보다 더 높은 토산이 만들어졌다. 황진이 천자총통을 가지고 꼭대기로 올라가 적의 망루를 박살냈다. 김천일은 동장대에서 쇠보다 강하면서 옥빛을 내는[金蘭玉光] 금빛 갑옷을 입고 폼을 잡고 서 있는 적장을 대신기전으로 쏘아 죽이고, 황진은 장검으로 성벽을 기어오르는 적의 목을 무 자르듯 뎅경뎅경 모두 쳐냈다.

스무엿샛날은 왜놈들이 큰 궤를 가죽으로 덮어 철환과 화살을 피하면서 성 밑으로 진입해 들어왔다. 부실공사를 한 성벽의 돌을 빼내는 작업이 벌어졌다. 내성사 승군들과 남자, 여자, 젊은이, 늙은이 할 것 없이 쥐새끼처럼 성벽에 구멍을 뚫는 왜놈들에게 돌을 내려뜨려 납작코를 만들었다. 그래도 얼마나 끈질긴지 높다란 기둥 두 개를 동문밖에 세우더니 판옥을 올리고 올라가 불화살을 날려 성안의 초가집들이 불이 붙었다. 우리의 영웅 황진도 판옥을 만들어 성 밖 기둥 끝에 붙어 있는 왜놈들 판옥을 총통을 쏘아 아작을 냈다. 화살은 줄고 숙식이 부족해 힘이 부치는데, 하느님은 꽁지벌레가 되었는지 비까지 내려 관군의 사기를 떨어뜨렸다. 퍼붓는 빗 속에 왜놈들이 무너진 성벽으로 돌진해 들어와 좌충우돌 김준민이 온몸을 피로 물들이면서 막았으나 전사하고 말았다.

스무이렛날, 불개미 같은 놈들이 언덕을 다섯 군데나 만들어 조총을 쏘아 대 우리 아군이 300명이나 죽었다. 왜놈들이 신북문으로 들어와 "전립을 벗고 항복하라."는 편지를 보내 왔다. 조선 군대도 불개미 못지않은 독종들이었다. 의기양양하게 "야, 개소리 말라! 우리는 싸운다, 죽음만이 있을 뿐이다!" 깡다구로 쓴 답서를 보내 사기를 높였다. 느그멈, 전몰을 눈앞에 둔 판에 무슨 소린들 못하겠는가. "30만 명나라 대군이 쳐들어와 네놈들을 빈대처럼 납작하게 밟을 것이다!" 내참! 명나라 군사가 오지 않는다는 것을 놈들이 더 잘 알았다. "명나라 좋아하지 마라!" 그래서 진주성 관·의·승 연합군은 웃음거리가 되어 버렸다. 그때 승군은 부상자를 간호하고 밥을 지어 먹이면서 화살을 조달해 왔다.

왜놈들 하는 짓이 꼭 쥐새끼 같았다. 스무여드렛날 밤 서문에서 멀지않은 성벽 밑에 굴을 파는 작업이 시작되었다. 그 바람에 진주성이 구멍이 뚫렸다. 병신 밥자루 같은 서예원 한테 경비를 맡겨 놨던 것이 잘못이었다. 서예원이 도망갈 구멍만 여수고 다닌 틈에 놈들이 쳐들어왔다. 황진이 뚫린 구멍에서 왜놈들을 막다가 총탄에 맞아 전사했다. 승군들이 화살을 소나기처럼 퍼붓고, 총통을 쏘고, 큰 돌멩이를 던지고, 횃불을 다발로 묶어[火束] 집어 쏘니, 적장 한 놈이 맞아죽었다. 죽어 꼬꾸라진 적장 뒤로 적졸들의 시체가 산처럼 쌓였다. 황진의 죽음이 우리 아군에게 재앙의 그림자를 드리웠다.

스무아흐렛날이 되니 아군의 모양새가 뚝비 맞은 강아지 꼴이었다. 그런 경황에 서예원이 전립을 벗어던지고 말 위에 올라 도망치는 것을 최경회가 붙잡아 목을 확 베어 버리려다가 발로 냅다 차면서 소리를 질렀다.

"네가 목사가 맞냐?"

장윤더러 대신하라는 명령을 내렸다. 하나 너무 늦었다. 장윤이 순찰 도중 적탄에 맞아 전사하자 양상이 완전히 바뀌었다.

그때 명나라 낙상지와 송대빈은 남원에서 강 건너 불구경이었고, 이여송은 대구에 있는 유정과 오유충에게 진주로 내려가 구원을 하라 하였으나, 그것은 빈 양철통 때리는 소리였다. 그런 난장판에 서예원은 도망을 갔고, 옷이 핏물에 젖어 살아남은 아군 장령들이 모두 촉석루矗石樓로 모였다. 기요마사의 부장 게야무라 로구스케[毛谷村六助]와 모리모토 기다유[森本儀太夫]가 신북문으로 들어오고, 나가마사의 부장 고토 모토쓰구[後藤基次]와 노무라 타로베[野村太郎兵衛]가 구북문으로 들어왔다. 그 뒤를 모리 히데모토, 고바야카와 다카카게가 군졸들을 이끌고 진주성 안으로 진입했다.

김천일은 촉석루로 올라와 있었다. 휘하 장수들이 장차 어찌할 것이냐고 묻자, 태연한 목소리로 "나는 이미 결정하였다!" 하고는 "너희들이 가엾구나." 그러면서 아들 상건象乾과 함께 남강으로 뛰어들었다. 뒤를 이어 김천일을 따르던 양산숙梁山璹이 넘쳐흐르는 강물 속으로 뛰어들었다.*

최경회는 김천일이 물속으로 뛰어들었다는 말을 듣고, 구차하게 혼자 살 수 없다! 하면서 남강으로 뛰어들었고, 휘하 문홍헌文弘獻이 뒤를 따라 강물에 몸을 던지자,* 쥐가 꼬리를 물듯 고종후가 그 뒤를 따랐고, 이종인, 강희열, 이잠이 연이어 남강으로 뛰어들어 물속에서 생을 마쳤다.

전투가 여기에 이르면 확인 사살이라는 것이 있다. 히데요시는 개미 새끼까지 다 죽여 없애라는 명령을 내렸다. 김시민한테 얼마나 치를 떨었든지 '모쿠소[牧使; 木曾]' 모가지와 최경회 모가지를 베어 오라는 군령을 내렸다. 모쿠소는 진주목사 김시민을 가리키는 것으로, 히데요시 그놈은 김시민이 세상을 떠난 사실을 모르고 있었다.

몽당비 우쭐대듯, 게야무라 로쿠스케가 진주성으로 들어왔다. 어느 놈한테 칼을 맞았는지 놈은 귀밑에서 턱밑까지 쭉

---

* 천일이 태연히 말하기를, "일을 일으키던 날, 나는 이미 나의 죽음을 결정하였다. 다만 너희들이 가엾구나." 하고 드디어 일어나 북쪽 행재소를 향하여 절하고 나서 먼저 병기를 물속에 던지고 상건과 더불어 서로 안고 촉석루 아래의 깊은 물에 뛰어드니 장수들과 막료(幕僚) 중에 따라 죽은 자가 셀 수 없을 만큼 많았다. 練藜室記述 金千鎰 梁山璹 篇

* 宣祖修正實錄 27卷(1593, 癸巳) 6月 1日

그어진 흉터를 가진 놈이었다. 곁을 모리모토 기다유가 호위해 섰고, 이이다 카쿠베에[飯田覺兵衛]가 뒤를 따랐다. 줄을 지어 고토 모토쓰구와 노무라 타로베가 성안으로 들어오고, 히데이에 부장 오카모토 곤노조[岡本權之丞]가 적졸들을 끌고 내북문[內北門]으로 들어와 성안을 샅샅이 뒤졌다.

로구스케가 내성사로 들어섰다. 내성사 승군은 최경회 휘하에 편입되어 모두 전사했고, 노승 몇 사람이 절을 지켰다. 후원에 숨어 있던 갑이가 법당 뒤로 몸을 피했다. 노승을 본 로구스케가 칼을 쑥 빼들었다. 기다유가 로구스케의 손목을 잡았다.

"스베테 로오소오타치 데와나이카? (모두 노승들 아닌가?)"

로구스케가 기다유를 바라보았다.

"저자들이 살면 얼마나 살겠어?"

로구스케를 말렸다.

"사령관님도 불교를 신봉하지 않는가?"

놈들이 말한 사령관은 기요마사였다. 도로 칼집에 칼을 꽂은 로구스케가 절 안을 빙 돌아보고 아무도 없자 밖으로 나갔다. 그때 서상댁은 서장대에 올라가 있었다. 로구스케가 팔자걸음으로 서장대로 올라갔다. 갑이가 몸을 숨겨 뒤를 따랐다.

서상댁은 여장 사이로 최경회 대감이 몸을 던졌다는 강물을 한이 맺히게 바라보며 눈물을 흘렸다.

"키미 코노온나! (네 이년!)"

로구스케가 소리를 뺵 질렀다. 서상댁이 몸을 획 돌렸다.

"물에 빠져 뒈진 놈이 네년 서방 맞지?"

하도 눈물을 많이 흘려 서상댁의 눈두덩이 퉁퉁 부어 있었다. 왜놈 말을 알아들을 리 없건만, 갑자기 서상댁의 눈에서 매섭고 섬뜩한 푸른빛이 튀었다.

"이놈! 네놈이 무고한 백성을 창고 속에 가둬 불을 지른 놈이지야?"

갑이는 아래 종아리가 발발 떨렸다. 항상 조용하고 말이 없던 서상댁이 딴 사람으로 바뀌었다. 손톱을 세운 서상댁이 몸을 날려 로구스케의 얼굴을 할퀴고 달려들었다.

"이놈, 야차야!"

강물에 파도가 일 지경으로 목소리가 컸다. 피차 말을 못 알아듣는 처지라 이러고저러고 할 것 없다는 듯 로구스케가 칼을 쑥 뽑아들고 한 발 다가섰다. 서상댁은 칼을 무서워하지 않았다.

"네 이놈, 너 죽고 나 죽자!"

갈퀴처럼 세운 손톱으로 흉터투성이 로구스케의 얼굴을 쥐어뜯었다.

"조선은 기집년들이 더 악발이라니까?"

로구스케를 호위해 따라온 왜졸이 서상댁 등 뒤로 돌아가 머리채를 잡아 땅바닥에 패대기를 쳤다. 다시 땅바닥에서 퍼뜩 일어선 서상댁이 로구스케의 팔목을 물어뜯었다.

"도대체 이년이 누구냐?"

로구스케가 묻고, 곁에 왜졸이 대답했다.

"모쿠소 여편네나 되나 봅니다."

로구스케가 서상댁 다리를 걸어차 쓰러뜨려 허리를 밟았다.

"모쿠소는 젊은 놈인데, 여편네가 이리 늙었겠냐?"

"그럼, 최경회 여편넨가 봅니다."

주둥이 씹히는 대로였다. 왜놈들에게 김시민과 최경회는 공포의 대상이었다. 로구스케 발밑에 깔려 있던 서상댁이 몸을 꿈틀하더니 땅바닥에서 자루가 부러져 뒹구는 창을 집어들고 일어섰다.

"이놈 웬수놈아, 너를 죽여야 눈을 감겠다!"

원한이 부러진 창끝에 맺힌 듯 정면으로 겨누고 달려들었으나 서상댁은 나약한, 그것도 조선의 보통 여인일 뿐이었다. 로구스케가 뽑아 든 칼로 무지막지하게 내리쳐 서상댁은 그 자리에 쓰러져 눈을 부릅뜨고 죽었다. 서상댁 몸에서 붉은 피가 서장대 바닥으로 흘러내렸다.

"이래서 모쿠소 성을 알아줘야 한다니까."

한 칼에 서상댁을 자른 로구스케가 의기양양, 졸개들을 데리고 촉석루로 올라갔다. 숲속에 숨어서 서상댁이 쓰러져 죽은 모습을 지켜본 갑이가 쏜살같이 내성사로 내려가 변고가 났음을 알렸다. 가까스로 죽음을 면한 노승 몇 분이 날이 저물기를 기다려 서상댁 시신을 거두어 서장대 아래 비탈에 가

매장을 했다.

촉석루로 올라온 로구스케는 강물에 빠져 죽은 최경회의 시신을 찾아 목을 떼 오라는 명령을 내렸다. 명령을 받은 졸개들은 최경회 얼굴을 몰랐다. 한데 화살받이로, 그리고 안내견으로 끌고 다닌 임우화를 데려왔다.

"네놈이 최경회 얼굴을 알지?"

모기 소리만큼 가는 소리로 고개를 끄덕이자, 손목이 묶인 임우화한테 통역을 붙여 촉석루 암문으로 내려보냈다.

내북문으로 들어온 곤노조는 함옥헌涵玉軒으로 올라갔다. 마당이고 마루고 쌓인 것이 조선군 시체였다. 곤노조는 구석구석 전각들을 돌아본 뒤 마당에 나뒹구는 시체를 걷어차면서 북창北窓으로 올라갔다.

고양이 움직임 같은 미세한 기척이 북창 뒤에서 감지되었다. 칼을 빼들고 살금살금 숲속으로 들어가니, 조선 장수 한 놈이 납작 엎드려 부들부들 떨고 있었다. 한데 복장을 보니 윗대가리 장수가 분명했다. 얼굴이 뽀얗고 갑옷에 피 한 방울 묻지 않은 것으로 보아 최상층 높은 벼슬에 있는 놈이 확실해 보였다. 바로 그 사람이 서예원이었다.

"데테 코노코요! (나와 이 새끼야!)"

상투를 잡아 당겨 그 자리에서 목을 잘라들고 촉석루로 올라갔다.

"북창 숲 속에서 떨고 있기에 목을 떼어 왔지."

피가 뚝뚝 떨어지는 서예원의 목을 들어 보였다.

"그거 잘했군!"

곤노조가 서예원의 목을 휙 집어던졌다.

"한 바퀴 돌아봤는데, 다 뒈지고 오합지졸 몇 놈만 멀리 도망갔더라구."

"이제 태합 전하께서 상급 내릴 일만 남았네."

"그나저나 전투도 끝났는데, 한잔해야 하지 않겠나?"

"물론이지, 사령관님 모시고 승전을 축하해야지."

"모쿠소 성 기생들이 이쁘다는데 준비를 시켜야겠군."

마치 발톱이 돋는 것처럼 즐거워들 하는데, 물에 빠져 죽은 최경회 대감 목을 베러 간 놈들이 조선군 장수 목을 베어 들고 촉석루로 올라왔다.

"이놈이 최경회란 놈입니다."

졸개 한 놈이 피가 뚝뚝 떨어지는 목을 들어 보였다. 로구스케가 칼끝으로 이리저리 젖혀 가며 유심히 살피더니, 손목이 묶여 끌려 다닌 임우화에게 물었다.

"이놈이 최경회가 맞나?"

임우화가 고개를 끄덕였다.

"짜식 독하게 생겼군."

그러고는 낄낄 웃었다.

"인마, 너 이리 와 봐!"

이번에는 곤노조가 임우화를 손짓해 불렀다. 촉석루 아래로 데리고 가 땅바닥에 뒹구는 서예원 목을 가리켰다.

"이놈이 누구냐?"

임우화가 대답했다.

"진주성 목삽니다."

목사라는 말에 왜놈들이 "와아―!" 하면서 환성을 터뜨렸다. 놈들은 김시민이 부상을 입고 죽은 사실을 몰랐다. 서예원의 목을 김시민의 목으로 착각한 놈들은 김시민이야말로 천추의 한이요, 무적의 사자이자 백두산 호랑이였던 것이다. 그런 '모쿠소'의 목이 잘려 땅바닥에 나뒹구는 것을 보고, "반자이(만세) 반자이(만세)!" 목이 터지라 하고 외쳐 댔다.

히데요시의 뼈를 시리게 한 모쿠소와 최경회의 목이 손에 들어오자, 피범벅이 된 두 사람의 목을 소금에 절여 궤에 담아 나고야로 보냈다. 나중에 최경회와 서예원의 목이 나고야에서 전시되었다.

진주성이 적의 수중에 떨어지니, 적침이 없던 전라도에 구멍이 뚫렸다. 왜적은 곧 곤양·하동·악양·삼가·단성으로 올라가 마음 턱 놓고 분탕질을 하면서 구례·곡성·고부까지 침입해 들어갔다. 그때 남원에 머물고 있던 명나라 유격장 송대빈은 왜군이 구례를 거쳐 곡성으로 올라오는 것을 보고 슬금슬금 뒷걸음질 쳐 도망쳐 버렸다.

그때 행재소는 강서에 있었다. 의주를 출발한 어가가 여섯 달이 넘었는데, 평안도 안에서만 뱅뱅 돌았다. 진주성이 함락된 날 행재소에서는 뭘 하고 있었던가? 그날 하루치 행재소 일기장의 요지는 대강 이러했다.

　장맛비가 계속 내리니 무슨 뚱딴지 같이 기우제[祈晴祭]를 지내자고 했고, 별것 아닌 일로 선대 왕릉을 지킨 관료[奉審]들을 불러들이라[牌招] 했으며, 선조는 날로 기력이 쇠약해져 죽은 뒤 한을 남길까 두렵다고 넋두리를 하면서, 왜적을 막기 위해 포수를 많이 양성하라는 구름 잡는 소리를 했다. 비변사가 식량과 군사들 보충이 시급하다고 하니, 정신적 충격을 받으면 짐은 아찔하여 쓰러지는 병[心疾]이 있으므로, 헛소리를 잘한다는 동문서답을 했고, 비가 그치지 않아 땅이 질퍽거리니 곡림哭臨을 정지하자고 했다. 윤근수가 오유충·낙상지를 접대하고 돌아와 그들에게 들은, 별로 영양가 없는 소리를 번드르르하게 포장해 보고했고, 이여송의 접반사 이덕형이 히데이에와 유키나가는 일본으로 철수하자고 하는데, 히데요시와 기요마사가 임진년 전주성 전투 패배에 대한 복수를 하고 돌아가자 한다는 보고를 했다. 명나라 경략을 접대하고 돌아온 윤근수가 적군이 전라도로 향하는데, 조선군은 명나라 부총병 유정劉綎의 통솔만 받고 이여송의 명령은 듣지 말라 하더라고 골이 뼁뼁 도는 소리만 보고했다.*

　눈을 부릅뜨고 국방을 살펴야 할 병판이 누구인가? 이항복

----

* 宣祖實錄 39卷(1593, 癸巳) 6月 29日

이었다. 진주성이 무너져 6만여 백성이 죽었는데, 이자는 윤두수하고 맞장구를 치면서 선조의 턱만 쳐다보았다. 이자들이 이 모양이니 행재소가 열흘째 강서성에 들어앉아 남의 다리만 긁었다. 나라꼴이 죽이 끓는지 밥이 끓는지 모르는 행재소는 보름이 지난 뒤[7월 16일]에야 황해 방어사 이시언으로부터 진주성 함락 사실이 알려졌다. 그래도 조정이라고 숨값은 해야겠는지라 8월 초이렛날, 남강에 몸을 던진 용장들에게 '종잇장' 벼슬이 추증되었다. 김천일은 좌찬성 겸 판의금부사, 황진도 좌찬성 겸 판의금부사, 최경회는 이조판서 겸 대제학지경연성균관춘추관사, 이종인은 호조판서 겸 지의금부사, 김준민은 형조판서 겸 지의금부사, 장윤도 형조판서 겸 지의금부사로 추서되었다.

김천일과 황진이 같은 내용의 '종잇장' 벼슬이 추증되었고, 김준민과 장윤도 같은 이름의 '종잇장' 벼슬이 추증되었다. 한데 더 괴상한 것은 똑같이 싸우고, 똑같이 강물에 뛰어들어 똑같이 순절한 의병장 고종후, 민여운, 오유, 이계연, 강희보, 이잠, 임희진, 심우신에게는 그런 '종잇장' 벼슬도 내려지지 않았다. 바로 이게 가재는 돌을 짊어지지만 독수리는 파리를 못 잡는다는 것으로, 이것이 선조를 받들어 모시는 벼슬아치들의 조선이었다.

희망이 없구나

무엇이 있는 듯 나타났다 한순간에 사라지는 것을 '신기
루'라 한다. 일엽편주는 신기루였다. 남해안 섬 사이에 나타
났는가 하면 곧 자취를 감추는 승군들의 첩선諜船이었다. 왜
놈들이 진주성으로 두 번째 쳐들어와 6만여 우리 백성들을
몰살시켰다는 사실을 일엽편주가 모를 리 없었다.

"언니, 진주성 백성들이 다 죽었대!"

보운이 입을 꼭 다물고 논개의 눈치만 살펴 왔는데, 무심코
보련이 내뱉은 그 한마디에 논개가 수풀 속 꿩이 고개를 쳐
들 듯했다.

"언니, 그 소리가 뭐야?"

반짝하는 눈빛에 보운이 한숨을 푹 내쉬었다. 사갑술을 오
행五行으로 따지면 모두 양[郡陽八通]이라 했다. 남자가 이런
팔자를 타고 나면 임금도 될 수 있으나, 여자 팔자가 사갑술

이년 밝은 달을 가슴에 품고[皎月滿懷] 푸른 등불을 홀로 지키는[靑燈自守], 서른 살 안쪽에 과부가 될 사주라는 것이었다.*
팔자 도망은 독 안에서도 못 피한다 했던가. 보운이 그토록 조심했거늘, 불현듯 그 한마디에 논개가 놀란 이유를 보련은 그제야 알아차렸다. 하나 물은 이미 엎질러져 버렸다.

"그럼, 우리 어마니는?"

기어이 그 말이 터져 나오고 말았다. 갑술은 불[火]이다. 오행으로 넷이나 된 맹렬한 불! 남자라면 세상을 이리 흔들 저리 흔들 한바탕 뒤집어엎을 장부가 될 팔자라 했으나, 남존여비 사회에서 여자의 이런 팔자는 기껏 과부나 될 팔자라니, 이것이 간지干支가 숨기고 있는 비전이란 것인가?

"언니, 나 가 봐야겠어!"

논개가 속입술을 씹었다. 내성사의 엄마가 죽었는지 살았는지 보러 가겠다는데, 거기에 무슨 단서가 필요하며 말릴 재간이 무엇인가.

"삼천포까지만 데려다 줘, 언니."

언청이 아가리에 토란 비어지듯 보련은 아무 말을 못했다. 보운이 좌우로 고개를 흔들었다. 네 개의 불덩어리가 덩덩히 쌓인 섶으로 재빠르게 다가가는 것을 보는 모습이었다. 사갑술이 절집에는 잘 들어왔다. 한데 직철直裰의* 길이가 거기

---

* 여자 팔자가 군양팔통(群陽八通)이면 교월만회(皎月滿懷) 청등자수(靑燈自守)로, 밝은 달 품에 안고 맑은 등 혼자 지킨다 하여, 30세 전에 청상과부 팔자임을 고서(古書)에 노래한 바 있다. 성산역학원

에 미치기 못했다. 제 가슴에 타는 불을 스스로 누를 자정의
두께가 쌓이지 않았음에랴. 논개가 옷을 추스르더니, 표창과
단검으로 무장하고 나섰다.

"언니, 갔다올게."

문을 열고 신방돌로 내려섰다.

"배를 너 혼자 운행한단 말이야?"

"할 수 있어."

"따라가 봐라."

기어이 보운의 눈에 눈물이 고였다.

보운의 눈물……. 보련과 보월은 큰언니의 눈물이 무엇을
의미하는지 미처 깨닫지 못했다. 천려일실千慮一失에 무산지
몽巫山之夢이 바로 이런 것인가. 보운이 가까스로 눈물을 숨
기고 보련을 돌아보았다.

"태워다 줘라."

젖 먹는 자식을 떼고 돌아선 어미의 심정이 이런 것일 게
다. 보운은 처음으로 자기의 모습이 드러나 버렸음을 슬퍼했
다. 하나 보련과 보월은 그것을 보지 못했고, 더구나 보운의
눈물에 아프게 감춰진 그것을 알지 못했다.

보련과 보월이 논개를 태우고, 전에 배를 댄 적 있는 사수[加
花川]에 이르렀다. 배에서 내려 논개의 뒤를 따라나서ㅣ 손사
래를 쳤다.

---

* 스님들이 입는 옷을 말하나, 여기서는 수행의 연륜이 짧음을 뜻한다.

"언니들은 연화도로 가 있어. 나 혼자 어마니만 얼른 보고 올게."

논개가 그리 나오리라고는 상상도 못했다.

"왜놈들이 점령한 성을 너 혼자 간단 말이야?"

"알잖아, 시침 뚝 떼고 송골매 생치 차는 거, 왜놈 한둘 해치우는 덴 혼자가 나아, 언니."

"금 간 항아리 먼저 깨져, 야!"

"어차피 풀끝에 앉은 샌데 뭘?"

논개는 씩 웃고, 보련은 어리둥절했다.

"두꺼비씨름하자는 건 아니지?"

누구든 한주먹에 해치울 수 있느냐는 다짐이었다.

"그래서 혼자 간다니까?"

자신 있다는 소리였다.

"알았다."

보련이 고개를 끄덕였다.

"그럼, 어머님을 모시고 연화도로 와라."

"그럴게."

논개가 돌아섰다.

"너, 정말 괜찮겠니?"

그래도 보련이 두어 발짝 따라가 다시 다짐을 받듯 물었다.

"괜찮다니까? 어머님 모시고 올게, 마중이나 나와."

"그럼, 낼 모레 이리로 오면 되겠니?"

논개가 말없이 고개를 끄덕였다.

 망진산 아래 나루, 강을 건널 배가 있을 리 없다. 논개도 그
것까지는 생각 못한 듯 어둠이 내려온 강을 이윽히 바라보았
다. 하늘에 구름이 끼어 어둠 속 진주성은 예전의 모습 그대
로였다. 이까짓 강쯤이야, 바다를 가슴에 안고 두 팔로 파도
를 끌어당기면 욕지도欲知島도 단숨에 건널 수 있다고 생각해
왔다. 논개는 옷을 벗어 개킨 뒤 머리에 이고 옷고름으로 아
래턱에 동여맸다.
 보는 사람도 없었다. 고개만 물 위로 빼 올리고 소리 안 나
게 강을 건너 우거진 갈대숲에서 다시 옷을 챙겨 입었다. 완
전 무장이랄 수는 없으나 표창과 단검으로 적 몇 놈을 해치
울 무기도 지녔다.
 두우개 하천을 건너 서문 앞으로 갔다. 문은 열려 있고, 성
벽이 무너져 군데군데 안으로 통로가 나 있었다. 성안은 숨
이 죽어 있었다. 잔치를 치르고 난 집들의 모습이 이럴까. 발
소리를 죽여 내성사로 올라가니 안은 불이 꺼져 있었다. 오
싹 한기가 도는 서늘한 기운이 느껴졌다.
 전에 어머니가 계셨던 방 앞으로 가 논개는 가만가만 문을
두드렸다. 인기척이 없다. 다시 문을 두드렸다, 마찬가지. 살
며시 문을 여니 아무도 없었다. 귀 밝은 노스님이 인기척을
들었음인지, 두어 번 낮은 기침 소리를 내고 논개가 서 있는

방 앞으로 나왔다.

"누군가? 이 밤중에."

어둠을 보고 묻는 소리 같았다.

"안녕하셨어요, 저 논갭니다."

노스님이 열려 있는 문고리를 잡고 먼저 안으로 들며 들어오라는 손짓을 보냈다. 부시를 켜 촛도막에 불을 붙이더니, 촛불을 아랫목 귀퉁이에 세우고 등으로 가리고 앉았다.

"저희 어마님은 어디 가셨나요?"

노스님은 대답을 않고 불빛에 희미한 문창만 바라보았다.

"전쟁이 났다던데 다른 데로 피하셨나요?"

"우리 절에 갑이라는 동자를 아는가?"

"네."

어머니는 갑이를 퍽 귀여워했었다. 한데 노승이 날벼락 떨어지는 소리를 했다.

"돌아가셨네!"

"네에—?"

논개는 대번 그 자리에 엎어졌다.

"자세한 것은 갑이한테 물어 보게."

그리고 밖으로 나갔다.

"불을 끄고 있게. 불빛이 새면 왜놈들이 올지 모르니……."

노스님의 말은 귀에 들리지도 않았다.

뜬눈으로 날을 샌 이튿날, 갑이를 앞세워 어머님이 묻힌 서장대 비탈로 올라갔다. 한바탕 눈물을 쏟아 내고 내려와 어머니를 죽인 사람이 키가 크고 왼쪽 턱주가리에 칼 맞은 흉터가 길게 나 있는 놈이라는 이야기를 들었다. 이놈! 기어이 놈을 죽이고 말리라. 논개의 손이 부들부들 떨었다.

"어디를 가야 그놈을 만날 수 있겠냐?"

갑이가 논개의 떨리는 손을 보더니 곁에 노스님 얼굴을 쳐다보았다.

"촉석루에서 오늘 잔치를 연다네."

노스님이 대신 대답했다.

"이 아래 교방에 가면 일패一牌라는 보살님이 계시느니, 나이가 들어 지금은 연회에 나가지 않으나 교방 일을 맡아서 하지. 우리 절 신도분이니 절에서 왔다고 하면 잘 가르쳐 줄게야."

논개는 갑이를 데리고 교방으로 내려갔다. 왜놈들이 연회를 연다면 턱주가리에 흉터가 있는 놈도 틀림없이 참석할 터였다.

"보살님, 촉석루에서 오늘 연회를 연다면서요?"

일패 보살이 논개의 위아래를 쓱 훑었다.

"조선 사람들이 하는 잔치가 아닐세."

말씨가 냉랭했다.

"알고 있어요."

"그럼, 그런 걸 왜 묻나?"

"절 서기 대려가 주세요."

일패 보살이 논개를 이윽히 바라보았다.

"기적妓籍이 있어 보이지도 않는데?"

"네, 없어요. 그래도 내성사 노스님께서 말씀을 드려 보라 해서요."

일패 보살이 갑이를 바라보면서 물었다.

"노스님께서?"

"네."

"그렇지 않아도 난리가 나 다 떠나고 사람이 부족하긴 해."

왜놈들 잔치에 들어갈 기생이 부족하다는 이야기였다.

"잘 되었네요. 사천에서 관기를 데려왔다고 하세요."

"아니 그런데, 왜놈 장수들 모인 데를 왜 가려고 그러나?"

"전쟁에 이겼으니, 앞으로는 그놈들 세상 아니겠어요?"

"그거야 아직 모르지……."

"그렇게 될 거예요, 보살님."

"알았네, 그럼 치장을 하게."

일패 보살이 특별히 귀부인이나 트는 또야머리를 틀어 주고, 삼회장저고리에 두란을 밑단에 두른 은입사 치마를 내주었다. 논개는 맵시를 내 옷을 입고 옷고름에 삼작노리개까지 달았다. 얼굴에 분을 듬뿍 바르고, 붓에 숯검정을 묻혀 눈썹도 그렸다.

"성안이 훤하겠네?"

일패 보살도 논개의 아름다운 모습에 절로 감탄한 얼굴이었다.

"가락지는 없나요?"

"왜 없겠나?"

그러더니 구름무늬 은가락지 한 쌍을 내놓았다.

"이런 거 말고 옥이나 마노로 된 두툼한 것 말예요."

"아니, 누구한테 보이려고 이러나?"

그러고는 옥으로 된 투박한 반지 한 쌍을 가져왔다.

"이거면 됐네요."

논개는 반지를 양쪽 새끼손가락에 끼고 문틀을 쾅쾅 두드려 보았다.

허리춤에 오방낭자주머니까지 달고 일패 보살을 따라 교방을 나서는데, 어느 중궁마마의 나들이가 이러하겠는가, 주변이 훤했다. 한데 보아 주는 사람이 없었다. 논개의 훤한 모습을 본 사람이 있다면 길바닥이고 논바닥이고 못다 치운 죄 없는 백성들의 시신이었다. 삶과 죽음의 기묘한 대칭 사이를 논개가 팔을 내저으며 걸어가고 있었다.

군이 성문으로 들어갈 것도 없었다. 곳곳이 헐려 일패 보살은 지름길이다 싶은 허물어진 성벽 안으로 들어갔다. 촉석루에 다다르니 이미 술판이 벌어져 있었다. 말 죽은 네 까마귀 모이듯, 교자상을 하나씩 꿰찬 왜놈들이 누마루 가로 빙 둘러앉았고, 마루 한가운데에서 낮살 들어 뵈는 교방 기녀가

잉어설이, 완자걸이로 굿거리를 추고 있었다.

논개가 나타나니 어디서 저런 특산물이 나타났는가 싶은지, 시선이 한 무더기로 논개한테 쏠렸다. 본시 사내들이란 술, 계집, 노래를 삼락三樂이라 하던가. 염초청 굴뚝이 무엇인지 모르고 미친개 꼬리치듯 눈구멍들이 휘둥그레졌다. 어떤 놈은 입술을 핥고 자빠졌는데, 저게 개가 기른 새끼지 어찌 사람이 기른 새끼냐 싶었다. 판이 이왕 이렇게 되었으니, 누마루 가운데로 걸어 들어가 한바탕 요분질을 하면 저놈들이 모두 뒷다리를 쭉쭉 뻗고 용두질을 칠 놈들 같았다.

그 자리에서 제일 높은 놈이 기요마사였다. '오야붕'이라는 것이 뭔가, 놈은 양손에 꽃이었다. 방석을 한 단 올린 상석에 반반한 기녀를 양 옆구리에 끼고 술에 취해 있었다. 그래도 대장 값을 하려는 체면이 있는지 엉큼을 떨면서 허세를 부리는데, 논개더러 술만 한 잔 따라 주고 맘에 드는 장수 곁으로 가 앉으라는 것이었다.

물은 이미 엎질러졌는데, 화냥년이 수절 타령할 거 뭐 있냐. 술 한 잔을 따라 떡하니 들이밀고 휘익 둘러보니, 턱주가리에 칼을 맞아 흉터가 길게 나 있는 놈이 바로 곁에 앉아 있었다.

"남원골 규수 이화청춘 꽃이옵니다."

허리를 굽혀 치마 앞자락을 손등으로 쓸어, 턱주가리 흉터 곁으로 가 입을 맞출 듯 쳐다보고 앉았다.

"아노 코쇼오가 이마 난토소오나 노카? (저년이 지금 뭐라고 그러냐?)"

기요마사란 놈이 물으니, 촉석루 계단 앞에 서 있던 역관이 통역을 했다.

"남원골 규수가 이화청춘 꽃이라 하옵니다."

놈들이 남원골 규수를 알기나 하겠는가? 들어 보니 별 재미 없는 소리라 기요마사는 따라 준 술만 홀짝 마시고 굿거리 춤을 추는 기녀에게로 눈을 돌렸다. 논개의 등장으로 굿거리 춤도 싱겁게 끝나고, 술이 몇 순배 돈 뒤 기어이 노래를 부르라 했다.

논개는 두 말 않고 누마루 가운데로 나가 섰다.

뜻밖에 역졸 하나 질청으로 급히 와서

문서 하나 내여 놓고, 어사 비간이요 붙여 놓으니,

육방이 소동한다. 본관의 생일잔치 갈 데로 가라 하고

출도 채비 준비할 적, 공방을 불러 사처를 단속……,

육모방맹이 들어 메고, 해 같은 마패를 달같이 들어 메어,

사면에서 우루루루루루, 삼문을 와닥 딱!

왜놈들아 물러가라!

암행어사 출도여—!

이어사전李御使傳에 나오는 한 대목을 드높이 내리까니 사

면이 조용했다. 그러고는 다른 기녀의 '어랑타령'이 이어졌으나, 논개한테 혼들이 빠져 분위기가 심드렁해졌다.

논개가 턱주가리 흉터 팔목을 꼭 꼬집었다. 놈이 논개를 돌아보았다. 씩 웃어 주니, 입을 쫙 찢으면서 좋단다. 한데 녀석이 뭐라고 그러는데, 알아들을 수 없었다. 논개가 말을 못 알아듣자, 놈이 어깨를 들썩들썩하는 것으로 보아 춤도 추느냐고 묻는 것 같았다.

그래서 마룻바닥에 '무舞'자를 써 보이니, 고개를 끄덕였다. 논개가 다시 '검무劍舞'라고 써 보이니, 놈이 '하何'라고 쓰는데, 어떻게 추느냐고 묻는 것 같았다. 그래서 다듬이질하듯 두 손을 번갈아 들었다 났다 해 보이며 어깨를 들먹들먹 했더니 녀석이 또 고개를 끄덕였다.

술이 몇 순배 더 돌고 모두 취기가 올라 분위기가 흥청망청할 때, 자리에서 일어선 논개가 턱주가리 흉터에게 손짓을 해 보이고 누각 아래로 내려갔다. 녀석이 마룻바닥에 앉은 채 기요마사에게 탁 엎어지더니 뭐라고 했다. 뭐 오줌을 누러 가겠다는 소리겠지. 곧 턱주가리 흉터가 누각 아래로 뒤따라 내려왔다.

논개가 암문으로 나가 보니, 문밖은 천연의 바위가 낭떠러지를 이루고 있었고, 곁으로 비껴 내려가니 바위가 경사지게 깔려 강 끝이 벼랑이었다. 물 가 벼랑에서 훌쩍 건너뛸 만큼 강물로 틈이 벌어진 건너편에 도리방석 한 닢 넓이의 바위가 솟아 있었다. 논개가 바위 위로 건너뛰었다. 일단 저놈 새끼를 춘풍으로 혼을 빼자. 은입사 스란치마를 발끝으로 톡톡 차면서 앉았다 섰다 어깨를 움쭉움쭉 공중에 방망이질을 하듯 검무를 흉내 냈다.

턱주가리 흉터가 건너편 바위 난간으로 내려와 서 있었다. 싱긋 웃으니 자석에 쇠 쪼가리 달라붙듯 논개가 서 있는 바위 위로 훌쩍 건너뛰었다. 이면경계란 아무도 모르는 법, 이 놈아 상감이 약이 없어 죽는다더냐, 뒤로 누워서 알을 깔 이 놈아, 이 바위가 오늘 네놈 사잣밥이 놓일 자리니라. 논개가 턱주가리 흉터의 손을 잡고 남강 위로 드러누울 듯 나긋나긋 춤사위로 혼부터 빼놓았다.

"우타모 잇코쿠 앗테미로. (노래도 한가락 해 봐라.)"

무슨 말인지는 알아들을 수 없었으나 눈치로 때려잡건대, 노래를 한가락 뽑으라는 것 같았다. 논개는 두어 번 헛기침으로 목청을 가다듬었다.

이리 오너라 업고 놀자

이리 오너라 안고 놀자

사랑 사랑 사랑 내 사랑이야

이히 이히이, 내 사랑이로다

네가 무엇을 먹으려느냐

둥글둥글 수박 웃봉지 떼뜨리고……

알아듣거나 말거니 턱주가리 흉터 소매를 붙들고 이어사전 한 대목을 그럴싸하게 뽑아내니, 녀석이 대번 얼간이가 되었다. 왜놈 새끼들도 계집이라 하면 조선 양반 놈보다 더했으면 더했지 덜하지는 않는 것 같았다. 논개는 등을 촉석루로 돌리고 녀석의 오른쪽 소매를 붙든 뒤, "강릉 백청을 따르르르르?" 자지러질 듯 목청을 높이며 새끼손가락에 기를 모아 옥가락지를 낀 주먹으로 녀석의 귀 밑 천유혈을 후려쳤다. 이 혈을 정통으로 맞으면 두통이 일면서 안면 마비가 일어난다. 녀석이 옆으로 쓰러지려는 것을 얼른 껴안고 앞으로 떠밀어 물속으로 뛰어들었다.

텀벙! 소리가 났지만, 순식간에 벌어진 일이라 촉석루 위에서는 물론 아무도 눈여겨본 사람이 없었다. 논개는 녀석을 끌고 물속 벼랑 밑으로 가 코만 밖으로 내밀고 숨을 들여 마신 뒤, 물귀신 작전으로 놈의 옷자락을 잡고 흐르는 물을 따라 아래로 내려갔다. 한참 내려가다 배영으로 떠올라 코만 물 위로 내놓고 숨을 쉬고는 다시 물속으로 들어가 커다란 돌을 굴려 녀석의 옷자락에 묶어 놓고 물 위로 떠올랐다. 성을 바라보니 언덕 위 나무숲이 촉석루를 가려 전각이 보이지 않았다.

논개는 강물 위에 누워 물의 흐름에 몸을 맡겼다. 그러고 얼마를 내려갔을까, 산모퉁이를 돌아 진주성이 보이지 않는 지점에 이르러 헤엄을 쳐 강가로 올라갔다. 우리 어마니를 죽인 왜놈을 죽였다! 잘한 짓인가, 못한 짓인가? 논개는 어리둥절했다. 언제 이렇게 폭력적이고 범죄로 가득 찬 나 아닌 나를 가슴에 키워 왔던가. 생각해 보니 기가 막힌 일이었으나, 한편으로는 금지된 세계로 불쑥 뛰어들어온 기분이었다. 금지된 세계란 불안에 사로잡혀 대상을 동일시함으로써 충동적 반응이 발작처럼 일어난 것이라고 했던가.* 그것은 존재의 상실로, 어느덧 논개는 자기가 생각해 왔던 곳에 와 있지 않았다.* 또아머리는 물에 젖어 흐트러져 버렸고, 은입사 두란치마는 벗겨져 몸에 붙어 있지 않았다. 논개는 갈대밭으로 올라가 손가락에 끼었던 옥반지를 뽑아 강물에 던지고, 젖은 옷을 손가락으로 비틀어 물기를 짜면서 무심코 곁을 돌아보았다. 젓가락만한 지렁이가 세상 구경을 나온 듯 수풀 위에 알몸을 드러내고 있었다.

답답해서 나왔나, 저 모습이 누구를 닮았을까? 한데 개미들이 가만 놔두질 않았다. 보리알 두 개를 잇대 놓은 것만큼 큰 개미 대여섯 놈이 연신 지렁이 몸뚱이를 더듬이로 쓸면서 물어뜯으니, 뱀처럼 팔딱거렸으나 목숨이 붙어 남을 가망이 없어 보였다.

---

* 그녀는 통제할 수 없는 불안에 사로잡혀 대상을 동일시함으로써 충동적인 방식으로 반응하였다. 따라서 그녀의 의미작용의 진의인 타내상처럼 추락했다. Lacan, Passage to the act
* 선택은 존재의 선택이다. 존재에로의 접근 '나는 존재한다.'에 대한 대가는 사유를 무의식적으로 추방하는 것으로 지불된다. 그리하여 '나는 내가 생각하는 곳에 있지 않다.'는 두 가지 방식으로 읽을 수 있다. Slavoj Žižek, 부정적인 것과 함께 머물기, 이성민 옮김, 도서출판 b, 2007, p117

"희망이 없구나!"

논개는 혼자 중얼거리면서 자리에서 일어섰다. 진주성 싸움은 아무것도 바꾸지 않으려는 완고한 무엇이 수동적 희생만을 강요하다가 나자빠져, 잔해가 되어 내면으로 밀치고 들어온 그런 것과 다르지 않았다. 감화란 있을 수가 없구나! 패망이 이런 것인가? 논개는 천천히 다시 남강으로 걸어 들어가 흐르는 물에 몸을 맡겼다.

막힌 곳이 담 아니고 트인 곳이 허공 아니다

승군이 개성을 수복했다는 승전보가 행재소에 전해졌고, 휴정은 개성에 머물렀다. 금강산 승군과 구월산 승군이 임진강을 건너 기요마사를 추격했다.

평안·함경·강원·황해도에서 퇴각한 왜군들이 한양으로 물러나 교하·벽제·녹양을 축으로 전선이 형성되었다가 행주성 전투와 노원평 전투에서 연패한 왜군들이 유키나가와 심유경 사이의 강화 협약이 성사되자 남쪽으로 물러갔다.

선조가 명나라 황제의 '지극한 은혜'를 다시 한 번 찬탄한 것까지는 좋다.* 어가가 전선을 따라 움직인다면 누가 무어라 하겠는가. 계사년 정월 스무하룻날 어가는 정주로 올라와 이렇다 할 까닭도 없이 한 달을 머물렀다. 그러더니 세자 광해군과 앞서거니 뒤서거니, 2월 열이렛날 안주로 올라왔다.

* 宣祖實錄 34卷(1593, 癸巳) 1月 17, 18日

안주에서 숙천으로 가서 열흘을 머물고, 영유현으로 들어왔는데, 광해군은 그때 정주에 있었다. 개성까지는 순안·평양·중화를 거쳐 황주·봉산·서흥·평산·금천 여덟 고을을 거쳐야 당도할 거리였다.

내금위란 시절 좋았을 때 이야기이고, 국왕을 호위할 병사가 없었다. 의주에서 목사가 어가를 호위하라고 딸려 보낸, 몇 명 안 된 그놈들마저 영유현에 이르니 개구멍으로 강아지 달아나듯 모두 달아나 한 놈도 없었다.

어가를 호위해 줄 병사가 없어 오금이 저렸든지, 선조는 숙천으로 도로 뒷걸음질 쳐 내려갔다가 다시 영유로 올라와 열흘을 머물렀다. 그 낮에 무과를 실시해 새 금군을 뽑아 어가를 호위하게 했다.

3월 스무사흗날, 어가는 순안을 거쳐 평양으로 올라왔다. 무슨 영문인지 평양에서 딱 하루를 머물고 도로 영유현으로 내려갔다. 한데 다음 행보가 아전 놈을 서방으로 둔 촌년처럼 갈지 자 걸음이었다. 영유에서 숙천, 숙천에서 안주, 안주에서 가산, 가산에서 정주, 다시 북쪽으로 치달았다. 임금이라 차마 '놈' 자를 붙이기가 그렇긴 하지만 이 작자가 지금 제정신을 가진 자인가. 남쪽에서는 전쟁이 벌어져 군과 백성들이 죽어 나가는 판에, 왔던 길을 되돌아 지그재그로 어가만 타고 돌아다녔다.

어가가 4월 초사흗날 정주 임반관林畔館에 묵었다. 임반관에서 다시 거련관車輦館으로 가 하루를 묵고, 초엿샛날 운흥관雲興館으로 옮겼다. 임반관, 거련관, 운흥관은 명나라 사신을 접대하려고 설치한 역참으로, 경관이 빼어난 곳이었다. 왜군이 도성을 장악했고, 전국 곳곳에서 승군과 의병이 불처럼 일어나 싸움이 치열할 때, 국왕이라는 자는 유람을 다닌 셈이었다. 거듭된 흉년으로 굶어 죽은 백성들이 길가에 널렸고, 전염병이 창궐해 방방곡곡이 말 그대로 아비지옥이건만, 유가들 성리학적 잣대는 국왕이 난리가 나 수려한 경관을 찾아 머리를 식히러 다닌다고 하면 그만이란 것인가.

한데 평양에서 정주 사이를 유람하듯 오르내리다 보니, 뜻밖에 어가가 화려 찬란 시끌벅적해졌다. 선조가 의주로 도망갈 때는 꼭꼭 숨어 머리카락도 보이지 않던 자들이 왜가리 여울목 넘겨다보듯 숨어 있다가 어가가 한양을 향해 올라가니, 황새 조알 까먹는 태생의 아첨으로 성시를 이루어 볼만한 행렬이 이루어졌다. 왜놈들이야 곧 자기들 나라로 들어갈 것이고, 선조대왕께서는 승전하신 임금님으로 도성으로 들어가 다시 옥좌에 앉게 되면 세상이 어떻게 달라지겠는가? 위세가 등에 소름을 돋게 하고도 남을 터인즉, 이때 찍히면 당장 모가지다. 차후 한자리 얻어 하려면 지금 얼굴 도장을 찍어 둬야 한다 거지도 잘 입어야 얻어먹는 깃이다. 왕실에 물방울이 튀었거나 말았거나 주자학을 좀 읽었다 하는 온갖 잡새들이 물 만난 오리걸음으로 모여들어 어가에 삼현육각을 잡히니 행재소가 뻑적지근해졌다.

죽었다 살아난 권력의 모습이 이러했다. 나라가 평온할 때
보다 선조의 위세가 태산을 무너뜨릴 것이다. 어가는 때 아
닌 호시절을 만나 곽산 운흥관에서 가산嘉山으로 올라왔다가
다시 박천으로 내려갔다. 그래 봤자 깨 벗고 장도칼 찬 것인
데, 무에 그리 바쁜지 박천에서 안주로, 안주에서 영유로, 영
유에서 숙천으로 왔던 길을 도로 갔다 왔다 하면서 다시 영
유현으로 올라갔다. 속말로 수염에 먼지까지 털어 주는 아첨
꾼들에게 둘러싸여 미친년 널뛰듯 정주 · 가산 · 안주 · 숙
천 · 영유를 오르내리며 석 달을 보냈다.

하는 짓거리도 볼만했다. 이삿짐 뒤에 강아지 따르듯 어가
뒤에 줄을 선 유생들이 고을고을 들어가, 명나라 군사의 마
초와 군량을 제때 보급 안 했다고 모판에서 피사리 뽑듯 사
령들을 골라내 닦달을 했고, 명나라 사신에게 예의를 다하지
않았다 하여 수령들을 곤장 쳐 관직을 파직시켰다. 도망간
수령들은 국가의 안전을 위태롭게 했다고 여적죄를 씌워 가
둬 죽였다.

적이 평양성을 빠져나갈 때 아무 조처를 취하지 않았다 하
여 비변사를 추국한 것까지야 그렇다 치자. 무슨 약점이 그
리 많은지 명나라를 어버이 국가로 섬기면서도 명나라 군사
들이 경국대전을 열람하는 일만은 눈에 쌍불을 켜고 금하라
는 어명을 내렸다.

그러고도 할 일이 많았다. 의주로 도망치면서 땅속에 묻어 둔 어보御寶를 찾아오게 했고, 숨겨 둔 금붙이 상자를 파내 오라 했다. 어보와 금붙이 상자가 손에 들어오자, 백관을 거느리고 종묘가 있는 방향으로 엎어져 거짓 울음을 짜면서 곡림哭臨하는 일로 날을 보냈다. 한편, 이여송 생사당을 빨리 안 짓는다고 관료들을 족쳤다. 미운털이 박힌 사람들은 왜놈들에게 부역했다는 죄목으로 잡아다 때리고, 불로 지지느라 한양으로의 발걸음이 자꾸 늦어졌다.

남해안에서는 해전이 벌어지고, 삼남 곳곳에서 왜놈들과 국지전이 벌어져 백성들이 죽고 약탈이 걷잡을 수 없는 터에, 북방 행재소는 뇌물을 가져다 받칠 수 없는 백성들만 때리고 족치는 일을 '민생을 살피는 정치'라고 생각했다.*

구월산 승군은 혜화문 밖 사아리 경국사에 본진을 두고, 금강산 승군은 안암리 영도사[永導寺; 開運寺]에 본진을 두었다. 구월산 승군과 금강산 승군이 왜적과 대치하고 있다가, 계사년 4월 열아흐렛날, 왜놈들이 한강을 건넌 것을 보고 유정과 의엄이 놈들의 뒤를 추적해 광주廣州로 내려갔다.*

승군들이 왜적의 뒤를 추격해 광주에서 죽산으로 내려갈 때, 김명원은 무능한 장수로 찍혀 파직[遞差]되었고, 권율이

---

* 宣祖實錄 34卷 1月~ 37卷 5月
* 사명대사가 거느린 의승군은 광주(廣州)에 내려가 있었다. 징비록에 실려 있는 '경기 순찰사 좌방어사(京畿巡察使左防禦使)에게 약속시키는 글'에 의하면 한강 남쪽의 여주 이천의 군사는 이미 강 북쪽으로 옮겨서 강을 건너는 길을 지키고……. 申鶴祥, 四溟堂實記, 麒麟苑, 1982, p117

그 자리를 이어 도원수가 되었다.*

"우리도 왜놈들을 나누어서 추격합시다."

의엄의 말에 유정은 권율과 연합해 경상도로 내려가고, 의엄은 여주로 내려갔다.

개성을 수복하고 영통사에 본진을 둔 휴정이 삼각산 승군 총섭 행사를 불렀다.

"너는 나하고 남쪽으로 내려가자."

"예! 그렇게 하시지요."

삼각산 사사를 앞세운 행사의 안내를 받아 휴정은 임진강을 건넜다. 승희와 혜은이 도총섭 스님을 좌우에서 모셨고, 일행은 파주로 올라가 혜음령을 넘어 벽제관에 도착했다.

전쟁은 까마귀 발톱보다 더 날카롭고 무참 무지했다. 예전에 백성들이 어렵게 삶을 꾸렸을 고을고을 집들이 모두 불에 탔고, 사람은 구경조차 할 수 없었다. 녹반이 고개를 넘어 미륵원으로 들어왔는데, 눈에 띈 사람은 거의 어린아이이거나 허리 꼬부라진 노파들뿐이었다. 잠방이만 걸친 아이들의 팔다리는 추수 끝난 강냉이 대처럼 앙상했고, 땟국이 흐르는 배는 수박 통처럼 뺑뺑하게 튀어나왔다. 퀭하게 들어간 눈은 초점이 없었고, 그나마 걸음걸이가 뒤뚱거려 몸뚱이조차 가누지 못했다.

---

* 宣祖實錄 39卷(1593, 癸巳) 6月 6日

무악현을 넘어 모화관을 지나 돈의문으로 들어섰다. 도성은 온통 폐허로 변해 있었다. 휴정은 여경방餘慶坊에서 육조 거리로 발길을 돌렸다. 불타 버린 도성, 혜은이 뭘 안다고 경복궁을 돌아보러 가는 줄 알고 거들었다.

"도총섭 스님. 경복궁, 창덕궁은 모두 탔습니다."

"알고 있다."

목소리가 착잡하게 가라앉아 있었다. 휴정은 사포서司圃署에서 솔재[松峴]를 넘어 안국방을 둘러보았다. 사대부들이 살았던 괜찮다 싶은 집들이 모두 불타 숯덩이로 변해 있었다. 가회방까지 올라가 돌아보았으나 가옥들이 반은 타고 반은 폐허가 되어 있었다.

삼세 세간을 짓고 만드는 것들이
꿈 같고 번개 같고 구름과 같거니
변하고 흩어져 실답지 못한 것이라
벌레의 무리처럼 어지럽고 분분하구나

三世世間法
猶如夢電雲
變壞并不淨
蟲輩亂粉粉 —嘆世

장통방長通坊으로 내려가 다리를 건너 광통방廣通坊으로 올라갔다. 뜻밖에 남별궁이 그대로 남아 있었다. 남별궁이 불에 안 탄 이유가 왜놈 장수 우키타 히데이에가 주둔했기 때문이란 것을 알자 곧 발길을 돌렸다. 걸음을 빨리해 정릉동으로 올라가니 월산대군月山大君 저택이 외형을 그대로 간직하고 있었다.

월산대군의 집은 을사사화 때 죽은 계림군의 집과 나란히 붙어, 반역을 꾀한 집이라 하여 그동안 비어 있던 집이었다. 흔히 부모가 집 한 칸 가지고 있다 갑자기 세상을 떠나면 자식새끼들이 서로 차지하려고 싸움을 벌여 집을 비우는 경우를 종종 볼 수 있다. 한데 월산대군이야 왕손이니 그런 연유는 아니겠지만 집이 비어 있어서 불에 타지 않은 것을 도총섭 스님은 다행으로 여기신 듯했다.

그것이 전화위복인가. 안으로 들어가 찬찬히 살펴보니, 서발 막대 거칠 것 없다는 문자 그대로 횅댕그렁했다. 그래도 불한당을 치렀던 모양으로 대문은 떨어져 나갔고, 방문은 뜯겨 마당에 나뒹굴었다. 종실의 대저택이 보기에도 민망하고 안쓰럽기 짝이 없는 몰골이었으나 이만한 집이라도 남아 있어서 다행이다 싶은 안색이셨다.

"이만한 집이 있기에 다행이구나."

방안과 대청을 한 바퀴 돌아본 뒤 큰스님이 행사를 불렀다.

"네가 이 집을 수리해 놓거라."

이 무슨 버마재비가 매미를 잡는 소린가.

"뭘 하시려구요? 큰스님."

행사가 노스님을 쳐다보았다.

"전하가 오실 터인데, 우선 의지하고 들어앉을 집은 한 칸 있어야 되지 않겠느냐?"

"아, 예—!"

그제야 감을 잡고 행사가 대답했다. 그렇지만 땡감 씹는 기분은 털지 못했다. 노인네가 무엇이 그리 자상해 유가들도 나 몰라라 그러는 도성에 행재소를 챙기시겠다는 건가. 못마땅한 생각으로 노스님을 말없이 바라보았다.

"삼각산 승군을 동원해 우선 사람이 들어가 앉게 손을 보아야겠다."

할 수 없었다.

"예, 그렇게 하겠습니다."

큰스님 말씀이라 대답은 그렇게 했지만, 참 알다가도 모를 일이었다. 노인네가 유가들 나라를 개혁하자고, 그것도 바닥부터 뜯어고쳐 새로 나라를 세우자고 일어서려 했던 터에 전란이 터져 나라를 망쳐먹은 국왕 행재소를 마련하라니, 우리 큰스님께서 속이 있는 건가 없는 건가. 이것이 분분단단分分段段 생사를 백척간두에서 한 발을 타 아래로 내딛이 대장부

---

* 可以超脫分段生死 更進竿頭闊步 了大丈夫事業. 蒙山和尙示惟正上人, 鏡虛惺牛 禪門撮要 梵魚寺刊, 1968, p230

가 사업을 마쳤다고 하는 것인가.*

송진처럼 깡깡하게 굳어 코앞 그릇에 담긴 것만 밥인 줄 알고, 제 목구멍에 떠 넣을 줄만 안 조선 사대부들, 변화를 싫어하는 그들의 허울 좋은 태평성대가 이런 엄청난 재앙을 불러들인 것 아닌가.

"스님, 나라가 이리된 것은 유가들 과보 아니옵니까?"

월산군 저택을 수리하기 싫어서가 아니었다.

"그래서 어쨌다는 것이더냐?"

"제 소견으로는 유가들 과보라고 보옵니다만……."

마지못해 한마디 했더니 그 말이 떨어지기 바빴다.

"네 소견이 안에 있더냐? 밖에 있더냐?"

"……?"

행사가 물끄러미 노스님만 쳐다보았다.

"막힌 곳이 담이 아니고 트인 곳이 허공이 아니다."*

그러고는 빙그레 웃으셨다.

"강규아자비천強叫鵝子飛天이라 했더니라. 억지로 거위에게 하늘을 날라고 할 수 없는 터에, 대란이 일어나 백성들이 힘들어하는 것을 보고 우리가 나섰던 것 아니더냐? 먼저 나라를 찾아 놓아야 백성들이 덜 힘들어할 것이거늘……. 어쨌거나 지금은 선조 임금이 나라를 다스리지 않느냐? 그렇지 않아도 형편이 더더욱 어려워진 나라임에 잘 보살피도록 도와

---

* 礙處非墻壁 通處勿虛空 若人如是解 心色本來同. 禪門拈頌 礙處

주는 것이 힘들어하는 백성들을 돕는 일 아니겠느냐?"

행사가 자신의 소견 짧았음을 알아채고 대답했다.

"알겠습니다."

그때 선조는 영유현에 있었다. 몇 번을 되풀이해 떠났다가 다시 찾아간 영유에서 4월 스무나흗날, 왜놈들이 도성에서 물러갔다는 말을 들었다. 왜적이 물러갔다는 소리를 듣고, 큼! 큼! 큰기침을 하고 황새 조알 까먹는 아첨에 궁합이 맞는 대신들과 그 모든 것이 '이여송이 덕'이라고 입술에 침이 마르도록 치하했다.

하늘 천 하니 넘을 천 하듯, 왜놈들 손에 파헤쳐진 선릉과 정릉에 개장도감改葬都監을 시설하고 위안제를 지냈다. 말하자면 종묘에서 할 일을 영유현에서 했는데, 꺼이꺼이 우는 조곡朝哭 행사를 3일 동안 벌였다. 그때 도성으로 올라온 삼도도체찰사三道都體察使 유성룡이 장계를 보냈는데, 정릉의 유해가 양주의 어느 민가에 모셔져 있다는 것이었다. 선조는 더욱 소리 내어 꺼이꺼이 울면서 개장할 때 흰옷에 검은 띠를 두르고 검은 옻칠을 한 갓을 쓰자는 아첨꾼들 말을 받아들여 그러기로 했다.

도성이 참혹한 참상보다도 선릉과 징릉의 개장 문제를 놓고 까마귀가 염불하고 쥐 방귀 뀌듯, 4월이 다가도록 매듭이 지어지지 않아 5월까지 이어졌다. 빨리 도성으로 올라가야 한나는 의견이 대세를 이루는가 하더니, 느닷없이 해주로 가자는 의견이 튀어나왔다. 하나 선조는 무슨 연유인지 영유현에 붙박여 꼼짝하지 않았다.

계사년 6월 성절聖節을 맞았다. 성절은 명나라 황제 귀빠진 날로, 메주 먹고 술 트림하듯, 날마다 하례 방물을 뭘로 할 것이냐 하는 문제로 꽹매기 소리처럼 시끄러웠다. 그러다가 곧 죽어도 낯은 내야 하겠기에 흰모시, 인삼, 호랑이 가죽, 표범 가죽 등등 하여간에 호화 진상품을 빽적지근하게 바리바리 실어 명나라에 보냈다.*

어가의 지그재그 걸음은 아직 끝나지 않았다. 다시 안주로 내려갔다가 6월 초닷샛날 숙천으로 올라왔다. 사간원에서 도성으로 올라가야 한다는 말을 했으나, 세자가 병중에 있다며 콧방귀 응수였다. 그래도 도성으로 돌아가야 한다고 사헌부와 사간원에서 되풀이해 노래를 부르고 있을 때, 왜군이 진주성을 공격하려고 밀양·양산으로 모여들었다. 경상도 전세가 이러함에도 솔잎이 파라니까 오뉴월인 줄 알고, 경상좌도 관찰사 한효순韓孝純이, 왜놈들이 포로만 남겨 놓고 자기들 나라로 돌아갔다는 치계를 올렸다.*

무당 장구 소리에 춤추듯 행재소에서 '와—!' 하는 함성이 터졌다. 참 환장할 노릇이었다. 왜놈들이 자기들 나라로 돌

---

* 宣祖實錄 39卷(1593, 癸巳) 6月 2日
* 宣祖實錄 39卷(1593, 癸巳) 6月 12日

아갔으니, 너도나도 도성을 재건해야 한다며 행여 뒤질세라, 들지 않는 씨아 소리처럼 요란했다. 선조는 한발 성큼 더 나갔다. 도성을 재건하려면 술사와 상의하라는 것이었다. 곶감 단맛에 배탈 나는 줄 모르듯 왜놈들 수작은 안중에도 없었다. 선조를 에워싼 행재소 무리들이 모두 잘났다고 근질근질한 입술로 달착지근한 말들을 만들어 내던 그날, 제2차 진주성 전투가 시작되었고, 어가는 평양으로 올라갔다.

분다 분다 하니 왕겨 석 섬을 분다더니, 참으로 한가한 양반 님들께서 평양에 왔으니 과거를 보여 무부를 뽑아 전장으로 보내자는 것이었다. 네미랄! 전쟁이 나자, 과거 합격자도 모두 도망쳐 버린 세상이라, 과장을 열어 놓았으나 과거를 보러 온 사람이 하나도 없었다. 그러니 이제는 법을 바꾸자는 것이었다. 양민, 천민 가리지 말고 과거를 보이자는 것이었다. 무부라는 것들이 다 그렇고 그런 놈들인데, 양반이고 상놈이고 무더기로 뽑아 왜놈들 조총받이로 보내기만 하면 그만 아니냐 하는 속보이는 짓이었다. 한데 그 속에 남산 딸깍발이 진짜 샌님이 있었든지 그 무슨 개소리냐? 전에 과거에 뽑혀 싸움터로 보낸 놈들이 남의 재산을 강탈해 왜적보다 더 심하게 굴었던 사실을 벌써 잊었느냐? 수원에서 창고를 부수고 관곡을 훔쳐 깄는데, 친출에게 과기를 보이다니, 그런 개소리가 어디 있느냐며 얼굴에 핏대를 올렸다.*

* 宣祖實錄 40卷(1593, 癸巳) 7月 16日

그러면 왜놈 모가지를 베이 온 자에게만 과기를 보이자는 것이었다. 여러 말 할 것 없다, 서얼은 모가지 둘, 공사천은 셋을 베어 오면 과거를 보게 하자. 좋다! 그럼 왜적의 모가지를 돈을 주고 사다 바치면 어쩔래? 그 대목에서 사관이 토를 달았다. 왜 민심의 분발을 과거 한 가지에만 목을 매느냐? 임금을 감동시켜 변역變易해야 하는 일도 모르면서 날마다 과거를 보인들 임금을 위해 죽을 자가 몇이나 되겠느냐? 예전부터 내려온 과거 법을 고쳐 꼭 백성들을 유인하는 미끼로 삼아야 되겠느냐며 일침을 놓았다.* 그러다 보니 왜놈들 수급을 베어 오는 자들만 골라 과거를 보이자는 방책도 흐지부지 말잔치로 막이 내렸다.

그때 어가는 대동강을 타고 서쪽으로 내려가 강서에 머물렀다. 진주성이 함락되었다는 사실을 한 달이나 지난 뒤에야 알게 되었는데, 6만여 우리 백성들이 죽고, 조선의 곡창 전라도가 구멍이 뚫렸다는 현실은 뒷전이었다. 입만 가진 벼슬짜리들이 어가에 따라붙어 모여 앉기만 하면 빈 깡통을 두드리며 하는 일이란 도망친 관군들을 잡아들여 참수해 효시하자는 것이었다.*

전투 시 관직에 있으면서 도망간 자는 곤장을 때려 파직시켰지만, 공훈을 세운 장수를 포상하는 일도 없지는 않았다.

---

* 宣祖實錄 40卷(1593, 癸巳) 7月 17日
* 宣祖實錄 39卷(1593, 癸巳) 8月 6日

그거야 당연한 일이겠으나, 불행하게도 공훈을 세운 장수들이 거의 순직한 사람들이라 행차 뒤에 나팔처럼 종잇장 벼슬만 주련 걸리듯 내걸렸다.

어가는 20여 일을 강서에서 보내고 황주로 올라왔다. 황주성은 불이 타 머물고 자시고 할 것이 없었다. 다시 봉산·재령을 거쳐 해주에 도착한 것이 8월 열여드렛날이었다. 피 터지는 전쟁을 하는 나라였지만 정치로 밥을 먹는 자들은 싸움터에서 비켜서 있었다. 그들에게 전쟁은 상황이고 정치는 연극이었다.

연극 1막은 선조가 '왕위를 선위하겠다.'는 날벼락 떨어지는 소리로 시작되었다. 정치가 연극임을 모르는 신료들은 얼을 먹어 멍멍 돌았지만, 그놈의 통속 환히 들여다본 신료들은 이럴 때는 눈물이 약이다, 눈두덩에 그렁그렁 물을 찍어 발랐다. 아니나 다를까 재령에서 선위 소리를 듣고 광해군이 득달같이 쫓아와 땅바닥에 엎어지면서 명을 거두어 달라고 눈물을 줄줄 흘렸다.

이게 요즘 말로 재신임이라는 것인데, 이럴 때 눈물이 없으면 "야, 저거 연극 아니냐?" 들통이 나면 사람들이 낄낄 웃는다. 용도 물 밖에 나오면 개미가 문다. 흐트러진 민심, 해이해진 기강, 정치를 아는 자들은 이럴 때 쇼가 필요하다는 것을 누구보다도 잘 안다. 그래서 연기가 광대를 뺨쳐야 한다. 어둑서니는 올려다볼수록 크다. 죄진 놈이 겁먹고, 많이 먹

은 놈이 똥 싼나. 신주성 전투에서 패했다는 구실로 있을지
도 모를 반정의 기미를 잡도리하려는 선조의 수작은 참새에
굴레를 씌우고도 남을 만했다.

  아니나 다를까, 광해군이 납작 엎드려 황공무지하고 지통
망극한 심정 금할 길 없다며 선위를 거두어 달라고 눈물을
쏟아 내는데, 여기에 엑스트라가 없으면 김이 빠지게 된다.
영중추부사 심수경沈守慶, 좌의정 윤두수, 우의정 유홍兪泓이
2품 이상 배역들을 동원해, 봉사 씨나락 까먹듯, 요순시대 이
후 보위를 선위하는 일은 없었다면서 불알을 살살 긁으니,
각본에는 이럴 때 더욱 뻣대야 한다고 적혀 있다. 아니나 다
를까 승정원에서 나서고,* 사헌부에서 나서고, 사간원, 상서
원, 홍문관, 하여간에 다 나서 연극이 절정에 진입했다. 특히
윤두서는 얼굴에 하얗게 분칠까지 하고, 이 모든 것이 하늘
이 만든 뜻이라면서 명을 거두어 달라고 찰거머리처럼 들러
붙었다. 여기에 이르니 눈 달린 행재소 인간들이 모두 나서
선위를 거두어 달라고 떡 쪄 놓고 빌 듯하는데, 딱 한 사람 눈
알이 올바로 박힌 자가 있었던지, 선위를 하려면 일본과 전
쟁이 끝난 뒤에 하든지, 최소한 도성으로 들어가서 해야지
길바닥에서 이 무슨 아이들 장난이냐고 일침을 놓았다. 이자
가 바로 사관이었다.*

---

* 宣祖實錄 39卷(1593, 癸巳) 9月 1日
* 宣祖實錄 39卷(1593, 癸巳) 9月 1日

9월 초여드렛날, 선조한테 빈대처럼 달라붙어 떨어지지 않던 윤두수가 선위를 하지 않겠다는 다짐을 받고 물러나자 1막의 연극이 막을 내렸다. 하여간 이리 어수선한 속에서 전라 좌수사 이순신은 삼도수군통제사三道水軍統制使가 되었고, 전라 우수사 이억기와 경상 우수사 원균을 휘하에 거느리게 되었다.

　한양으로의 길은 멀고도 멀었다. 9월 열아흐렛날이 도성으로 들어갈 길일이라 하여 날짜를 받았는데, 하늘이 '방해'를 놓는지 우르르 꽝! 천둥을 치면서 벼락을 때렸다. 필시 하느님이 입성을 말리는 징조라 하여 움직이지 않았다. 그래도 도성으로 들어가야 한다고 비변사가 주장하자, 입이 광주리만 해도 입을 열지 못하게 또 선위 카드를 빼들었다.* 다시 윤두수가 손바닥을 싹싹 비벼 선위의 뜻을 거두게 하여 날씨를 보아 환도하자고 하자, 어찌 하늘이 하는 일을 번거롭게 하느냐며, 일정을 모두 일축해 버렸다.

---

* 宣祖實錄 39卷(1593, 癸巳) 9月 19日

칼을 들고 자비를 베풀라

기요마사가 포로로 잡아 억류한 임해군과 순화군을 송환하기 위해 이여송은 장세작을 움직여 교섭을 벌였다. 기요마사는 임해군과 순화군을 풀어 주는 대가를 내걸었다.

"내가 너희들을 풀어 주면 뭘 해 주겠느냐?"

"부왕께 돌아가면 장군께서 원하는 것을 다 들어주겠소."

"좋다! 부왕께 말씀드려 한강 이남의 땅을 떼어 주겠느냐?"

"어찌 그것뿐이겠습니까? 원하는 대로 다 해 드리겠습니다."

물론 믿지야 않았겠지만 기요마사는 임해군과 순화군에게 국토를 반분해 준다는 서약서를 받고 풀어 주었다.*

---

* 老朽舟火漢江 王子臨海君等 自淸定營 遣人奔語老朽云 倘得歸國 漢江以南 不拘何之. 懲毖錄

나라를 위란에서 구하는데 하나도 보탬이 안 되는 임해군과 순화군이 풀려난 뒤였다. 개성을 수복한 승군 도총섭 스님은 영통사에 본진을 두고 있었다. 늦어도 5월 초에는 어가가 도성에 들어가 있어야 했다. 적을 쫓아 소탕해야 할 책무가 있는 행재소이고 보면 적이 물러났으니 곧바로 도성으로 들어가 정사를 살펴야 함에도 어가는 여드레 팔십 리였다.

의주에서 해주까지 오는데 여덟 달이 걸렸다면 그거야 굼벵이가 뒹구는 걸음이라고도 할 수 없는, 나라 다스리기를 포기한 자들임에 틀림없었다. 위조된 태평성대가 미친 바람으로 염통을 살랑살랑 건드린 일장춘몽 꽃구경이랄까. 그러면서 촌사람 엿가락 뽑듯 날짜만 뽑았다.

제 나라의 일을 제 손으로는 아무것도 못한 이런 자들이 어찌 왜적을 막고 나라를 평온히 할 수 있단 말인가. 휴정은 아니다 싶어 사사들을 풀어 어가가 어디쯤 오고 있는지 알아보게 했다. 선조의 고의춤을 들어 올려서라도 도성에 앉혀 나라가 어떤 모습에 처해 있는지 확인하게 해 줘야 하겠다는 생각에서였다.

묘향산 승군에서 무예가 고단인 사사 800명을 뽑아 특별경비대를 편성했다. 행재소 위치를 알아보러 간 사사들의 보고가 들어왔다. 입술에 문자만 달린 자들이 어가를 둘러싸고 게으른 여편네 개 밥통 들여다보듯 고을을 기웃기웃 수령들을 족치면서 연안부로 내려와 있다고 보고했다.

휴정은 그 자리에서 서찰[狀啓]을 써 행재소로 보냈다. 800 승군 경비대가 어가를 호위해 도성까지 모시겠다는 내용이 었다. 휴정은 800 경비대를 장삼 위에 오조가사를 수하게 하여 삼지창으로 무장시켰다.

장곡에게 경비대를 통솔하게 하고 연안부로 내려갔다. 무부라면 '뒷보'* 갈개발 취급하는 게 유가들 행태였다. 함에도 무부가 곁에 있으면 괜히 걸끄럽다. 걸끄러운 속내는 무부의 완력 때문이었다. 완력이란 묻지 마 폭력인지라, 주먹은 가깝고 문자는 멀다는, 용맹무쌍 그런 것이었으니, 유생들은 찔끔하면서 그것을 개 바위 지나가듯 금기시해 왔다. 그 금기의 겉은 품위로 내세워졌지만 속을 들여다보면 심약한 콤플렉스로 위장된 것이었다. 그것이 쭈그러들면 비굴로 나타난다. 사람들은 그것을 듣기 좋게 '문약文弱'이라 했다.

곁에 있는 것만으로도 괜히 걸끄러운 무부들을 문약한 유생들이 어가를 경호하게 해 따르게 할 까닭이 없었다. 허깨비 문자의 춤 속에 국왕까지 함께 춤을 추면서 앞으로 갔다 뒤로 갔다 그러고 있는데, 말을 탄 도총섭 스님이 무장을 한 승군 특별경비대를 데리고 예성강을 건너 연안부로 들어갔다.

적이란 나를 해치는 상대편을 말한다. 무엇을 지킨다고 하는 것은 지켜야 할 주체가 있기 때문이다. 나라고 하는 주체가 있으므로 나를 해치는 상대를 막게 된다. 그것이 나를 지

---

* 천하고 더러운 사람

키는 것이다. 문제는 지켜야 할 적이 밖에만 있는 것이 아니고 안에도 있다. 밖의 적이 침입하는 것은 내 안의 방비가 철저히 무장 안 된 데 있다. 철저하게 무장을 갖추지 못하게 만든 것이 내 안의 적이다.

나라도 같다. 바다를 건너와 휘젓고 다닌 왜적이 밖의 적이라면 나라의 방비를 방해한 나라 안의 적이 있기 때문이었다. 200여 년 전쟁이 없었다고 까불어 대며 주둥이로 태평성대를 떠벌린 유생들이 나라 안의 적이다.

국방이 튼튼하지 못한 태평성대는 사기다. 국방을 튼튼히 하려면 엉덩이가 안반 같은 탐관들이 향리들과 술에 취해 흥얼거리는 멋대로의 행태를 막아야 한다.

그렇게 하려면 어찌해야 하는가? 나라 다스림이 저울추[權衡]와 같아야 한다. 벼슬 있는 자들이 뇌물 받아 상납하고 나머지로 제 배를 채우는 일을 없게 해야 한다. 밤낮없이 소처럼 일해 수확한 백성들의 곡식을 밑바닥까지 훑어 먹는 거대 자본의 구조와 세제 체계를 바꿔야 한다.

백성들 가운데는 목숨을 아까워하면서 가진 것이 넉넉한 사람도 있고, 가진 것은 없으나 목숨을 아끼려 하지 않은 사람도 있다. 군주가 지혜로우면 그 실정을 잘 살펴 그들에게 맞는 역할을 준다. 그렇게 통합되고 융화되어 움직여야 전쟁에 나가 죽은 사람도 나라를 원망하지 않고, 가진 것을 내놓은 사람도 나라를 원망하지 않는다. 그래야 백성들이 한뜻으로 충성하게 된다.*

국방이 튼튼한 태평성대는 저울추와 같이 평등한 나스림에 있다. 조선이 그러한 나라였던가? 그런 나라라고 주둥이를 나불거린 것은 거짓말 정치의 대물림이 그렇게 만들어 왔다. 조선은 가진 것이 하나도 없는 사람들이 많은데, 왜 저놈은 저렇게 많이 가졌냐는 박탈감으로 도처에 도적들이 쫙 깔린 나라였다. 그 책임이 오로지 국왕에게 있다. 함에도 국왕이 나라 안의 수퍼 도적들과 같이 날뛰니, 도적들만 더욱 살판 나는 나라가 되었고, 그러다 보니 왜적의 침입을 받았다고 해도 된다.

말을 탄 특별경비대가 연안부 동문으로 들이닥치니 문약한 중생들 눈알이 토란 알처럼 커졌다. 중놈들이 행재소를 밟으러 왔나? 가짜 태평성대를 노래해 나라를 이 지경으로 빠뜨린 한심한 자들이 낮도깨비를 만난 듯 뒷걸음질 쳤다.

승희와 혜은이 도총섭 스님을 경호하고 따라갔는데, 전하를 알현하러 왔노라 하니, 호랑이를 본 개처럼 겁은 먹은 자들이 연안성을 밟으러 온 것이 아님을 겨우 알아차렸다. 한데 중은 상놈인지라 눈치를 살살 살피더니 곧 위세가 생파리처럼 씽씽거렸다.

다행히 앞뒤 사정을 알고 있는 윤두수가 나와 도총섭 스님

---

* 私公之財壹也 夫民有不足於壽而有余於貨者 有不足於貨而有余於壽者 唯明王, 聖人智之 故能留之 死者不毒 奪者不溫 此無窮, 民皆盡力. 孫臏兵法, 行篡

을 안으로 맞아들였다. 그래도 성문 밖 오조가사를 수하고 반듯하게 질서를 지키고 서 있는 특별경비대를 흘끔거렸다.

도총섭 스님이 선조와 대면해 앉았다.

"승군으로 어가를 호위하겠다는 장계는 받았소."

"어서 도성으로 들어가서서 민심을 살피셔야 합니다."

"그렇지 않아도 그럴 생각이오."

"언제쯤 떠나실 예정이십니까?"

"연안성을 지키느라 전사한 사람들이 있다 하니, 가족들을 만나 보고 떠날까 하오."

행재소 안에서 선조와 도총섭 스님 사이에 그런 이야기가 오가고 있을 때, 동문 밖에서는 중놈 새끼가 건방지게시리 행궁 앞까지 말을 타고 와 궐문을 드나든다고, 행재소 벼슬아치들이 똥 싼 누덕바지 모양이 된 얼굴로 투덜투덜했다.*

선조는 까마귀 꿩 잡을 계교로 승려들을 전쟁에 활용하기 위해 휴정에게 병권을 맡겼었다. 왜놈들에게 의주까지 밀렸으나, 승려라 하면 나무팽이 등 맞추듯 해 온 행재소, 그러함에도 이름만 있는 사헌부에서 아무리 장재將才가 부족하기로 어찌 그런 이류異類들에게 병권을 주느냐고 들고 일어났다.

하나 승군은 관군하고 달리 군량을 퍼 들여 먹일 필요도 없지 않느냐, 의병처럼 법도를 문란게 하는 것도 아니고 벼슬이랄 것도 없는 '종이쪽지' 한 장만 주면 적의 수급을 무더기

---

* 宣祖實錄 40卷(1593, 癸巳) 7月 19日

로 베어 올 텐데, 그거야 도링 치고 기제 잡고, 맛좋고 값싼 갈치자반 아니냐? 그래서 선과禪科가 주어졌다[下諭].*

"승군이 개성을 수복했다는 이야기는 들었소."

선조가 치하 비슷한 소리를 했다.

"할일을 한 것뿐이옵니다."

"아니오, 그렇지 않아도 포상을 내리려던 참이었소."

포상을 이야기하러 온 것이 아니었으므로 휴정은 고개를 저었다.

"저번에 비단을 하사해 주신 것만으로도 감사하옵니다."

지난 5월, 휴정은 포상을 해 줘도 마다할 터이니, 제자들 가운데 공이 있는 자를 포상하고, 세속에 동생이 있거나 조카가 있는 자들에게 나누어 주라면서 비단을 내려보낸 적이 있었다. 선조는 비변사의 보고를 받고 왜적을 물리친 공헌이 크고 군량을 모으는 데 어려움을 마다하지 않은 곽언수[의엄]와 변헌[卜獻; 雙翼]에게 관직을 내렸으나 곽언수는 사양해 선가판사 직첩만 그대로 가지고 있었고, 변헌에게는 사정司正으로 제수하였다가 사과司果로 승진시켰다.*

그래서 선조에게는 승군이 값싼 갈치자반이었다.

"도성으로 돌아가면 다시 국토를 돌려 놔야겠는데, 어떻게 하면 좋겠소?"

---

* 宣祖實錄 40卷(1593, 癸巳) 6月 29日
* 宣祖實錄 40卷(1593, 癸巳) 5月 15日

짬을 들였다가 대안이라고 묻는 물음에 휴정이 대답했다.

"먼저 전하의 마음을 움직여야 국토가 돌아오지 않겠습니까?"

선조가 움찔하면서 마뜩찮은 눈으로 쳐다보자, 휴정이 말을 이었다.

"나라를 잘 다스려 쌀값이 싸고 나무가 흔하면 이웃이 다 풍년입니다."*

자기만큼 나라를 잘 다스리는 임금이 없다고 자부하는 선조의 귀에 달달한 소리가 아니다 보니 얼굴이 밝지 않았다. 밝지 않은 얼굴에 대고 동문서답 같은 말이 이어졌다.

"우선 깨진 거울부터 맞춰야 합니다."

깨진 거울을 맞춘다[破鏡重圓] 함은 진陳나라가 망해 가족들이 흩어지게 되었을 때, 서덕언徐德言이란 자가 구리거울을 반으로 쪼개, 뒷날 증거물로 삼자며 그의 아내와 나누어 갖고 있다가 다시 만났을 때 도로 맞추어 가졌다는 데서 온 말이었다.

"깨진 거울을 맞추다니요?"

무슨 쇠똥 빠진 소리냐는 듯 선조가 고개를 들었다.

"꽃가마도 메는 사람이 있어야 움직인다 하였습죠. 지금 도성이 비어 하루가 어삼춘데, 이가가 도성 안으로 들어가야 흩어졌던 백성들이 모여든다는 이야기올시다."

---

* 如何轉得自己 成山河國土去…湖南城下好良民 米賤柴多足四隣. 山河, 禪門拈頌

"그래서 어가를 호위하러 오셨다 그 말이오?"

선조가 생각해 보니 이거 참! 이류만 아니라면 이런 충신이 없었다.

"그러하옵니다."

경인년 정여립 사건으로, 나라의 옥새를 뺏으러 온 사람인데, 지금은 발 앞에서 나라를 구해야 한다는 대답이 확신에 차 있었다.

"내금위를 생각도 못한 터에 대사께서 짐의 마음을 꼭 짚어 냈구려."

사람됨이 곧고 품성을 닦아 덕행까지 갖춰 앞뒤가 분명하고 당당히 할 말을 하는 사람이라는 것은 경인년 친국장에서 보아 선조도 알고 있었다. 양반은 고양이요, 상놈은 돼지라던데, 선조가 보기에 잡티가 섞이지 않은 휴정은 양반도 아니고 상놈도 아니었다. 도토리와 상수리는 구별이 쉬우나 은행과 개암은 구별이 어렵다. 어느 쪽일까? 이자는 개암이 아니라 은행이다. 그러고는 변죽을 울려 보았다.

"개성을 수복하는 데 피해는 없었소이까?"

"안타까운 일이나 제자 여럿이 목숨을 잃었습니다."

대답이 명주실처럼 날리지 않는 것만으로도 유생들과 달랐다.

"저런! 그게 다 짐을 잘못 둔 탓 아니겠소."

정치 감각이 튀다 보니 속이 훤히 보이는 말도 구별 못했다.

"승군도 나라의 은혜를 입은 백성이옵니다."

"고맙소! 수도동귀殊途同歸라* 하더니 정말 고맙소이다!"

고맙다는 말을 되풀이했다. 한데 밖에서는 딴판이었다. 휴
정이란 중놈이 병권을 맡더니 오만방자해져 추종자들을 거
느리고 행문行門 밖에 당도해 말에서 내리기는커녕 거만스럽
게 아래로 내려 본다는 것이었다. 재상인들 어찌 그 앞에서
체통이 서겠냐며 되레 죄를 문책[推考]해 엄히 다스려야 한다
고 경신년 글강 외듯 떠들어 댔다.*

이튿날 선조는 왜적을 맞아 싸운 백성들과 전사한 가족들
을 만나 쌀과 관직을 내리고 연안성을 출발했다.*

어가가 동문을 나서는데, 솜대 밭에 왕대처럼 상황이 바뀌
기 시작했다. 밤을 새워 성 주변의 경비를 섰던 승군들이 좌
우 두 줄로 어가를 호위해 잡인들 근접을 막았다. 잡인은 급
낮은 행재소 신료가 포함되었다. 니기미! 중은 상놈인데, 건
장한 체격에 창을 잡고 어가를 호위하고 따라가니, 놈들은
용이고 신료들은 뱀이었다. 상놈은 아무나 툭툭 건드리고 하
대를 해도 괜찮은 풍습이었지만, 졸지에 중놈들이 창을 든
금위군으로 바뀌니 행재소 중생들이 고욤 씹은 몰골이었다.
도성에 금위군이라 해도 무식한 새끼들 콱 깔아뭉개도 별일

---

* 길은 달라도 도착하는 데는 같다는 말
* 宣祖實錄 40卷(1593, 癸巳) 5月 15日
* 宣祖實錄 42卷(1593, 癸巳) 9月 24日

없는 풍습인데, 어가를 호위하고 나선 중놈들은 그것이 아니었다. 200여 년 풍습이 중놈은 똥친 막대기였으나 흰말을 타고 앞서가는 휴정이란 자는 그런 중이 아니어 보였다. 장삼에 오조가사를 목에 걸고 가슴에 띠를 두른 졸개들도 눈빛이 푸르고 눈알이 땡글땡글 돌았다. 똥친 막대기 취급을 했다가는 되레 창날이 날아들 판이었다.

털빛이 고운 백마를 탄 휴정이 앞에 섰고, 검은 말을 탄 장곡이 그 뒤를 따랐다. 승희는 적황색 말을 탔고, 혜은은 이마에 흰 점이 박힌 말을 타고 장곡의 곁을 일렬로 따라갔다. 승군도총섭 깃발이 그 뒤를 따랐고, 어가 뒤에는 말을 탄 승군장들이 따랐다.

서열 높은 신료들이 말을 탄 승군장들 뒤에 섰다. 창끝에 卍자 기창을 든 승군들이 어가를 둘러싸고 따라가니, 닫는 짐승도 오줌을 저릴 지경으로 경호가 삼엄했다. 뒷심이 물호박인 유생들에게 둘러싸여 목표도 생각도 없이 발길 닿는 데서 멈추고, 발길 멈추는 데서 잠을 자던 때와는 사정이 완전히 바뀌었다.

9월 스무이렛날, 만수산 봉우리에 해가 서너 자쯤 남아 넘실거릴 무렵 개성에 도착했다. 멋도 모르는 유생들이 어가를 개성유수 상아上衙로 모시려 했다. 한데 적장 기요마사가 머물렀던 곳이라는 사실을 알고 목청전[穆淸殿; 태조 이성계의 옛집]으로 향했다. 문제는 목청전이 어서옵쇼, 그리고 가다릴

리 없었다. 목청전에서 그리 멀지 않은 성균관까지 모두 숯
밭이 되어 있었다. 할 수 없이 동대문을 나가 화담서원花潭書
院에서 머물렀다.

승군이 개성을 수복한 뒤 뒷북을 치고 따라온 명나라 유격
오유충吳惟忠은 그때 개성에 있었다. 천 겹 만 겹 황공무지 은
혜를 입은 명나라 오유충에게 선조는 술과 대구 200마리를
안주로 가져가 위로해 주고* 개성을 떠났다.

장단에 이르니 점심때였다. 허허참! 정치라는 게 하늬바람
인 줄 모르는, 지응관[支應官; 국왕에게 점심을 제공한 지방 관료]이
란 자가 감을 못 잡고, 수라와 다과를 빽적지근하게 차려왔
다. "네 이놈! 경기도가 유독 탕패가 심한 곳인데, 이 무슨 사
치냐?" 짐짓 연극으로 곤장을 때려 주고 동파역으로 나왔
다.*

나루로 내려가니 영통사 승군이 특별경비대와 박자를 맞춰
정자포亭子浦·문산포文山浦·탄포炭浦까지 내려가 큰 선박들
을 끌어와 나루에 매놓고 기다리고 있었다. 어가 행렬이 미
리 대기시켜 놓은 큰 배를 타고 유람하듯 강을 건넜다. 선조
는 너무 감격한 나머지 눈가에 감구지애[感舊之哀; 예전의 슬픈
감정]의 눈물이 번졌다. 작년 4월, 임진강을 건널 때 절박했던
생각이 속을 욱 치받고 올라왔다. 억수로 퍼붓던 빗속에 몇

---

* 宣祖實錄 42卷(1593, 癸巳) 9月 27日
* 宣祖實錄 42卷(1593, 癸巳) 9月 28日

명 안 된 신료들을 데리고 화석정을 불태워 강을 건너면서 윤두수, 윤근수 형제에게 곁에 딱 붙어 떨어지지 말라는 말을 한 적이 있었다.

"좌상!"

탄식에 젖어 선조가 윤두수를 불렀다.

"예! 전하."

"작년에 이 강을 건너 북쪽으로 갔었지."

윤두수가 선조의 얼굴을 바라보았다.

"예, 그러하옵니다."

"좌상은 짐의 곁을 떠난 적이 있었던가?"

선조의 뱃속에 들어갔다 나온 윤두수였다.

"성은이 망극하여 전하 곁을 지켰을 뿐이옵니다."

이번에는 이항복을 돌아보았다.

"병판도 짐의 곁을 떠나지 않았었지?"

"예! 그러하옵니다."

이렇게 되면 '라인'이라는 것이 생긴다. 라인이 뭔가, 끄나풀이다. 권불십년權不十年이란 권세가 십 년 안팎인 것임에도, 권력의 신뢰를 받으면 모두 개가 되어 옳고 그른 것이 없다. 벼슬을 하고 산다는 것은 권력과 돈의 수레바퀴에 맞물려 돌아간다는 뜻이다. 전쟁하고도 상관없다. 내 살판을 만들기 위해 사기를 쳐도 좋고, 삐딱한 놈 옭아 넣어 잇속만 챙기면 되는 거다. 죄 없는 사람 피눈물을 뽑는다는 그 따위 소

리는 못난 놈들이나 하는 말이다. 딱 한 사람인 국왕 마음에
만 들면 그만이었다.

승군의 호위를 받은 어가는 강을 건너, 시체가 줄줄이 널려
육탈이 덜 끝난 길을 지나 벽제관으로 향했다.* 영통사에 집
결해 있던 승군은 특별경비대가 호위한 어가 뒤를 멀리서 받
치고 따라왔다.

어가가 벽제관에 머물렀다. 벽제관에 머문 행재소의 관심
은 백성들이 얼마나 많이 죽었고, 살아 있는 사람들 몰골이
어떤 모습인지 그런 것은 뒷전이었다. 선조는 도성으로 들어
간 다음 날 선릉과 정릉을 참배케 하라는 어명을 내렸다.

비변사는 성상께서 돌아왔음을 널리 알리고, 비둘기 콩 생
각하듯 그 형편에 진상과 공물이 생각났음인지, 진상과 공물
을 줄이라는 밭은소리를 했다. 그런 가운데 가장 중요하게
하달된 것이 전하의 명망[德音]을 대대적으로 반포하라는 어
명이었다.*

벽제관에서는 특별경호대가 어가를 두 겹으로 둘러쌌다.
개성에서부터 말을 탄 승군장 수도 늘어 경호가 한층 강화된
모습이었다. 개성을 떠날 때처럼 휴정이 맨 앞에 섰고, 말을
탄 승군장들이 그 뒤를 따랐다. 승군이 어가 뒤에 바짝 따라
붙고, 신료들이 서열 순으로 승군장 뒤를 따랐디. 그리다 보

---

* 宣祖實錄 42卷(1593, 癸巳) 9月 29日
* 宣祖實錄 42卷(1593, 癸巳) 9月 29日

너 서열이 아래인 신료들이 경호선 밖으로 밀려났다. 휴정이 내금위장만 되었더라도 꼬리도 못 폈을 유생들이 행렬을 선도하는 휴정이 중이다 보니 주둥이가 나팔처럼 튀어나와 콧김이 뜨거워졌다.

장엄하달 수는 없으나 때가 때인지라 빈틈없이 경호가 이루어져 실추된 국왕의 체면이 회복된 느낌이었고, 어가 행렬의 위의가 크게 살아나 나라라는 것이 정말 있는 거구나 싶었다. 선조가 녹반이 고개를 넘어 미륵원[현 문화촌]에 이르러 점심을 먹으면서 도성에 들어가 거처할 행궁에 대해 물었다.

"행궁에 능화지와 포진석자는 어떻게 되었는고?"

월산대군 사저가 행재소로 수리되어 있음을 휴정이 이야기해 줘 알고 있었으므로, 일순위로 거론되어야 할 행재소 이야기는 빠지고, 그 낫에 무늬 있는 벽지[菱花紙]와 바닥에 깔 돗자리[鋪陳席子]에 대해 물었다.*

이것이 삿갓에 솔질이란 것인 바,

"포진석자는 모르겠으나 능화지로 수리하였다 합니다."

휴정의 대답에 선조가 고개를 끄덕였다.

"고맙소! 대사."

어가는 모악현을 넘어 모화관에 이르러, 명나라 황제가 있는 곳을 향해 절을 네 번 올리고[四拜禮]* 정릉동 행재소로 들

---

* 宣祖實錄 42卷(1593, 癸巳) 10月 1日
* 宣祖實錄 42卷(1593, 癸巳) 10月 1日

어갔다.*

사람이 살았던 도성의 집들은 시신이 산처럼 쌓여 있었다. 건건짭짤한 시체 썩는 냄새가 하늘을 덮었고, 육탈이 끝난 백골들이 어지러이 널려 있었다. 휴정은 관악산·청계산·남한산·강화·과천·광주·양근·저평에 이르기까지 승군에 편입 안 된 스님들을 동원해 시신 치우는 작업을 했다.

선조가 뭣 빠지게 도망친 도성으로 돌아오니 할 일이 산과 같았다. 사람됨이 워낙 자잘하다 보니, 가만 놔둬도 아래 관리들이 알아서 할 일까지 모두 챙기고 나섰다. 그 가운데에는 시신 치우는 일도 포함되어 있었다.

"도성 안팎에 시체가 쌓여 유사들이 미처 거두지 못한다고 한다. 평소 시신 묻어 주는 일을 업으로 하는 승인僧人들을

---

* 월사(月沙) 이정귀(李廷龜)가 쓴 금강산 '서산대사 비문'에 휴정이 '700여 승군을 거느리고 대가를 호위해 도성으로 돌아왔다.(七百餘人迎 大駕還京都)'고 새겨 놓았다. 정조(正祖)는 대흥사에 '표충(表忠)' 사액을 내리고 서산대사 제향을 국가 제향으로 상례화하면서 손수 제문을 지어 보냈는데, '명나라 군사와 협조하여 전쟁이 그치게 되어 임금의 가마를 모시고 서울로 돌아오니 그 훈업(勳業)이 더욱 빛났고, 임금께서 그 가상함을 포상하시니 보묵(寶默)은 광채가 났다.(協助天兵狂塵遂靖遷陪鸞駕勳業愈炳聖朝褒嘉賓墨暉映)'고 적고 있다. 이 내용을 보면 승군이 선조의 어가를 호위하고 도성으로 들어왔음이 분명하다. 한데 선조실록은 개성에서 도성에 이르기까지 국왕의 움직임을 순서에 따라 소상히 적고 있으나, '상이 아침에 벽제역(碧蹄驛)을 출발해 미륵원(彌勒院)에서 주정(晝停)하고 저녁에 정릉동(貞陵洞) 행궁(行宮)으로 들어갔다.' 고만 적고 있다. 선조수정실록에도 '상이 경사(京師)로 돌아와서 (4일) 정릉동(貞陵洞)에 있는 고(故) 월산대군(月山大君)의 집을 행궁(行宮)으로 삼았다.(上還京師 [初四日] 以貞陵洞故月山大君宅爲行宮)' 고만 적고 있을 뿐 어가를 호위했다는 기록이 없다. 이는 유가들 정권이 승려들 활동을 자의로 축소 누락시켰음을 보여 줌인데, 조선 시대의 역사적 기술은 불가교단과 승려들이 나라를 위해 솔선수범한 활동을 누락, 은폐, 왜곡, 축소, 폄훼하고 있음을 보게 된다. 여기에 사신들은 비아냥거림을 각주처럼 달아 놓기도 했다. 〈筆者〉

* 宣祖實錄 42卷(1593, 癸巳) 10月 2日

모두 모아 잘 묻어 준 자에게는 선과禪科를 주고 도첩을 내린다 하여라!"*

예의 종잇장 장사는 시신 치우는 데까지 사용되었다.

"시신 묻는 일은 벌써 시작되었사옵니다."

정원이 아뢴 소리에 선조가 물었다.

"누가 그런 기특한 일을 하더냐?"

"도총섭 휴정이 승인들을 모아 사대문 안팎 시신을 모두 치우고 있사옵니다."

"허허! 고마운 일이로고."

행재소가 할 일이 어찌 시신 치우는 일뿐이겠는가. 대가가 입성해 보니, 도성 안에 남았던 관료들이 해 놓은 일은 하나도 없었다. 부서진 성문은 쑥대와 새끼줄로 얽어 두었고, 수문장을 임명했으나 기찰을 하지 않았다. 호패나 공문서 발급은 생각조차 못했고, 당장 굶주려 죽어 가는 사람들을 구휼하라는 어명을 내렸으나 정원의 반응은 오·초의 흥망 내 알 바 아니라는 식이었다.

왜놈들이 썼던 왜놈 언어가 장안에 퍼져 소통되는 가운데, 지방 수령들 목 자르는 일만큼은 행재소가 할 일이라는 듯 가차 없이 진행되었다. 만포진 첨사 변응규邊應奎와 대구 부사 구황具滉이 명을 거스르고, 행재소를 속인 놈이라 하여 재깍 밥줄을 잘랐다. 술을 자주 마신 양성 현감 이개李鎧를 파

*宣祖實錄 42卷(1593, 癸巳) 10月 2日

직시키고, 공로가 커 당상관에 오른 역관 함정호咸廷虎가 왜놈들 향도가 되었다 하여 관작을 삭탈했다.*

남쪽에서는 전쟁이 치열한 나라의 행재소가 그런 잡다한 일에 바빠 있던 어느 날, 휴정이 선조를 만났다.

"흩뜨리는 것도 나에게 달렸고, 모으는 것도 나에게 달렸습니다. 눈을 열면 백악이요, 백악 너머가 삼각이지요. 귀를 열면 파도 소리 드높은 한강이온데, 흩뜨려야겠습니까? 모아야겠습니까?"

선조가 들어 보니 눈앞에서 벌어지고 있는 일을 빗댄 이야기다 싶어 한참 있다 대답했다.

"그야 모아야 하지 않겠소."

"모은다고 모아지겠습니까?"

잡다하게 문책이나 하는 일은 서둘지 말라는 뜻이었다.

"그럼, 어찌해야 하겠소?"

"칼을 들고 자비를 베푸십시오."

무슨 말인가 싶은지 선조가 휴정을 바라보았다.

"건강할 때 걷고 곤할 때 자고, 추울 때 불 쬐고 더울 때 바람 쐬는 것을 어진 사람이 보면 어질다 하고, 지혜로운 사람이 보면 지혜롭다 할 것입니다. 백성들은 멀고 가까운 것이 없는 법입니다. 가까이 하면 오고, 멀리 하면 멀어지는 것이지요."

선조가 귀를 세우더니 말을 받았다.

"더 세세히 설명해 주시오."

"삼략에 나온 말이라 전하께서 더 잘 아시리라 믿습니다만, 군대를 통솔해 나라를 다스리는, 첫째로 꼽는 일이 위험에 놓인 백성들의 마음을 편안케 하는 일이지요. 두려워하는 백성을 어루만지고, 배반한 백성들을 타일러 돌아오게 하고, 억울해하는 백성들의 원한을 풀어 주고, 하소연하는 사람들을 잘 살펴 도와줘야 합니다……."*

다 아는 이야기라 휴정은 거기서 그쳤다.

"이르다 뿐이겠소."

휴정이 쐐기를 박듯 한마디를 덧붙였다.

"지금도 남쪽에는 적들이 물러가지 않고 있소이다."

선조의 몰골은 남쪽의 적 따위는 염두에 없는 모습이었다. 휴정이 말을 이었다.

"소승의 제자 유정과 처영이 금강산 승군과 두류산 승군을 이끌고 권율 도원수와 함께 왜적을 따라 경상도로 내려가 있고, 의엄은 구월산 승군을 이끌고 경기도로 내려가 잔적을 소탕하고 있사옵니다."

"고맙소이다, 대사."

"왜적을 바다 건너 자기네 나라로 보내야 하지 않겠습니까?"

"당연히 그리해야겠지요."

---

* 軍國之要 察衆心 施百務 危者安之, 懼者歡之, 叛者還之, 叛者原之, 訴者察之. 上略

"소승이 그 일에 힘을 보태겠습니다."

"그리만 되면 대사의 공이 청사에 길이 빛날 것이외다."

"그것을 바라서 하는 이야기는 아닙니다만, 한 가지 청이 있사옵니다."

"말씀해 보시오. 대사의 청을 내 어찌 못 들겠소?"

"소승의 제자 유정을 승군 도대장都大將으로 등급을 올려 승군 일선에 서게 해 주시고, 의엄을 부도총섭副都總攝으로 삼아 소승 곁에서 보좌케 해 주시지요."

"허허허……!"

선조가 만면에 웃음을 띠었다.

"그게 무슨 어려운 일이겠소? 유정은 호분위[虎賁衛; 右衛] 상호군[上護軍; 正三品]으로 이미 임명하였으니, 차후 당상관으로 제수하겠습니다.* 의엄에게도 상응한 전공이 있어 관직을 제수했으나 본인이 극구 사양하므로 선가판사직만 주었는데, 아주 잘 되었소이다. 노스승께서 부도총섭으로 곁에 두시겠다는데, 그것까지야 제자가 어찌 사양하겠습니까?"

"고맙습니다."

그래서 정원에 영을 내려 유정에게는 승군 도대장, 의엄에게는 승군 부도총섭으로 임명되었다.

---

* 惟政은 國王으로부터 虎賁衛 上護軍 教旨를 받고 堂上職에 올랐다. 金煐泰, 四溟大師 生涯, 東國大學校佛教文化研究所, 1971, p46

지팡이로 가을바람을 짚고 간다

떡 줄 사람 따로 있는데, 히데요시는 입맛부터 다셨다. 조선을 반으로 탁 갈라 나누어 가지면 구로다 요시타카[黑田孝高]를 선두로, 아홉 개 영주를 뚝 떼어 조선으로 옮긴다는 것이었다.

히데요시가 왜 그렇게 가슴 뛰는 희망에 부풀어 있을까? 유키나가가 명나라 사신 사용재와 서일관에게 제시한 강화 조건을 심유경과 논의해 명나라 황제의 승인을 받으러, 나이토 조안을 일본국 사신으로 임명해 명나라에 보냈다는 것이다. 심유경의 의중을 들어 보니, 전하께서 강화 조건으로 내건 이른바 '화건칠조'를 명나라 황제가 받아들일 것으로 확신한다는 보고였다.

그거 봐라, 명나라가 앞발 번쩍 들었다! 순진하기 짝이 없는 쌈꾼 히데요시도 심유경과 유키나가가 꾸민 사기극에 놀아나, 임진강 이남의 조선 땅이 일본에 통합된다는 사실을 유비가 한중漢中 믿듯 믿었다.

이여송은 계사[1593]년 9월 초 압록강을 건너 명나라로 돌아갔고, 뒤를 이어 송응창도 압록강을 건넜다. 이제 조선에는 유정劉綎, 오유충, 왕필적, 낙상지가 지휘한 1만 6천여 군사만 남아 있었다.*

심유경은 일본 사절로 위장한 나이토 조안 일행을 데리고 압록강을 건너 랴오닝성[遼陽城]으로 들어갔다. 심유경이 나이토 조안이 들고 온, '히데요시를 일본 왕으로 책봉해 주고, 감합무역을 재개해 달라.'는 납관표를 송응창에게 받쳤다. 보나마나 손뼉을 치며 반길 줄 알았는데, 송응창이 내용을 쭉 훑어보더니 고개를 저었다.

"이것으로는 안 되네!"

송응창은 납관표가 가짜라는 것을 모르면서도 무조건 퇴짜를 놓았다. 왜 퇴짜를 놓았는가? 자기가 일본과 강화를 주도해 온 데 주도권을 빼앗긴 이여송이 은근히 화가 나 담종인譚宗仁을 유키나가에게 보냈으나, 심유경과 유키나가 사이가 워낙 찰떡처럼 딱 붙어 빡시게 나오니 일단 뒤로 물러났지만, 잘못했다가는 주도권을 빼앗길 수 있다는 우려가 없지 않았다. 송응창 편에서는 심유경을 더 단단히 옭아매 계속

---

* 宣祖修正實錄 27卷(1593, 癸巳) 9月 1日

우위를 점령해 주도권을 쥘 필요가 있었던 것이다. 한데 납관표가 가짜라는 것을 알면 심유경의 모가지가 어떻게 되겠는가? 스라소니를 피하니 범을 만난다고 심유경은 납관표가 가짜라는 것부터 감쪽같이 감춰야 했다.

"평수길이 일본 국왕으로 책봉만 해 주면 조선에서 물러가겠다고 하지 않습니까?"

"일본이 물러나면 우리가 조선을 차지할 수 없네!"

고도의 정치적 술수였다.

"왜군이 조선에서 다 물러나지는 않을 것입니다."

"어찌 그리 생각하나?"

"조선 4도를 넘기지 않으면 군사를 물리지 않을 놈들입니다."

"암, 그래야지. 그래서 분할을 해야지. 4도가 되든 3도가 되든 분할이 될 터이나……."

송응창은 거기서 잠시 말을 멈추었다. 이여송과 경쟁에서 밀리면 자기 목숨이 위태롭다는 생각 때문이었다. 그래서 더 확실하게 우위를 점령할 수 있는 증표가 히데요시의 항복문서라는 생각을 해 냈다.

"평수길을 일본 국왕으로 책봉하려면 항복문서가 필요하네."

심유경이 들어 보니 산 너머 산이었다.

"소서비[나이토 조안]가 가져온 납관표가 있지 않습니까?"

"놈이 가져온 납관표는 충성을 맹서한다는 것이지 항복한다는 문서가 아니지 않는가?"

다행히 송응창은 그때까지 납관표가 가짜라는 것을 눈치 못 챘다.

"그럼, 어찌해야 되겠습니까?"

심유경은 고양이 눈으로 송응창을 살폈다.

"평수길이 직접 쓴 항복문서[降書]를 받아 오게."

그리고는 일본국 사절로 온 나이토 조안을 감금해 버렸다. 역관으로 따라온 왜놈 하나만 남겨 두고 사절 일행을 모두 포로로 취급했다.

심유경은 쪽이 팔렸으나 달리 대책이 없었다. 납관표가 가짜임이 들통 안 난 것만을 다행으로 여기고, 유키나가를 만나 히데요시 항복문서를 만들기 위해 다시 압록강을 건넜다. 그때 루이스 프로스는 간신히 목숨을 부지해 평양성을 탈출 일본으로 들어가 버렸고, 유키나가는 그레고리오 세스페데스와 웅천에 있었다.

일본 주력군 태반이 본국으로 돌아갔고, 도원수 권율과 순변사 이빈이 남해안 곳곳에 성을 쌓고 장기전에 돌입한 왜군과 대치하게 되었다. 그때 유정은 권율과 의령에 있다가 대구부 용연사龍淵寺로 올라와 있었다.

신라대에 쌓았다는 성채는 다 허물어져 성이랄 수 없었다.

여수로 내려온 의엄은 성채 안에 움막을 엮고 주력군에서 이탈한 왜놈 잔적들을 묶어 들였다. 팔다리 팔팔한 놈들은 다 남쪽으로 내려갔고, 부상을 당했거나 굶주린 패잔병들만 숨줄이 붙어 되레 우리 백성들 짐짝이 되어 있었다. 도총섭 큰스님께서 그랬듯 의엄도 부상당한 놈들을 인근 사찰로 데려가 치료해 주었다. 놈들의 병영에서조차 치료받기 어려운 처지에 상처를 치료해 주니 승군에 대한 놈들의 태도가 하루가 다르게 달라졌다. 놈들 가운데는 화약을 굽는 기술을 가진 놈이 있는가 하면 조총 사격에 능하고 조총을 제조할 줄 아는 놈들도 많았다. 의엄은 놈들의 의사를 존중해 출가를 원하는 자는 출가시키고 귀화를 원하는 자는 귀화를 받아들여 승군들에게 조총 사격 훈련을 시키는 일로 나날을 보냈다.

"총섭 스님 계시옵니까?"

소슬한 가을바람에 낙엽이 흩날리던 파사산婆娑山, 누군가 움막 문을 두드렸다. 문을 여니 제 키만한 괴나리봇짐을 어깨에 멘 혜희가 안으로 들어섰다.

"너는 조총 주우러 다니냐?"

유난히 긴 괴나리봇짐을 보고 물었다.

"뜬금없이 조총이라뇨?"

도망치던 왜놈들이 내버린 조총이 길에 널려 있던 때였다.

"웬 봇짐이 네 키만하기에 묻는 말이다."

혜희가 봇짐을 끌어당겨 끄나풀을 풀었다.

"스님 드리려고 귀한 물건을 챙겨 왔습니다."

봇짐 속에서 똘똘 말린 호피 한 장이 나왔다.

"나라가 뒤집히니, 호피가 네 눈에 띄더냐?"

"눈에 띈 게 아니라 억만금을 주고 구해 왔습니다."

혜희가 호랑이 가죽을 쭉 펼쳐 보였다.

"올해가 몇 해째 흉년입니까? 보리 한 말이면 억만금 아닙니까?"

선조의 어가를 호위한 묘향산 승군을 따라 혜희도 도성으로 들어왔으며, 백성들이 이웃해 살던 집들이 다 불타고 부서져 버려 폐허가 된 도성을 울화통을 누르고 기웃거리고 다니다가 숭례문 앞에서 뜻밖에 조 포수를 만났다는 것이다. 조 포수는 광대·용문·달마·멸악산 등성이를 빨빨거리고 넘나들며 호랑이만 사냥해 온 보기 드문 구월산 맹수 엽사다.

"전쟁이 나니 호랑이 껍질도 사는 사람이 없더랍니다."

"이놈아 벼슬도 안 사는데 누가 호랑이 가죽을 사겠느냐?"

"그러니 명포수도 물밖에 고기 아녜요. 해주에 있다가 개성으로 올라왔다는데, 마침 승군들이 어가를 호위하고 떠나기에 뒤를 따라 같이 도성으로 들어왔답디다."

"조 포수 말이냐?"

"예!"

"그럼, 의병에 나가 왜놈들 쏘는 일이라도 해야지."

"해 봤답니다. 황해도에서……."

"그만한 활솜씨면 왜놈들을 잡아 상급을 받으면 될 거 아니냐?"

"하이고! 스님도, 의병이란 것도 전에 벼슬 물 먹었던 자들이 대장 노릇을 해 제 뜻대로 안 되더랍니다……. 하여간에 그리해서 저를 보더니, 얼마나 궁했든지 강냉이든 좁쌀이든 입에 풀칠할 것만 달라고 하데요. 마침 삼각산에 아는 사사를 만나 보리쌀 한 말을 구해다 주었더니, 줄 거라고는 이것밖에 없다면서 내밀기에 그냥 가져왔습니다."

혜희가 펴 보인 호피를 다시 말면서 말을 이었다.

"이거 아주 따뜻하답니다. 스님께서 가지고 다니면서 한데서 주무실 때 깔고 주무십시오."

"그러려고 여기로 내려왔나?"

혜희가 의외의 얼굴로 바라보았다.

"모르고 계세요?"

"뭘 몰라 이눔아?"

"내 이럴 줄 알았다니까? 눈이 아무리 밝아도 제 코를 못 보는 기라."

혜희가 눈을 둥그렇게 뜨고 의엄을 쳐다보았다.

"도총섭 큰스님께서 죽산에 내려와 계신 거 정말 모르고 계세요?"

"뭐야, 죽산?"

이번에는 의엄이 놀란 얼굴로 혜희를 바라보았다.

"죽산이 여기서 몇 발짝이나 된다고……."

놈이 손 위였더라면 한바탕 이죽거릴 판이었다. 여주로 내려온 의엄은 사사들을 풀어 탈영해 숨어 있거나 낙오된 왜놈 잔군들을 잡아들이는 일로, 큰스님께서는 여지껏 개성에 계시려니 그러고 있었다.

"그래, 큰스님께서 죽산 어디에 계시냐?"

"칠현산七賢山에 계십니다."

칠현산이면 칠장사라는 이야기였다. 칠장사는 대찰로 이번 병화에 화를 입지 않아 광주에서 유정과 이쪽으로 내려와 며칠 머문 곳이기도 했다. 의엄은 계홍을 불러 왜놈 잔군 잡아들이는 일을 계속하라 으르고 혜희를 앞세워 칠장사로 향했다.

방장실 앞에 이르니 이야깃소리가 밖에까지 들렸다.

"왜놈들이 들이닥쳤는데, 붉은색 갑옷을 입은 자가 칼을 쑥 뽑더니, 혜소국사慧炤國師 비각 앞으로 냅다 달려갑디다요. 혜소국사 비를 칼로 탁 내리치더니만 뒤로 벌렁 나자빠지면서 '다이소오!' 그러면서 허둥지둥 도망칩디다."

"다이소오라니?"

누군가가 물었다.

"제가 왜놈 말을 모르니 모르죠, 무슨 소린지?"

그때 왜놈 말을 조금 안 혜은이 대답했다.

"큰스님이란 뜻입니다."

기요마시가 칠장사로 들이닥쳐 혜소국사 비를 칼로 내리친 이야기를 도총섭 큰스님께 들려주는 중이었다.

"왜장놈이 얼마나 혼이 났는지 칼까지 버리고 도망갔지요. 제가 가만히 생각해 보니, 혜소국사가 나타나 백성들을 죽이고 올라온 평청정平淸正이란 놈을 혼찌검을 내 쫓으신 것 같아요."

곁에서 누군가가 토를 달았다.

"칼로 비석을 내리치니 고승 대덕님 영험이 혼쭐을 낸 것 같습니다."

"주지 스님 말씀이 사실이라면 혜소국사님 비가 탄금대에서 팔천 관군을 거느린 신립 장군보다 더 막중한 적을 막아 내셨습니다."

그때 혜희가 마루 위로 올라가 방문을 두드렸다.

"들어오십시오."

방 안에서 목소리가 들려 의엄이 혜희를 뒤에 세우고 방장실로 들어갔다. 방장실에는 칠장사 주승이 큰스님을 모시고 기요마사가 칠장사에 들이닥쳤을 때의 이야기를 들려주고 있었다.

큰스님 알현이 끝나고 둘러보니 방 안에는 묘향산 승군 총섭 장곡과 승희, 혜은, 칠장사 원로 스님 몇 분이 앉아 이야기를 나누고 있었다.

"여주로 내려와 있다는 이야기는 들었다."

큰스님이 의엄을 바라보았다.

"도성에 와 계신 줄 알았더라면 진즉 올라가 찾아 뵈었을 텐데, 죄송하옵니다."

"아니다. 너도 하는 일이 있을 터인즉, 지금 유정은 어디에 가 있느냐?"

의엄 혼자 나타난 것을 보고 유정의 안부부터 물었다.

"권율 도원수와 의령으로 내려갔습니다. 며칠 전에 대구부 용연사로 올라와 있다고 연락이 왔습지요."

"내가 이리로 온 것은 너와 유정을 만나 보고 남쪽으로 내려가 적세를 살피려 함이다."

연세가 저리 높으심에도 남쪽 전세를 직접 살피시겠다니, 그 충정이 어디에서 나온 것일까? 그때 나라 안의 사정은 전쟁을 하는 것도 아니고, 그렇다고 평화가 온 것도 아니었다. 휴전선이 쫙 그어진 것도 아닌 비전비화非戰非和의 상태, 왜놈들과 명나라가 강화 협상에만 매달렸다. 그러니 죽어나는 것은 명나라 군사 군량을 대는 우리 백성들이었다.

큰스님께서 어찌 그 형편을 모르시겠는가. 이튿날, 장곡을 부르시더니 묘향산 승군을 평안도로 다시 철수시켰다. 그리고 어가를 호위하고 도성으로 들어왔던 특별경비대에서 일 개 대만 데리고 남쪽으로 발걸음을 향했다.

도총섭 큰스님은 충주로 내려가 조령을 넘어 대구부 용연

사로 들어갔다. 의령에 가 있다던 유정이 의엄의 말대로 용
연사에 와 있었다. 그가 용연사로 들어온 것은 부산포 왜놈
들이 통도사 금강계단 석종을 통째로 떼메고 제 놈들 나라로
들어가려고 덤빈다는 것이었다.

"금골사리金骨舍利 석종을 가져가려고 한답니다."

"아니 될 말! 승군을 모두 동원해서라도 그것만은 막아야
된다!"

큰스님은 매우 놀란 얼굴이었다.

"요소요소에 금강산 사사를 배치해 석종을 지키라 했습니
다."

"금강산 사사로 되겠습니까? 구월산 승군을 출동시킬까
요?"

의엄이 거들었다.

"아직 그럴 형편은 아닌 것 같네."

"그럴 형편이 아니라니요?"

"왜놈들이 지금 강화 협상에만 매달리거든. 협상이 타결되
면 한강 이남 4도가 자기들 땅이 된다, 그거지."

그러고는 큰스님을 바라보았다.

"큰스님, 저는 남원을 좀 다녀와야겠습니다."

"남원에는 왜?"

"유제독[劉綖]이 절 좀 보자고 합니다."

명나라 유제독이 유정을 만나자고 한 연유는 이러했다. 랴

오닝성 송응창이 나이토 조안이 들고 온 납관표를 보고, 그것으로는 히데요시를 일본 국왕에 봉할 수 없으니, 아예 항복문서를 받아 오라고 심유경을 도로 웅천으로 내려보냈다는 것이다.

그 일로 심유경과 유키나가가 다시 머리를 맞댔다. 강도와 도둑놈이 한마음이 될 때는 천둥과 번개가 내리칠 때이다. 피차 히데요시 항복문서를 받아 낼 수 없다는 것은 불을 보듯 빤한 일. 서로 얼굴을 마주 보고 씩 웃으니, 그것이 이심전심이었다.

"겐소 스님 없소? 겐소 스님 보고 초안을 잡으라 하시오."

왜놈들 문장이라면 그래도 겐소가 제일 나은 편이었다.

"겐소는 지금 웅천에 없습니다."

"어디 보냈소?"

"나고야에 들어갔소."

"그럼, 할 수 없군. 덴케 스님 보고 초안을 잡으라 하시오."

덴케가 먹을 갈더니 종이를 펼쳤다.

"황제 폐하께 머리를 숙여 아뢰옵니다."

심유경이 유키나가와 의견을 나눠 역관에게 종알거리니 덴케가 그것을 받아 적었다. 히데요시 항복문서라는 것이 그렇게 초안이 작성되었다. 그것을 유키나가한테 바쳤다. 유키나가란 놈이 칼이나 좀 흔들 줄 알지, 명나라 황실에 들어가는 문자 속을 어찌 알겠는가.

"나야 워낙 가방끈이 짧아 놓으니."

초안을 쓰윽 훑더니 심유경한테 내밀었다.

"심유격께서 격식에 갖춰 손을 좀 보시오."

초안을 건네받은 심유경이 혀를 톡톡 찼다.

"일본 대국의 국서가 이래서야 원……. 이런 국서가 명 황실에 들어가면 태합전하가 웃음거리밖에 안 됩니다."

핑계가 좋아 도라지 캐러 간다 했던가. 심유경이 붓을 집어들더니 새 종이에다 제 입맛대로 덴케의 초안을 반초서로 다시 휘갈기기 시작했다. 내용을 모조리 뜯어고쳐 덴케 앞으로 내밀었다.

"새 종이에 향기 나는 먹을 갈아 그대로 베끼시오. 글씨까지 명나라 사람이 써서야 어찌 일본국 국서라 하겠소?"

덴케가 새 종이에 심유경이 고쳐 쓴 내용을 베끼기 시작했다. 한데 결정적인 부분을 초서로 갈겨 무슨 글자인지 알 수가 없었다.

"이게 무슨 잔지 알 수가 없습니다."

"모르면 그냥 그대로 그리시오. 왕희지 필법이라 할 수는 없겠으나, 그 정도는 되어야 하! 일본에도 이리 훌륭한 문필가가 있구나, 그러구서 황실에서 일본을 달리 보지 않겠소?"

유키나가와 덴케를 가지고 놀다가 항복문서가 다 그려지자 가짜 히데요시 도장을 콩 찍었다. 내용을 요약하면 히데요시는 명나라 황제의 개가 되어 하늘에 닿도록 함께할 것이며,

만세토록 거룩한 이름이 되기를 기원한다는 것이었다.

뜨물 먹고 주정하듯 위조된 가짜 항복문서가 왜놈들 손에 들려져 심유경을 따라 랴오닝성 송응창에게로 가고 있었다.

"그런 항복문서로 유제독이 자네를 보자 함인가?"

도총섭 큰스님이 유정에게 물었다.

"모르긴 합니다만, 가짜 국서가 명나라로 가고 있는데, 평청정이 너는 뭣하고 있느냐, 평청정의 적수 평행장 사이를 이간질하려는 것 아닌가 하는 생각이 듭니다."

"심유경 그자가 압록강을 건너 조선에 들어서면서부터 국토를 반분하자고 일본에 매달려 온 터에, 그런 문서가 명나라로 들어가면 우리에게 돌아올 이익이 무엇인가?"

"만나 보지 않아 자세히 알 수는 없사옵니다만, 항복문서를 조작한 사실을 평수길이 알면 평행장 목숨이 남아나겠습니까? 유제독이 그 점을 노린 것 같습니다."

유정의 말에 큰스님이 고개를 좌우로 흔들었다.

"어찌 그것이 평행장 죽음으로 끝날 일이겠나?"

잠시 생각에 잠겨 있던 큰스님이 "큰일이군!" 무겁게 한마디 하시더니, 일단 유제독을 만나 보라 하시면서 경상도 이쪽 왜군 정황을 물었다.

"요즘 이쪽 전세가 어떤가?"

"일본 주력군 일부가 바다 건너 제 나라로 돌아갔습니다만, 울산[서생포] · 임랑포 · 기장 · 동래 · 부산 · 김해[죽도] · 감동포·인골포·웅천, 그리고 거제도 장문포·영등포…… 열여덟 개 지역에 왜성을 쌓고 장기전에 들어가 있습니다."*

"그렇다면 평수길이 조선을 포기하지 않았다는 것 아닌가?"

"포기하다니요? 평청정은 지금 울산에 있고, 평행장은 웅천에 있습니다. 도리어 평수길은 조선 판옥선을 본 따 튼튼한 전선을 만들고 수군을 맹훈련으로 양성한다 하옵니다."

유정의 말에 큰스님은 매우 침통한 얼굴이었다.

이튿날 휴정은 통영으로 내려갔다. 전에 두어 번 발걸음을 했던 곳이라 낯설지 않았다. 전국의 많은 사찰들이 병화를 입었는데, 천택사는 옛 모습 그대로였다.

가는 날이 장날이라더니, 그렇지 않아도 한번 만나려 했던 삼혜와 의능이 기다렸던 사람처럼 천택사에 있었다. 도총섭 스님이 뜻밖에 들이닥치니 삼혜와 의능이 짚신을 거꾸로 신고 달려 나왔다.

"이 먼 통영까지 어인 발걸음이시옵니까?"

땅바닥에 그대로 엎어져 큰절을 올렸다.

"누가 보면 대단한 사람인가 하겠네, 어서들 일어나게."

---

* 서생포 왜성, 가토 기요마사. 임랑포 왜성, 모리 요시나리. 기장 왜성, 구로다 나가마사. 부산포 왜성, 모리 히데모토. 동래 왜성, 모리 데루모토. 가덕도 왜성, 모리 데루모토. 죽도 왜성 나베시마 나오시게. 웅천 왜성, 고니시 유키나가. 안골포 왜성, 구키 요시타카. 거제도 왜성, 시마즈 요시히로. 도요토미 히데요시 조선 침략, 기타지마 만지(北島万次) 지음, 김유성 이민웅 옮김, 景仁文化社, 2008, p169

두 수좌를 일으켜 주승방에 들러 인사를 나누고, 오른쪽 비탈을 돌아 산자락에 한적하게 숨겨진 선실로 안내되었다. 삼혜와 의능이 천택사에 머물게 된 것은 삼도수군통영이 한산도로 옮겼기 때문이라고 했다. 통제영이 신설된 지 얼마 안 되어 승군이 따로 머물 만한 곳이 한산도에는 없어서 천택사, 안정사安靜寺, 고성 운홍사에 분산 배치해 전쟁에 대비하고 있다는 이야기였다.

"웅포해전에서 큰 전공을 세웠다는 이야기는 들었네."

"예, 저희들이 이순신 함대를 일선에서 지휘해 평안치[平安治; 와키사카 야스하루]를 놓치기는 했습니다만, 왜적들을 모두 물리쳤지요."

"장한 일을 했군!"

"다른 해전에도 참전했다는 말을 들었네."

"여러 전투에 나가 이순신 함대를 도왔습지요."

이번에는 의능을 돌아보았다.

"자네가 우리 수군 군량을 댔다는 이야기를 들었네."

계사년 2월 흉년에 역질까지 겹쳐 군량 수급이 어려울 때였다. 의능과 수인이 사찰을 돌며 차독을 긁어 와 수군을 먹여 이순신 함대의 제해권을 유지시켰다는 이야기는 널리 알려진 이야기였다.

수군에 소속을 두고 싸웠던 승군장들을 만나니 자연히 수전水戰 이야기가 기담처럼 이어졌다. 군사들이 움직일 공간이란 한정된 배 안이었으나, 돛을 올려 바람을 잘 맞추면 송골매가 날개를 편 듯 물 위를 날아간다는 것이었다. 그러다가 적과 맞닥뜨려 돛을 내리고 혼전이 벌어지면 포연과 함포 소리가 파도를 그 자리에 우뚝 멈추게 했고, 적군과 뒤엉키다 보면 보이는 것은 햇빛을 받은 칼날만 번쩍인다는 것이었다. 이순신은 그런 해전을 수없이 승리로 이끌었고, 한번도 패한 적 없는 훌륭한 장수라고 말했다.

"그런 승리를 거북선이 담당하지 않았소?"

의엄이 묻는 말에 삼혜가 도총섭 스님을 바라보았다.

"경오년으로 생각되옵니다. 큰스님께서 그때 흥국사에 오셔서 고려 시대에 누전선이 있었다는 말씀을 해 주시지 않았습니까?"

"음, 그랬지."

"저는 그때 배 위에 지붕을 덮고 철송곳을 꽂으라 하시는 말씀을 듣는 순간 망치로 머리를 한 대 얻어맞는 기분이었습니다. 바로 이거구나! 배의 얼개가 머릿속에 떠오르면서 심장이 멈춘 듯 긴장을 했습지요. 야―! 이건 굉장한 거다!"

도총섭 스님이 빙긋 웃어 보였다.

"위로 쏠린 배의 하중을 아래로 내리게 하는 실험을 거듭해 도면을 그렸다 지우느라 몇 달 걸렸지요. 겨우 완성된 도면을 좌수사한테 가지고 갔더니, 깜짝 놀라지 뭡니까? 좌수사 어른께서 도면을 찬찬히 들여다보시더니 어찌 이런 기특한 생각을 했느냐면서, 얼마나 열성을 내시는지 야단이 났었지요. 그 뒤 좌수사 어른께서도 생각을 많이 하신 듯, 제 도면을 놓고 구상하신 것을 보태 상의에 상의를 거듭해 본격적으로 거북선을 짓는 일이 시작되었지요."

"일이 그렇게 되었던가?"

"그러더니 어느 날 무슨 생각을 하셨는지, 거북선 한 척으로는 안 되겠다 하시면서 신해를 내례포에서 저와 함께 배를 짓게 하고, 성휘는 쌍봉 선소에서 나대용 군관 도움을 받아 배를 지었지요. 방답진에서는 배창규라는 도편수가 있었는데, 제 지시를 받아 한꺼번에 세 척의 거북배를 완성하지 않았습니까?"

"자네가 큰일을 했구먼."

"아닙니다. 도총섭 스님께서 배 갑판을 지붕으로 덮고 철송곳을 꽂으라는 말씀을 해 주시지 않았더라면 거북선은 생겨나지 않았을 것입니다."

"그야 자네가 하는 소리겠지……, 그런데 거북선이 고려 시대에 있었다는 이야기는 있으나, 본래는 부처님 율장에서 나온 배이름일세. 경전에서 말하는 생명 있는 것들이 생사의 바다를 건너는 배 이름이 반야선般若船 아닌가. 율장에 보면, 남자가 여자를 가까이해 머리카락이 서로 닿게 하거나, 손톱을 서로 닿게 하면 선행이 끊겨 악도에 떨어지는 죄를 짓는 것이 된다 그랬지. 그것을 미수죄未遂罪라 하는데, 부득이 그런 계율을 범한 사람을 반야[般處]처에 오르게 하려는 여러 배들이 있다네. 거기에 거북이 모양을 한 배도 있다 그랬어.*
그래서 거북배라는 것은 생명 있는 것을 죽이는 배가 아니라 살리는 배여야 한다 그 말이야."

방 안의 사람들이 모두 합장을 했다. 그리고 침묵이 이어지다 삼혜가 무슨 생각을 했는지 의엄을 쳐다보고 말을 받았다.

"통제사 대감이 도총섭 스님을 아십디다요."

산속의 휴정 스님을 이순신이 알다니 엉뚱한 이야기 같았다.

"그 어른께서 나를 알 리 있겠나?"

삼혜가 다시 의엄을 쳐다보았다.

"의엄 스님 스승님이라 하시던데 맞느냐고 물은 적이 있습니다."

그 말에 의엄이 나섰다.

"그래서 뭐라고 했소?"

"어찌 의엄 스님을 아시느냐고 했더니, 껄껄 웃으시면서 그럴 일이 있다고 합디다."

음ㅡ, 그렇다면 이 사람이 날 기다렸던 모양이군? 기축[1589]년으로 기억되었다. 의엄은 전주부 한벽당 주막 일을 떠올렸다. 이순신은 그때 전주부 조방장으로 있었고, 의엄은 어떻게든 조선이란 나라를 개혁하겠다고 구월산 승군을 강군으

---

*方便不得偸蘭遮 般處者 小船 大船 臺船 一船 木船 舫船 櫓船 龜形船 鼇形船 船皮船 浮瓠船 果船 懸船 筏船 若復餘船上 有金銀七寶衣被 及餘所須之物 有主. 大藏經

로 훈련시키면서 여러 곳으로 동지들을 모으러 다닐 때였다. 이순신을 만나 "물은 아래로 흐르네." 그러고 운을 떼니, 척 알아듣고 "무로 썩은 내부를 드러내자?' 그 말이냐고 물었다. "집이 헐어 빗물이 새면 집을 새로 지어야 하느니." 그랬더니, "바꾸기는 바꿔야 하네." 생각보다 쉽게 의기가 통했다. "이공께서 뜻을 같이해 주게!' 하니, 무슨 말인지 알겠다면서 손을 꽉 잡아 주던 이순신이었다. 일이 거기까지 진척되었으나, 뜻하지 않게 큰스님께서 정여립 옥사에 연루된 일로 그를 다시 만나지 못하고 말았다. 한데 지금 그 사람이 무능한 선조가 다스리는 조정의 삼도수군통제사가 되어 한산도에 머물고 있었다.

의엄은 그날 이야기가 끝난 뒤, 삼혜와 의능을 앞세워 삼도수군통제영으로 건너갔다. 해가 진 뒤였으나 삼혜와 의능이 통제사 어른을 뵈러 왔다고 하니, 군관이 곧바로 운주당運籌堂에 연락해 중영 상방上房으로 안내되었다.

이순신은 삼혜, 의능 두 승군장 사이에 의엄이 끼어 있는 것을 보더니 얼이 나간 사람처럼 한동안 말이 없이 쳐다보기만 했다.

"우레와 같은 통제사 이름은 늘 듣고 있었소이다."

의엄이 먼저 입을 열었디.

"아니, 이 사람이 누군가?"

이순신이 손부터 잡았다.

"의엄이란 중이오!"

잡은 손을 놓더니 송희립을 불렀다.

"송 군관, 이 사람들은 산에서 석간수만 마시는 사람들이니 술은 안 마실 거야. 가서 차를 내오라 하게."

곧 차를 접견실로 내왔다.

"왜적의 군수품이 평양성으로 못 가게 남해안 물길을 막았다는 이야기는 오래전부터 듣고 있었소."

한 바퀴 돌린 의엄의 칭찬에 이순신은 냉정한 모습이었다.

"그런 공치사는 할 것 없고, 그대도 구월산 승군 총섭으로 도총섭 휴정대사를 따라 평양성에서 평행장을 쫓아냈다는 이야기를 들었느니. 사실 그 이야기를 듣고 속으로는 놀랐지."

'속으로 놀랐다.' 는 끝의 그의 말은 한벽당 주막에서 결의 같았던 '언약' 을 저버렸다는 힐난을 칭찬 아닌 칭찬으로 되돌린 말 같았다. 의엄은 전후 사정을 모르는 삼혜와 의능이 함께한 자리인 데다 세월이 이만큼 흘러 나라 사정이 급박하게 변해 버렸는데, 다시 그 문제를 꺼내 왈가왈부 이야기할 분위기가 아니었다.

"변생주액變生肘腋이라 하던가, 겨드랑 밑에 변고가 난 거지……."

이순신만 알아듣게 두루뭉술하게 넘기려 했다. 한데 이상하게 말이 옹색하고 뒤끝이 저린 듯한 기분을 감출 수 없었다. 거기에다 그 말을 받아들이는 이순신의 말본새가 툭 튀었다.

"꽃구경이야 쉽지."

그 말이 심장을 탁! 건드렸다.

"서과피변西瓜皮變이 양하瓤何오?"

너는 지금 껍데기까지 변한 수박 아니냐? 한 수 높인 반격이었다. 선조 치하에서 종2품 벼슬을 하는 자가 무슨 당치않는 소리냐는 비아냥거림이 들어 있었다. 이순신이 대뜸 방안의 면면을 둘러보더니, 의엄의 얼굴에 날카로운 시선을 꽂았다.

"겨드랑이 밑에 변고라면 곽언수[의엄]는 괜찮고, 여해[汝諧; 이순신의 자]는 아니다 그 말인가?"

겉으로는 웃음을 띤 얼굴이었으나 속으로는 단단히 화가 난 모습이었다.

"참깨와 녹두를 한꺼번에 움켜쥘 수 없었지."

"그럼, 암탉은 울기만 하면 되는가?"

강한 반격이었다.

"지금도 부풍부살不豊不殺* 이다 그건가?"

수군통제사 벼슬까지 하면서 예전 생각이 늘지도 줄지도 않았느냐는 물음이었다.

"어찌 그대가 부풍부살을 이야기하는가? 아침저녁으로 그

---

*禮不同 不豊不殺 蓋言稱也. 禮記

대늘이 산문에서 외우는 밀에 부증부감不增不減이란 문자가
있지 않은가?"

뺨이라도 후려갈기고 싶다는 힐책이었다. 의엄이 빙긋 웃
었다. 새삼스럽게 깊이 사귀고 싶다는 생각이 드는 사람이었
다. 하나 주변을 의식해 의엄은 이야기를 길게 끌 수 없었다.

"발등에 불부터 끄자 한 것이라면 이해되겠소?"

그 말에 이순신도 웃었다. 그리고 차를 권했다.

"그런데 여긴 어인 일인가?"

이순신이 먼저 화제를 바꿨다. 그때까지 잠잠히 이야기만
듣고 있던 삼혜가 말을 받았다.

"도총섭 큰스님께서 미륵산에 와 계십니다."

이순신이 들었던 찻잔을 내려놓았다.

"도총섭 스님이라면 휴정 스님 아닌가?"

"그러하옵니다."

"그럼, 천택사에 계신다 그 말씀인가?"

"예!"

"내일 내가 뵈러 가겠네."

그리고 의엄을 돌아보았다.

"스승만한 제자가 없다더니……."

한 번 더 면박을 주고 자리를 끝냈다.

이튿날 진시쯤, 이순신이 군관 두 사람을 경호로 데리고 천

택사로 올라왔다. 곧 선실로 안내되어 도총섭 스님과 자리를 같이했다.

"통제사님 말씀은 일찍이 듣고 있었소."

이야기는 도총섭 스님의 덕담으로 시작되었다.

"내륙의 왜적을 몰아낸 것은 장군님이 바다를 잘 지켜 주었기 때문이지요."

"과찬이십니다. 저야 할 일을 한 것뿐이옵니다. 연로하신 도총섭 스님께서 남해안까지 전장戰場을 살피러 나서신 것에 비하면, 바다 건너로 왜적을 다시 내쫓지 못한 것이 도리어 부끄러울 뿐이옵니다."

"그렇지가 않소. 내가 생각하기에 통제사께서는 나라를 수호한 호국대룡護國大龍이라 칭한들 지나친 말이 아니오. 땅덩어리 좁은 나라에서 씨족 중심 사회로 치달아 민족자존 의식이 희박한 나라에 국가가 무엇이고, 호국이 무엇인지 보여주신 장군님의 당당한 모습은 높이 칭찬을 받아야 하고, 또 그렇게 될 것이외다."

"부끄럽습니다, 대사님."

"우리나라는 중화 대륙과는 달리 군사와 정치로만 호국을 하지 않았습니다. 어질고 덕이 있는 임금[仁王]이 지혜[般若]를 가지고 다스려야 만민이 안락하고 국토가 안온하다는 것을 목표로 삼아온, 상제 시대 이래 전통이 있습지요. 일찍부터 그 정신으로 나라의 백성들을 단합시키고 국가 의식을 심어 주었습니다. 그 정신이 조선에 들어와 많이 쇠약해지긴 했습니다만……."

잠시 말을 멈추고 이순신을 쳐다보았다.

"고려가 대몽항쟁大蒙抗爭과 결부시켜 대장경을 조조한 것이 그런 의식을 고취시키기 위한 것 아니겠습니까?"

"그렇소! 고려 왕실에서는 외우내환의 위협 앞에 호국 의지를 이상으로 삼고, 누구나 다 같이 책임을 가지고 민족정신으로 위기감을 극복해 왔지요."

"옳은 말씀이옵니다. 연세 높으심에도 대사님께서 손수 칼을 드시고 전장에 나서신 정신을 깊이 흠모하옵니다."

"승군은 원래 신라 하대에서 고려 때는 항마군이라 하여 자원 운영해 상존해 있었지요. 조선에 와서도 그 뿌리가 남아 미력이나마 이렇게 힘을 보태게 되긴 했습니다만……."

그 이상은 선을 넘지 않으려는 듯 말을 거기서 멈추고, 이순신의 얼굴을 이윽히 바라보더니 화제를 바꿨다.

"해전을 하실 때 전선에 돛을 올려 바람을 받으면 송골매가 날개를 펴고 바다 위를 나는 것 같다면서요. 지난 한산해전에서 학익진법을 펴 숲을 이룬 칼날이 바다 위에 햇빛 번쩍거림으로 남았다는 이야기를 삼혜 수좌로부터 전해 들었소이다."

"삼혜 승군장이 이야기를 많이 부풀렸군요?"

"한데, 장군님 고향이 서쪽이십니까?"

이야기가 갑자기 다른 방향으로 튀었다.

"태어난 곳은 도성입니다만, 충청도 아산에 외가가 있어서 젊은 시절을 그곳에서 보냈습니다."

"그럼, 서쪽이 맞구려."

도총섭 스님이 찻잔을 들어 입술을 축이고 다시 이순신을 보았다.

"역서의 소축괘를 알고 계십니까?"

"예! 전에 읽은 기억이 있습니다."

"구름이 짙게 끼어 비가 올 듯하다 오지 않는 것은 서쪽 바람이 불어 그렇다는 구절이 있다면서요?"

"예, 밀운불우密雲不雨에 자아서교自我西郊라는 구절이 있습지요."

"병인년으로 생각됩니다만, 제가 천택사에 들른 적이 있었습니다. 그때 대화 노화상이라는 지혜 밝으신 노스님이 계셨는데, 역서에 소축괘 말씀을 하시면서, '임진년에 한산섬이 시끄러울 것'이라 하시더니, 이제 보니 장군께서 학익진을 펴 비가 올 구름을 걷어 낸 서쪽 바람이었구나 하는 생각이 듭니다."

이순신이 겸양한 목소리로 대답했다.

"재주 없는 제가 그럴 리 있겠습니까?"

"한 가지 묻겠습니다. 물건 밖에는 무엇이 있소?"

마치 수좌들에게 공안을 던지는 말 같았다.

"역서에서는 사람 이외 모든 것을 가리키는 것이라 하옵니다만?"

그 말이 떨어지기 바빴다.

"영웅이 문무를 겸하면 장상의 재질이 있는 것입니다."

이순신이 대답을 못하고 도총섭 스님을 바라보았다.

"우뢰는 피했으나 벼락을 만나는 수가 있지요."

뭔가 답이 속에 숨어 있는 이야기였다. 그러고는 방 안의 여러 사람들에게 차를 권해 더 마시고, 이런저런 이야기가 이어진 뒤, 이순신이 일어서자 그를 산문 밖까지 배웅해 주고 선실로 돌아왔다. 그리고 곧 서탁 위에 종이를 펼치시더니 글을 적어 내려갔다.

거듭 생각하니 바다에서 전투를 하던 날

송골매가 하늘을 날 듯 일만의 함선이 바다를 날았네

서로 얽히어 싸우니 적병과 아군의 분별이 없었고

차마 들을 수 없는 아우성이 파도를 거스르네

憶曾當日水戰時

萬艇飛海如天鶻

兩兵交攻查莫分

忍痛大聲波欲渴

서릿발 칼날이 숲을 이뤄 햇빛에 번쩍이고
천 개의 머리들이 머리카락 베어지듯 날아가 없어졌네
목숨을 잃은 병사들 혼이 망망한 푸른 바다에서 울고
어스름 달빛이 모래 위의 흰 뼈를 차갑게 비추누나

霜劍如林翻日色
斬盡千頭如一髮
茫茫碧海驚魂泣
夜月寒沙照白骨

새로 잎이 핀 백리의 숲 위로 제비가 날고
버드나무 마을은 사람이 없는데 꾀꼬리 울음이 처량하구나
그대는 듣지 못했는가 태평성대라 방탕히 보낸 긴 세월
책임을 다하지 못해 마음들이 거칠어 하늘이 내린 벌을

百里春林燕子飛
柳村無人鸎語滑
君不聞太平日久人心頑
放逸懈怠天亦罰

한 나그네가 지팡이로 가을바람을 짚고 가는데
역사가 배인 절은 수풀에 덮이고 깨어진 비석만 묻혔구나

客過秋風一杖去
古寺斷碑荒草沒 —戰場行

　짧지 않은 시를 적고 계셨다. 내용은 이순신과 나눈 이야기를 정리한 것 같기도 하고, 다른 무슨 예견이 담긴 것도 같았으나, 의엄으로서는 더 이상 알 수 없는 내용이었다.

나라의 운명이 그대의 어깨 위에 있다

명나라 군사가 강화 협상으로 돌아선 비전비화의 상태, 거듭 흉년이 들어 명나라 군사들의 군량을 대야 하는 우리 백성들의 고통, 조선 관군과 조선 백성들이 굶어 죽어 나가는 판에 명나라 군량 보급을 담당한 하급 관리 애유신艾維新이 조선의 고위 관리 검찰사 김응남金應南과 호조참판 민여경閔汝慶, 의주 부윤 황진黃璡을 잡아다 곤장을 때린 사건이 벌어졌다.* 징비록은 그때 상황을 이렇게 기록하고 있다.

서울과 지방이 몹시 굶주렸고 또 군량 운반하기에 지쳐서 늙은이와 어린이는 도랑과 골짜기에 쓰러져 있고 건장한 사람은 도적이 되었으며, 역질까지 겹쳐 다 죽어 없어졌다. 심지어 부자父子와 부부夫

---

*명군의 군량 보급을 담당하고 있던 흠차경리(欽差經理) 애유신(艾維新)은 검찰사 김응남(金應南), 호조참판 민여경(閔汝慶), 의주 부윤 황진(黃璡) 등 조선 고위 신료들을 붙잡아다가 곤장을 쳤다. 한명기의 -420 임진왜란 ㉒, 앞의 신문, 2012. 8. 4

婦가 서로 잡아먹는데, 해골만 잡초[茶]처럼 드러나 있다.*

　왜놈들이 조선 도공들을 자기들 나라로 끌고 가 그릇을 굽게 한 것은 양반으로 우대해 준 일이었다. 하지만 일본 인신매매 상들이 조선 백성들을 원숭이처럼 목을 묶어 끌고 다녔다. 조선 백성들 대부분은 왜적들에게 손목이 묶여 일본으로 들어가 노예가 되었고, 일부는 지구 변두리 포르투갈 상인들에게 노예로 팔려나갔다. 임진란이 명나라 상인들에게는 좋은 시절이기도 했다. 놈들은 군대를 따라와 조선의 은광과 인삼을 싹쓸이해 갔다.*

　나라가 이 지경이 되니 명나라에서는 뜬금없이 선조 교체론이 나왔다.* 조선을 아예 명나라 직할령으로 만들어야 한다는 주장까지 대두되었다. 계요총독薊遼總督 손광孫鑛은 명나라가 조선을 직접 통치해야 한다고 강력 주장하기에 이르렀다.* 사대모화의 나라가 여기에 이르니, 웃지 못할 해프닝이 일어났다. 선조가 "일본군에게 항복하겠다."는 것이었

---

*징비록, 서해 유성룡 지음, 이재호 옮김, 역사의 아침, 2007, p272

* 임란은 상인들에겐 기회였다. 군대를 따라 조선으로 몰려와 군량·군수물자 조달에 조선 은광·인삼 등을 휩쓸어 엄청난 폭리를 챙기려 했다. 일본 인신매매 상들은 촌락에서 일본 군들로부터 조선인을 샀다. 원숭이처럼 목줄로 묶어 다녔고 제대로 걷지 못하면 두들겨 팼다. 한명기의 -420 임진왜란 ㉓, 앞의 신문, 2012. 8. 18

* 선조가 황음(荒淫)하여 전쟁을 불렀다고 직격탄을 날렸다. 중위방은 일단 선조에게 각성하여 자강할 수 있는 기회를 주되, '개과천선'이 불가능하다고 판단될 경우 그를 왕위에서 쫓아내고 왕세자 광해군을 즉위시키자고 촉구했다. 한명기의 -420 임진왜란 ㉒, 앞의 신문, 2012. 8. 4

다.* 죽은 고양이가 아웅하니까 산 고양이가 할 말이 없다더니, 힘없는 나라 어거지가 여기에 이르렀다. 몽니랄 수도 없는 초라한 이 사람이 조선 14대 국왕 선조였다. 왕실과 이해관계가 있는, 소수 사대부를 제외한 일반 백성들이야 굶어 죽는 일만 아니라면 나라가 명나라 직할령이어도 괜찮고, 일본에 항복해도 괜찮다는 생각일 것이다. 민초란 잡초처럼 생명만 붙어 있는 생물이다. 이들에게 고상하게 조국이 어디에 있으며, 국가관이 어디 있겠는가. 오직 굶느냐 먹느냐 생물의 본능 외에 아무것도 없는 이들에게 조국이 어떻고 나라가 어떻고 그런 개소리는 당나귀 귓구멍에 바람 소리 아니겠는가. 누가 조선을 이렇게 만들어 놓았는가? 사대부 양반 주자학이 이렇게 만들어 놓았다. 왕실에 줄이 닿는 몇 놈만 오래오래 잘 먹고 잘 살자는 꾀만 짜내느라 변화를 싫어하는 사대부들이 나라를 이렇게 만들어 왔다. 그것이 그들의 목적이었고 그들의 정책이었다.

조선에서 민초는 대가리에 먹물이 들어도 안 되고 나라가 무엇인지 알게 해서도 안 된다. 이놈들은 발로 톡톡 차 소, 돼지처럼 부려먹는 그 이상의 예우를 해서는 안 된다. '배아

---

* 명의 정치적 압박은 '왕위 교체'를 거론하는 수준에서 멈추지 않았다. 조선을 아예 명의 직할령으로 만들어야 한다고 주장하는 자들도 나타났다. 강화 협상에 반대했던 계요총독(薊遼總督) 손광(孫鑛)은 1594년 명이 조선을 직접 통치해야 한다고 주장했다. 한명기의 -420 임진왜란 ㉒, 명군의 패악질과 민폐, 한겨레신문 2012. 8. 4
* 선조가 심지어 신료들을 만난 자리에서 '일본군에게 항복하겠다.'는 의사를 슬쩍 내비치기도 했다. 한명기의 -420 임진왜란 ㉒, 앞의 신문, 2012. 8. 4

지' 따뜻한 지들이 강압만을 능사로 알고 해 온 짓이 그러했
는데, 그래도 민초들 가운데는 나라가 명나라가 되어서는 안
되고, 왜놈 나라가 되어서는 더더욱 안 된다는 생각을 가진
사람들이 많았다. 꼭 밥만 먹게 해 줘야 나라냐? 이게 선조가
보면 제 편 같지만 천만에, 어서 변화를 내놓으라는 백성들
의 아우성이었다.

나라가 이 모양이 되니 사람도 없었고 먹을 것도 없었다.
세수를 걷으려 해도 걷을 것이 없었다. 명나라 군사는 슬슬
전쟁만 피한 데다, 충청·경상·전라 어느 도나 군사가 5천
명이 되는 곳이 한 군데도 없었다.

계사[1593]년에 심유경이 웅천으로 내려와 유키나가와 짜고
일필휘지로 히데요시의 가짜 항복문서를 만들어 떠나자, 명
나라와 일본이 조선을 반분하기로 최종 합의가 이루어졌다
는 소문이 파다하게 퍼져 나갔다.

심유경이 가짜 항복문서를 가지고 랴오닝성으로 돌아와 보
니, 송응창이 경략에서 경질되고 고양겸顧養謙으로 바뀌어 있
었다. 고양겸 요놈은 철저한 철군논자였다. 일본에 조선 4도
를 뚝 떼어 주고 전쟁을 끝내 조선에 남은 명나라 군사들을
철수시킬 계획에만 매달렸다.

고양겸은 심유경이 가지고 온 히데요시 항복문서가 가짜라
는 것을 뻔히 알면서도 진짜로 인정했다. 왜냐, 전쟁을 빨리
끝내려면 항복문서가 황실에 들어가야 히데요시를 일본 국

왕으로 봉해 협상을 이끌어 낼 수 있기 때문이었다. 이런 정황을 잘 아는, 이항복의 후임으로 병조판서가 된 이덕형이 선조와 대책을 논의했다.

방법은 랴오닝성 고양겸 손에 들어가 있는 히데요시 항복 문서가 '가짜' 라는 것을 서생포에 주둔해 있는 가토 기요마사에게 알려야 한다는 것이었다. 기요마사의 정적인 유키나가가 태합 히데요시 항복문서를 위조한 사실을 알면 가만있지 않을 것이라는 반간계를 쓰자는 것이었다. 기요마사와 유키나가가 싸움이 붙으면 조선 국토 분할 문제가 물거품이 될 거라는 기대 때문이었다.

거기까지는 좋았다. 한데 누가 기요마사를 찾아가 유키나가와 심유경이 가짜 항복문서를 만들어 랴오닝성으로 가지고 갔다는 정보를 알려 줄 것이냐가 문제였다. 조선 사대부 양반 누가 스라소니 같은 기요마사를 찾아가 귀띔을 해 줄 것이냐? 머리를 맞대고 기요마사 군영에 들어갈 사신을 찾아 내는데, 여러 사람 이름이 나왔다. 병조참판 심충겸沈忠謙을 보내자. 도승지 장운익張雲翼이 좋겠다. 최흥원崔興源이 어떤가. 하나 스라소니 굴속으로 모가지를 들이밀라 하니 모두 고개를 비틀었다. 이것이 먹기 싫은 '선떡' 이라는 것이다. 할 수 없이 이덕형이 가겠다고 나서니, "병판은 안 되네!" 섭생이 선조가 손사래를 쳤다. 기요마사 군영으로 들어갈 사신은 죽음이 전제되어 있기 때문이었다. "병판은 앞으로 해야 할 일이 많네." 선조가 가로막았다.

머리를 맞대고 짜내고 짜낸 것이 유정이었다. 중 하나 모가지 달아나는 것 아무것도 아니지 않느냐, 중은 스라소니 굴속으로 보내도 된다. 그 대목에서 꾀가 놀놀한 심충겸이 생각 하나를 더 짜냈다. 의령에 도원수 권율이 유도독[劉綎]에게 추천했다고 하여, 유정을 남원 유도독 진영으로 보내, 유도독이 유정을 사신으로 기용해 기요마사에게 보낸 것처럼 꾸미고, 조선 조정은 쏙 빠지자는 것이었다.

그때 유도독은 가토 기요마사와 서신을 교환해 관백으로 책봉해 줄 테니, 히데요시를 반격하라는 얼토당토않은 공작을 꾸미고 있었다.* 그런 판에 조선 조정에서 유도독의 사신으로 낙점된 유정이 남원으로 가 유도독을 만났다. 유도독은 경위의 설명을 듣고, 서찰을 써 주며 기요마사를 찾아가라는 것이었다. 유정은 서생포로 내려가는 길에 잠시 대구부 용연사로 돌아와 있었다.

지난 세모에 천택사에서 이순신을 만나고 통영을 떠난 도총섭 휴정은 폐허가 되어 버린 진주성을 살펴본 뒤 두류산으로 들어갔다. 두류산에는 행주산성 전투에서 승리를 거둔 제자 처영이 돌아와 있었고, 외삼촌을 따라 사문에 들었다는 처영의 생질 혜안海眼을 만나게 되었다. 도총섭 스님은 두류

---

* 劉綎則交通淸正 欲使淸正 乘時受封自爲 關白反擊秀吉. 四溟大師亂中語錄. 無二精舍, 2007, p27

산에 잠시 머물다가 법수화상 생각이 간절해 영취산으로 갔다. 법수가 열반한 홍국사를 돌아보고 처영을 데리고 두륜산으로 들어가니, 전라우도는 병화를 입지 않아 대둔사는 옛 모습 그대로였다.

도총섭 스님이 대구부 용연사를 다시 들른 것은 갑오[1594]년 3월이었다. 사통팔방으로 자질이 뛰어나다 보니 유정은 도대장으로 승군 통솔만이 아니라 조선 조정의 사신으로 왜군 군영을 드나드는 어려운 일까지 맡아 바쁜 나날을 보내고 있었다. 그때 유정은 서생포로 가 기요마사를 만날 채비를 하고 있었다.

"평청정은 아직 만나지 않은 모양이구나?"

"예! 남원에서 유도독만 보고 왔사옵니다."

도총섭 스님이 이야기를 들어 보니, 기요마사와 유키나가 사이를 이간질하라는 어려운 임무를 맡고 용연사로 내려와 생각을 가다듬는 듯했다.

"나라의 운명이 그대의 어깨 위에 있음이야!"

이야기가 끝나자 도총섭 스님이 벼루 위의 붓을 집어 들었다.

사문의 두 눈이
팔도의 경계를 광명으로 비추네
임금의 칼을 높이 잡았으나
거울의 받침대인 양 텅 비었구나

구름 밖으로 용을 잡으러 가니
봉황이 날개를 치며 날아오른다
사람 다룸이 여러 방면으로 능통하더니
천지를 다스림 또한 속된 것 아니겠는가

一隻沙門眼
光明照八垓
卓如王秉劍
虛若鏡當臺

雲外挐龍去
空中打鳳來
通方能殺活
天地亦塵埃 −贈惟政大師

　시 한 수를 적어 유정에게 내밀었다. 그러고는 한참 생각에
잠겨 있다가 입을 열었다.
　"여러 가지로 생각해 보았으나, 무슨 일이 있어도 통도사
계단 석종을 차질 없게 잘 지키게!"
　"예! 명심하겠습니다."
　도총섭 스님은 용연사에서 하루를 쉬고, 그동안 호위를 해
준 승희와 혜은에게 이제는 유정 도대장 스님을 도우라 이르

고, 의엄과 구월산 사사만 데리고 용연사를 떠났다.

　유정은 갑오[1594]년 4월 초아흐렛날, 이겸수李謙受, 신의인
申義仁, 양몽해梁夢海, 김언복金彦福을 비롯 20여 명으로 사절
단을 만들어 울산으로 갔다. 기요마사의 부장 키하치로[喜八
郎]가 말 네 필에 조총을 든 40여 부하들을 데리고 마중을 나
왔다. 키하치로가 끌고 온 말에 옮겨 타고 놈들의 안내를 받
아 서생포 옛 성문 밖에 이르렀다.*

　유정은 유도독을 예전에 명나라에 유학하면서 알게 되었는
데, 마땅히 사절로 보낼 사람이 없다고 하면서 날더러 가 보
라 하여 왔다고 둘러대고, 키하치로의 안내를 받아 기요마사
처소에서 놈을 만났다.

　기요마사가 유정의 수염을 보더니 눈을 부릅 떴다.

　"도코가데앗타 히토미타이데스. (어디서 본 사람 같소.)"

　고놈 눈구멍 하나는 밝았다. 물론 영통사 앞 골짜기에서 육
탄전이 벌어졌을 때 번쩍거린 금박 장식을 한 갑주를 입은 기
요마사를 유정도 한눈에 알아보았다. 하나 곧 말을 바꾸었다.

　"수염을 보았겠지요."

　유정은 긴 수염을 쓱 쓰다듬으면서 역관을 가까이 오라 했다.

　"조선에는 소승처럼 수염을 기른 징수가 많소이다."

---

*副將喜八郎稱號 倭具鞍馬四匹 及鳥銃軍四十餘名 親率迎來 使我等更騎其馬前導引 歸過
西生浦舊城至賊門外. 四溟大師亂中語錄, 前揭書, p32

그 말에 기요마사가 깔깔 웃는데, 곧이를 듣는 것 같지는 않
았다. 놈은 그런 문제로 시간을 끌 수 없다는 듯 대뜸 임해군
과 순화군 이야기를 꺼냈다.

"임해군과 순화군 서찰을 가지고 왔소?"

임해군과 순화군을 돌려보낸 조건으로 한강 이남 땅을 돌
려받기로 약속한 문서가 있다는 것이었다. 유정은 하품이
나왔으나 두 왕자가 황제의 명으로 명나라에 들어가 아직
돌아오지 않았다고* 둘러대고, 유도독의 서찰만 가져왔다고
대답했다.

4월 열사흗날, 유정은 기요마사와 마주 앉아 본론으로 들어
갔다. 기요마사는 유키나가와 심유경 사이에 강화 조건으로
첫째 명나라 황제의 딸과 혼인한다. 둘째 조선 4도를 떼어 준
다고 했는데, 이루어질 것 같냐고 물었다. 유정이 고개를 흔
들었다. 강화 조건이 그런 내용이라면 절대로 이루어질 수
없다고 못을 박았다.*

강화 교섭이 이루어질 수 없다는 이야기를 듣자, 기요마사
는 내심 반기는 기색이었고, 곧 그의 방으로 자리를 옮겨 단
둘이 필담을 나눈 뒤 밤이 늦어 숙소로 돌아왔다.

4월 열나흗날, 유정은 다시 기요마사를 만났다. 첫날은 화

---

*持督府書來耶 王子君書亦持來耶 答曰天子明召入 大明未還故 今未送書耳. 四溟大師亂中
語錄, 前揭書, p33

*天子結婚割朝鮮 四道兩條曰 次沈遊擊行長講和事也 何以云不知也 答曰 此沈行講和事則
萬無成事之理 上官之所欲亦在此也. 四溟大師亂中語錄, 前揭書, p33

의 조건으로 두 개의 조항만 이야기하더니 둘째 날은 다섯 조항으로 늘어났다.

첫째, 명나라 황제 딸과 혼인한다.
둘째, 조선 4도를 떼어 일본에 준다.
셋째, 전과 같이 이웃 나라로 화평하게 지낸다.
넷째, 왕자 한 사람을 일본으로 보낸다.
다섯째, 조선의 고위 관료를 인질로 보낸다.*

유정은 여기에 조목조목 답을 달았다. 요약하면, 첫 번째, 황제의 딸과 혼인한다는 조항은, 미친 소리 작작해라, 명나라 공주가 어찌 바다 건너 오랑캐와 혼인하겠는가.

두 번째, 조선 4도를 떼어 준다는 조항은, 조선이 무슨 떡이냐? 떼어 주고 말고 하기에? 명분 없이 군사를 일으켜 영토를 짓밟고 백성을 괴롭힌 죄 절대로 용서할 수 없다.

세 번째, 이웃으로 화평하게 지내자는 조항은, 임금은 곧 나라의 어버이인데, 어버이의 원수와 형제의 의로 화평하게 지내자는 것이냐? 그것은 개돼지도 안 하는 짓이다.

네 번째, 임금 아들을 영구히 일본으로 보내라 하는 조항은, 까닭 없이 군사를 일으켜 백성들을 죽인 나라에 임금님 아들

---

*一, 與天子結婚事. 二, 割朝鮮屬日本事. 三, 如前交隣. 四, 王子一人入送日本永住事. 五, 朝鮮大臣大官入質日本事五件事也. 四溟大師亂中語錄, 前揭書, p43

을 보내다니, 너희들 같으면 그렇게 하겠느냐? 상식적으로 생각해 봐라. 심유경과 유키나가가 그런 조약을 맺었다면 그놈들이 미친놈들이지 제정신이 있는 놈들이냐.

다섯 번째, 조선 고위 관료를 인질로 보내라는 조항은, 하품 나오는 소리다. 직위 높은 대신 누가 원수진 오랑캐의 나라에 인질로 가겠는가.*

놈은 정적 유키나가와 반감 때문인지 듣기에 민망한 과도한 답변을 별로 나쁘지 않게 받아들였다. 예측컨대, 진상 가는 배도 우선 먹고 본다고, 유키나가의 약점이 만천하에 드러났기 때문인 듯했다. 이 정도 꼬투리만 가지면 그동안 기가 죽어 지내 온 유키나가를 칵 밟고 올라설 기선을 잡을 수 있다는 생각을 하는 것 같았다.

유정은 거기에다 토를 하나 더 달았다. 만일 장군[기요마사]께서 명나라 황제[聖天子]의 총애를 받는 유도독과 화의를 논의한다면 틀림없이 좋은 결과가 있을 것이라는 귀띔을 해 주었다. 그랬더니 "좋다! 좋다!" 그러면서 술 네 통을 보내, 접대한다고 하였으나, 일이 잘못될까 봐 정중히 사양해 물리치고 기요마사의 진중을 나왔다.

일이 이렇게 되니 뜻밖에 유정의 주가가 치솟았다. 4월 열닷샛날, 기요마사가 함경도에 있을 때, 금강산에 고명한 고승

---

* 四溟大師亂中語錄, 前揭書, p45

한 분이 계시더라는 이야기를 들은 적이 있는데, 혹시 그분
이냐고 물어 왔다. 유정이 그렇다고 대답했더니, 장지 한 권
과 부채 열두 자루를 보내와 글을 한 수[書跡] 받고 싶다고 했
다. 어찌 보면 기요마사란 이 작자가 꼬장꼬장한 성리학 깡
탱이만 있고 뒷심은 무르면서 돈만 밝히는 조선 사대부보다
더 순직하고 솔직한 사람 같았다.

유정은 붓을 들었다.

바른 의로움은 사익을 도모하지 않는다
해와 달이 밝지만 어두움엔 귀신이 있다
바라건대 내 물건이 아니면 털끝 하나라도 손대지 말라

正其誼不謀其利
明有日月暗有鬼神
苟非吾之所有雖一毫而莫取 —四溟大師亂中語錄

글 한 수를 떡 적어 주었더니, 너도나도 부채를 들고 찾아와
글을 써 달라고 조르는데, 빼고 자시고 할 것 없었다. 써 달라
는 족족 일필휘지로 내깔겨 주었더니 모두 좋단다.

한데 기요마사란 놈은 조선의 누구처럼 헤벌레 벌어진 놈
이 아니었다. 심유경과 유키나가 사이 다섯 가지 강화 조건
에 유정이 분명히 '안 된다.'라고 밝혔건만, 이튿날 반론을

또박또박 글로 써서 내놓았다.

첫째, 일본 천황은 문무천황文武天皇의 후예다. 명황제 공주와 혼인 못할 이유가 무엇인가?

둘째, 일본이 조선 8도를 다 장악해 귀속시킬 수 있는 판에 4도쯤 떼어 준 것을 누가 방해한단 말인가?

셋째, 공물을 바치고 예전과 같이 관계를 복원하자는데, 그게 왜 예의에 맞지 않다는 소리인가?

넷째, 왕자를 보내라 하는데 못하겠다니, 함경도에서 사로잡았을 때 죽여 버렸다면 어찌했겠는가?

다섯째, 왕자가 일본에 있다면 신하가 따르는 것이 도리 아닌가? 어찌 못하겠다는 것인가?

기요마사는 여기에다 두 가지를 더 공갈로 달아 놓았다.

여섯째, 심유경과 유키나가의 논의가 이루어지지 않으면, 일본이 명나라를 들이칠 것이다. 그리되면 어떻게 되겠는가?

일곱째, 강화문서에 도장이 찍히지 않았다고 까탈을 부리지만, 칼이 더 가까이 있다. 그 까짓 게 무슨 대수냐? 머리 굴리지 말고 알아서 처신해라.*

유정이 내용을 살펴보니 아직은 미개한 놈들이라 문자가 밝지 못해 토씨가 빠지고, 문맥이 통하지 않은 조리 없는 내용이었으나, 하고 싶은 말은 분명히 다 밝히고 있었다. 특히 칼이 가까이 있다는 말은 재침을 강하게 암시하고 있었다.

---

* 四溟大師亂中語錄, 前揭書, p56

이렇게 되면 어찌해야 되는가. 유정은 난쟁이 허리춤 추기 듯 기요마사를 추켜세웠다. 당신은 대대로 떵떵거린 일본 지방장관 후손으로 호걸 아니냐? 어째서 히데요시와 같은 쪼다 밑에서 어리벌벌거리냐? 당신이야말로 다른 나라에 있었더라면 높은 지위에 오를 사람인데, 내가 보니 참 개탄스럽기 짝이 없다고 밑구멍을 살살 긁어 주니, 빙긋 웃었다. 명나라 유도독은 말수가 적고 진중한 사람이니 하고 싶은 이야기가 있으면 솔직히 털어 놓아 보아라. 내가 중간에서 일이 잘 되되도록 역할을 해 줄 테니 호걸답게 밀고 나가라 그랬더니, 오늘 유정 스님과 친분을 맺게 되어 참 기쁘다는 것이었다. 차후 심유경과 유키나가 사이에 강화 협약이 깨지면 유도독에게 사람을 보내 연락을 할 테니 이 문제에 대해 계속 좋은 역할을 해 달라고 하면서, 보물이 될 만한 물건이 진중에 없어서 그러니 사양 말고 받아 달라면서 종이와 부채를 선물[信物]로 내놓았다.

유정은 여러 차례 사양했으나, 혹 화해和諧에 지장을 줄까 봐 그들이 준 선물을 받아 기요마사 진중을 나왔다. 4월 초엿샛날, 키하치로가 거느린 50여 조총군의 호위를 받고 유정은 기요마사의 적진 서생포에서 돌아왔다.*

유정이 기요마사 진중에서 1차로 얻어 온 핵심 징보는 이러했다.

---

* 四溟大師亂中語錄, 前揭書, p59

유키나가는 평양성에서 패해 면목이 없다 보니, 심유경을 끌어들여 명나라로부터 히데요시의 일본 국왕 책봉을 이끌어 내 공을 세운 명분을 삼으려 한다는 것이었다. 그리고 심유경은 왜군을 철군시킨 것에만 공적을 삼다 보니 왜적의 정세에는 눈을 감고 목적을 위해 숱한 거짓말을 늘어놓아 사기꾼이 되었다는 이야기였다.*

유정이 살피고 온 기요마사의 적세는 성이 높고 견고했으며, 군기가 반듯하게 서 있었다. 군수품과 군량이 남아돌았고, 거처가 왕실 못지않게 화려해 명령만 내리면 어디든 쳐들어갈 위엄을 보였다는 보고였다.*

유정은 기요마사의 군영에 다녀온 사실을 장계로 조정에 올렸고, 남원으로 유도독을 찾아가 얼굴을 맞대고 앉았다. 서로 의견을 조율한 결과 심유경이 '미친놈'이라는 사실에 공감을 같이했다. 그가 회의 조건으로 내세운, 명나라 공주와 혼인한다는 첫째 조항과, 조선 4도를 할양한다는 둘째 조항은 천부당만부당하다는 결론을 내렸다. 그렇다면 나머지 조항은 있으나마나한 쓰레기 조항이었다. 유정은 유도독으로부터 높은 평가와 공훈을 인정받고 돌아왔다.

---

* 行長則一敗於平壤 無面目歸報 秀吉故欲得封王一事爲功 惟敬則欲以撤倭爲功 僥倖其或成故 未及詳奏賊情. 四溟大師亂中語錄, 前揭書, p75
* 觀賊勢城基牢固號令 日新軍需周給生道有餘 或造層閣或造大屋至於 淸正所居處則 滿堂華筵繞以金屛 喫以米食一呼而 百諾俱至威令 生風大有久住之計 小無 渡海之勢 奢侈僭濫有甚於王侯之狀. 四溟大師亂中語錄, 前揭書, p68

의엄은 용연사를 떠나 큰스님을 모시고 금강산으로 올라갔다. 일본과의 전쟁이 숨고르기를 하듯 소강상태에 들어가 있었으므로, 사사들을 제외한 승군은 각기 산문로 돌아가 차후 전세에 대비하게 했다.

의엄은 큰스님을 백화암까지 모셔다 드리고 다시 파사산으로 내려왔고, 휴정은 백화암에 머물렀다. 금강산이 불로불사의 산이라 하여 양사언이 호를 봉래로 하였던 여름 금강이 한창이던 어느 날, 태능이 장곡한테 들었다면서 언기를 데리고 백화암을 찾아왔다. 그러니까 햇수로 삼 년 만에 언기를 다시 만난 셈이었다. 언기는 그때 열세 살이었고, 무쇠라도 녹여 받아들일 만큼 눈에 총기가 살아 있었다.

"고생이 많았다."

일단 태능한테 치하한 뒤 언기를 바라보았다.

"화엄경은 다 보았느냐?"

"예!"

무릎을 꿇고 다소곳이 대답했다.

"그럼, 더 본 책은 없느냐?"

"전등록을 읽었사옵니다."

도총섭 스님이 태능을 돌아보았다.

"앉는 자세는 가르쳐 주었는가?"

태능이 대답했다.

"예, 천태대사 육묘문六妙門*을 일러 주었습니다."

도총섭 스님이 언기를 똑바로 바라보고 물었다.

"앉는다는 것이 무엇이더냐?"

언기가 대답했다.

"밖엣 것을 들이지 않고, 안엣 것을 보내지 않는 것이옵니다."

"그것뿐이더냐?"

"정해지는 것이 없고 의지함이 없이, 밝은 데 머물러 있어 야 하옵니다."

"그래도 바람이 불면 어찌할 테냐?"

"안으로 고요하여 흔들어도 움직이지 않아야 하옵는데, 참 어렵게 생각되옵니다."*

휴정이 빙긋 웃었다.

"머문 곳이 거꾸로 되어 있고, 올바로 되어 있어도 흔들리 지 않아야 된다. 호흡을 고르게 해 바르게 앉아 나타난 소리 와 나타난 모양에 흔들리지 않으면, 해와 달이 어두운 데를 비추는 것보다 더 밝은 것으로도 잡을 수 없는 묘한 것을 얻 을 수 있느니라."*

언기가 대답을 못했다.

"서두르지 말고 더욱 열심히 앞으로 나아가거라."

---

* 번거로움에 얽매어 탐내고, 성내고, 어리석음으로 번뇌에 속박되어 괴롭고, 막힌 것을 차 분하고 고요하게 해 이것저것 헤아려 멀리 떠나보내는 천태대사의 수행관법

* 外不放入 內不放出, 無着無依 常光現前, 外撼不動 中寂不搖. 休休庵主 坐禪門. 禪門撮要, 梵魚寺刊, 1968, p236

* 不爲逆順惱 不爲聲色轉, 燭幽則明愈日月 化物則力勝乾坤. 休休庵主 坐禪門. 禪門撮要, 前揭書, p236

"예! 알겠사옵니다."

"화두는 잡아 보았느냐?"

"아직 잡아 보지 못했사옵니다."

"운주천무동雲走天無動이라, 구름이 가는 것이지 하늘은 움직이지 않는다."

언기가 고개를 들었다.

"마조 일할에 백장이 귀가 먹었고, 황벽은 혀를 내밀었느니라.* 그게 무엇이겠느냐?"

언기가 총명한 눈망울만 굴리고 여전히 대답이 없었다.

"좋다! 태능 스님하고 산구경이나 하거라."

이야기는 거기서 끝났다.

유정이 기요마사의 진중에 다녀와 조정에 장계를 올렸으나 답이 있을 리 없었다. 벼슬을 꿰찬 자들이 총총들이 반병이라 네까짓 중놈 돼지거나 말거나 알아서 하라고 스라소니 굴속으로 들여보냈는데, 적정을 살피고 왔으면 그만이지 같잖게 또 무슨 갓 쓰고 장을 보겠다는 것이냐? 꼴값 떨지 말고 가만히 자빠져 있거라, 그런 셈이었다.

한데 유정이 기요마사를 만났다는 소리를 듣고 방방 뛴 사람이 심유경이었다. 왜놈들이 쳐들어오니 활 한 대 쏘아 보지 못하고, 의주까지 도망쳐 쑥밭이 된 나라, 하도 보기가 민망

---

*馬祖一喝也 百丈耳聾 黃壁吐舌. 禪家龜鑑

해 발품을 들여 왜놈들을 섬나라로 돌려보내려 어르고 달랜 사람을 칭찬은 못할망정 웬 종자 닭 잡는 짓만 하고 다니느냐는 그 말에 놈은 화를 벌컥 냈다. 조선은 왜놈들이 쳐들어오자 전시작전권을 명나라 손에 쥐어 줬다. 왜냐, 방군수포제로 국방 능력이 전무한 데다, 입으로만 십만양병설, 그것이 조선의 자주국방이었기 때문이었다. 심유경은 히히 웃었다.

야! 조선 네놈들 작전권을 우리가 쥐고 있다. 오늘이라도 유키나가를 만나서 다시 조선을 쑥밭으로 만들라, 그래 놓고 명나라 군사가 압록강을 건너 버리면 너희들은 망해 이놈들아! 되레 큰소리였다. 심유경은 유정이란 중을 기요마사 진중으로 보낸 것은, 유키나가와의 강화 요건이 도저히 이루어질 수 없는 공갈이라고 기요마사를 충동질해 전쟁을 일으켜 명나라로 돌아간 군사들을 도로 이끌어 내려는, 속 보이는 조선 놈들 얕은 수작이라며 침방울을 튕겼다.

심유경이 말한 조선의 얕은 수작이 어디서 나왔는가. 사람들은 쥐도 아니고 박쥐도 아닌 것을 '쥐박이'라고 한다. 선조는 쥐도 아니고 박쥐도 아닌 괴상한 물건이었다. 이 괴상한 자가 딱 한 가지 눈에 불을 켜고 밝히는 부지런함이 염탐이었다. 그것이 요즘말로 사찰이다. 계사년에는 허울 좋게 선무라는 이름으로 좌의정 윤두수를 파견해 지방 관료와 군 지휘부를 사찰하더니* 갑오년에는 유몽인을 암행어사로 보내 전쟁

* 宣祖實錄 43卷(1593, 癸巳) 10月 30日

에 바쁜 남해안 고을고을 수령들 뒷조사를 벌였다. 참 제멋대로라더니 유몽인은 무소불위 권력을 쥐고 문서를 멋대로 압수하고, 멋대로 조작해 보고하느라 정신이 없었다.*

이것이 선조 임금의 히스테리다. 더 정확히 말하면 우유부단한 정신 상태가 습관적으로 나타나 의심이나 불안이 간헐적이고 격렬하게 치솟으면서 나타난 발작증의 산물이었다. 쉽게 말하면 실성해서 제정신이 아니라는 뜻이다. 선조가 이렇게 실성해 있을 때, 유정이 두 번째로 기요마사 진중으로 들어갔다. 그날이 갑오[1594]년 7월 초엿샛날이었다.

제법 격식을 갖췄는데, 쥐꼬리만한 벼슬 있는 자들은 그래도 준치 가시라고 중놈 밑에 끼기가 싫었던지, 사절단은 이겸수, 최복한, 김언복, 김사식, 임언호를 비롯 37명이 되었으나 모두 의병 출신이었다.

비가 많이 내려 범람한 강을 건너지 못하고 기다렸다가 열하룻날 키하치로의 안내를 받아 기요마사의 진중으로 들어갔다. 유정은 닷새를 머물며 기요마사를 상대로 강화 교섭을 벌이면서, 심기가 불편하다고 배짱을 튕기며 면담을 거절하면서까지 열심이었으나 협상을 끌어내지는 못했다. 다만 기요마사는 심유경과 유키나가가 벌인 협상의 성사 여부에 관심만 보였다.

---

* 文學柳夢寅 以暗行入興縣 雜文書被捉云. 亂中甲午日記 正月 16日. 招柳滉 問暗行所捉 則文書極濫云. 可愕可愕. 亂中甲午日記 正月 24日

유정은 그들 사이의 협상은 절대로 성사될 수 없다고 대못을 박았다. 왜냐, 유키나가와 유키나가의 사위 소 요시토시는 대마도 소금장수로 소견이 얕은 자들 아니냐? 히데요시는 본래 노부나가의 하인 출신으로 어쩌다 세력을 얻어 임금의 권리를 빼앗아 이웃 나라 백성들까지 짓밟았는데, 누가 히데요시가 요청한 화의에 귀를 기울이겠느냐. 그래도 당신은 대대로 작록을 받은 사람으로 왕자王子의 기품이 있는데, 왜 히데요시의 아랫사람이 되었느냐. 또 한바탕 고의춤을 치켜세우며, 만일 당신이 관백이 되겠다고 하면 명나라 유도독을 움직여 손바닥 뒤집듯 쉽게 일을 성사시켜 주겠다고 그랬더니, 기요마사는 아무 말을 않고, 대신 키하치로가 일본 법도는 아랫사람이 상관의 자리에 오를 수 없다는 말을 했다.

기요마사는 임해군과 순화군을 풀어 줄 때 조선 4도를 떼어 주겠다고 약속한 서약서를 보겠느냐고 한 번 더물었다. 유정은 수행만을 해 온 일개 승려가 그런 귀중한 문서를 보아 뭘 어쩌겠느냐, 정중히 사양했다. 대신 일본이 군사를 일으킨 것은 명분 없는 싸움으로, 명분 없는 싸움을 일으킨 것은 교만 때문이다. 한사漢史에서 말하기를 그런 교만은 멸망에 이른다고 비아냥거렸으나* 도시 이빨이 들어가지 않았다.

유정은 다섯 가지 화의 내용에서 상호교린만 똑 떼어 화제

---

* 日本雖用兵十年動無名之 師騷天下之民自動自勞於 我何與漢史日兵驕者滅 日本自取其滅 何干我人哉. 四溟大師亂中語錄, 前揭書, p119

로 삼았다. 기요마사도 거기에 응해 4개도 가운데 2개도를 떼어 주고 왕자를 인질로 보내라는 안을 제시했다. 유정은 말도 안 되는 소리 말라면서 일이 그렇게 되면 병력을 풀어 결판을 낼 것이라고 공갈을 뻥 쳤다.*

좌우지간 닷새 동안 기요마사의 진중에 머물면서 많은 이야기를 주고받았으나 아무것도 이루어 낸 것이 없었다. 하나 기요마사와의 관계는 농담을 주고받을 만큼 가까워졌다.

기요마사가 물었다.

"그대의 나라에 보물이 있는가?"

유정이 대답했다.

"우리나라에 보물은 없고 딱 하나가 있지."

"그게 뭔가?"

"천 근의 금과 만호의 읍으로 그대의 목을 구하니 그게 보물 아니겠는가?"

왜놈 장수 중에서도 배포가 큰놈으로 소문이 나서 그런지, 그 소리를 듣고 껄껄 웃어넘겼다.*

놈들의 진중에서 유정은 저명인사로 소문이 나 글씨를 받으려고 줄을 서서 가져온 부채에 글을 써 주고 7월 열엿샛날, 서찰 세 통과 부채 한 상자를 선물로 받고 놈의 진중에서 나왔다.

---

* 清正曰交隣 雖曰可爲而前言 四道中割給二道送 王子質之然後可爲也 答曰割地而給送 王子而質之則可爲交隣乎勢不得已以兵力決也. 四溟大師亂中語錄, 前揭書, 2007, p119

* 清正謂松雲曰 貴國有宝乎 松雲答曰 我國無他宝 唯以汝頭爲国 清正曰 何謂也 答曰 我国購汝頭金千斤 邑万家 非宝何 清正大笑. 松雲大師奮忠舒難錄

살나사에 금골사리를 봉안하다

동래성에 주둔한 모리 데루모토의 졸개들이 기어히 금강계단 석종에 손을 댔다. 통도사 석종은 자장율사가 당나라에서 돌아오면서 부처님 머리뼈[佛頭骨], 부처님 어금니[佛牙], 진신사리[佛舍利] 100과[粒]를 모셔 놓은 적멸보궁이었다.*

본래 중생들 손모가지가 바위[석종] 속에 깊숙이 모셔 놓은 성골을 가만 놔두고 보지 않았다. 고려 때도 그 방정맞은 손모가지들이 통도사 석종 속의 성물을 후벼 파더니, 조선조로 들어와 사리가 몇 과가 남아 있는지 그것조차 몰랐다. 한데 왜놈 새끼들이 그 속에 보물이 들어 있다는 소문을 듣고 사리탑을 후벼 팠던 것이다.

서생포에서 돌아온 유정은 금강계단 석종을 건드렸다는 사사들의 보고를 받고, 혜은과 승희를 앞세워 통도사로 달려갔

---

*慈藏以五臺所授舍利百粒 分安於柱中 幷通度寺戒壇. 三國遺事 皇龍寺 九層塔

다. 가서 보니 왜놈들이 미개한 놈들이라 성물 자체에 눈독을 들인 것이 아니고, 성물을 모신 장엄구莊嚴具가 대상이었다. 사리가 황홀한 성물이다 보니, 성물을 보존한 장치藏置 또한 기기묘묘해서 중생들이 보면 눈구멍부터 휘둥그레지며 뒤집어질 보물 중에 보물이었다. 금, 다음에 은, 은 다음에 마노, 마노 다음에 유리, 유리 다음에 동, 동 다음에는 옥으로 겹겹이 둘러싸 당우 모양을 본 따기도 하고, 탑 모양을 본 딴 각양각색의 장엄구는 세상에 보기 드문 호화찬란한 보화였다. 조각 솜씨가 섬세하고 하도 정교해 아름답기가 여래가 나타날 때 꽃이 핀다는 우담발화優曇鉢華처럼 향기가 은은한 보배임에랴!

왜놈들이 더러운 손모가지로 금강계단 성물에 손을 댔다.

"이런 잡새끼들, 손모가지를 콱 분질러 놔야겠네!"

좀처럼 입에 쌍시옷받침 소리를 물지 않던 승희가 입술을 앙다물었다.

"당장 동래성으로 가자카니, 모가지를 홱 비틀러……!"

혜은이 쇠몽둥이를 들고 쫓아갈 듯 동래성 하늘을 바라보았다. 동래성 왜놈들이 사리 장치에 손을 댔는데, 그 과정에 성물이 다소 유실이 있는 것 같았으나 자세한 내용은 알 수 없었다.*

방정맞은 중생들이 자꾸 후벼 파는 것을 좋아해, 오대산 적멸보궁 부처님 사리는 어디다 모셨는지 아무도 모른다. 중대에 모시기는 했지만, 꼭꼭 숨겨 영원히 우리 강토를 돌아보시게 했다. 불자들은 정성만 가지고 올라와 참배하라고 당우만 세워 팻말로 표시해 놓았다. 이 얼마나 놀라운 고승대덕들의 지혜인가.

유정은 수난당한 금강계단 석종에서 두 개의 사리함에 사리를 수습해 금강산으로 스승이신 도총섭 큰스님을 찾아갔다. 도총섭 스님은 유정이 모시고 온 성물聖物을 보시더니 눈시울을 붉히시며 참담한 심정을 토로했다.

"아아! 지금도 부처님은 세상에 계시면서 중생들이 감동이 있으면 만 가지 덕의 몸으로 응해 주시고 감동이 없으면 삼매에 들어 계셔, 가고 오는 것이 없건만……."*

하시더니 유정에게 물었다.

"그래, 부처님 성물을 어찌할 것이냐?"

유정이 대답했다.

"금강산에 모시려고 이안移安해 왔사옵니다."

도총섭 스님께서 한참 생각하시더니 고개를 흔들었다.

"아니 될 말, 금강산도 바다가 가까워 뒷날 이런 화가 없다고는 보장 못한다. 금강산에 모시는 것도 장구한 계책이 아

---

* 조선 시대의 舍利受難은 더욱 심해지고 있다. 특히 병란 중에 통도사 사리가 왜구에 의해 도난당했는데 玉白居士가 적진에 포로의 몸으로 있다가 사리를 다시 찾아온 사실은 유명하다. 장충식, 한국 불교미술 연구, 시공사, 2004, p249 〈娑婆教主戒壇源流綱要錄, 通道寺誌 再引用〉

* 呼今佛之住世 群生有感則 應萬德身 無感則 入三昧定而已 非于往來也. 娑婆教主釋迦世尊 金骨舍利浮圖碑, 禪家龜鑑

니다. 왜인들이 석종을 해친 것은 금보를 가지고자 함이지 성물에 있는 것이 아닐 것이다. 그자들은 금보만 취하고 성물은 흙과 같이 여길 것이니, 그렇다면 본래 옛터를 수리해 거기에 봉안한 것만 못하다."*

그러고는 작은 사리함 하나를 태백산 살나사[薩那寺; 淨岩寺]에 봉안하고, 비명碑銘을 지으셨다.

부처님께서 이 세상에 강생, 집을 떠나시어, 도를 이루시고, 법을 설하셨음은 늙은 할머니가 나뭇잎을 가지고 아이의 울음을 그치게 한 것과 같다. 꽃을 들어 보이시고, 자리를 나누어 앉으시며, 열반에 드시어 발등을 보이심은 늙은 아버지가 미친 아들을 다스린 것이요, 의사가 약을 두고 타향으로 떠난 것과 같다 하리. 열반에 드시어 보이신 사리는 그 회상에 있는 보살, 연각, 성스러운 제자들과 사람, 하늘, 팔부신중이 각각 나누어 티끌 같은 여러 세계에 흩어 탑을 세우고 종을 만들어 공양하는 이가 얼마나 많은지 모른다……*

옛 사람이 견고한 법신을 물으심에 조사는 산꽃과 시냇물이라 했다. 오늘 이 병노는 붓을 들고 탄식하여 말하노니, 청컨대 대중들은 이리로 와서 세존께 예배하라! 만일 석가의 진신을 말하면 그것은 지

---

* 病老感受 欲安之然 病老竊念 金剛近水路 後必有此患 安金剛非長久計也 向海兵之撥浮圖 全在金寶 不在舍利也 取寶後視舍利如土也 然則 不若寧修占基而安焉. 裟婆敎主釋迦世尊金骨舍利浮圖碑, 禪家龜鑑.

* 其前際降生也 出家也 成道也 說法也 差等法 老婆將葉止兒啼耶 其後際拈花也 分座也 涅槃也 示趺也 差等法 老父治狂子也 醫師留藥去他鄕耶 當時舍利則 會上菩薩緣覺聖衆及人天八部神衆 各分受持 散入微塵諸刹 建塔安鐘 供養者不知其幾…….

극히 견고하되 지극히 묘하며, 지극히 크되 지극히 작으며, 함이 없기도 하되 하지 않음도 없다. 백억 성스러운 대중들의 찬탄은 허공을 헤아리는 것 같고, 팔만 악마의 무리들 훼방은 바람을 잡아매는 것과 같다……*

아―!
모든 행위는 무상하나니
이것이 나고 사라지는 이치이다
나고 사라지는 그것마저 사라진 뒤에는
니르바나가 곧 즐거움이다

諸行無常
是生滅法
生滅滅已
寂滅爲樂 —裟婆敎主釋迦世尊金骨舍利浮圖碑, 禪家龜鑑

유정은 스승 도총섭 스님의 말씀을 옳게 여겨 성물을 살나사에 봉안하고 사리함 하나를 용연사로 이안했다.*

히데요시가 전국을 통일한 후 야욕에 불타 정명가도라는 명분을 내세워 조선을 침략했는데, 4년이 전쟁도 아니고 평

---

*古人問堅固法身 祖師答曰 山花澗水 今日病老咄 擧筆曰 請大衆奈禮世尊 若擧釋迦眞身則 至寂至妙 至大至小 無爲無不爲 百億聖衆之讚歎 如量空也 八萬魔軍之毁謗 如繫風也…….

화도 아닌 그런 시기에 유정이 왜장 기요마사를 만나 놈들의 속셈이 재침에 있다는 것을 알아챘다. 꽈리를 불 듯 주둥이로는 강화를 노래하지만 실인즉 돌담 속에 독사처럼 군사를 일으킬 수작만 만지작이고 있었다.

이 소문이 세간에 쫙 퍼졌고 조선 조정에 알려졌다. 결국 명나라 황제 귀에까지 들어가 명나라 사절 파견이 지연되었다. 판이 이 모양으로 돌아가니 유키나가는 속에서 천불이 났다. 판을 이렇게 만든 놈이 기요마사 요놈이다. 기요마사 이 자식이 유정이라는 조선 중놈을 끌어들여 판을 그르쳤다고 눈알을 부라리며 분한 마음을 감추지 못했다.

왜놈들 판세를 이리 흔들어 놓은 사람이 유정이었으니, 이리되면 피곤해진다. 호랑이도 피곤하면 잠을 잔다. 이 마당에 죽어 봤자 관 하나 짜다 줄 사람도 없는 터, 왜놈들 군기가 해이해질 대로 해이해져 항복해 들어오는 자들이 줄을 이었다.

한데 월척이 걸려들었다. 부산포 데루모토의 부장 가야시마 모쿠베에[萱島木兵衛]가 50여 왜졸을 이끌고 투항하겠다는

---

* 惟政은 왜란을 피해 사리를 大小二函에 나누어 금강산 休靜에게 보냈으나 휴정은 지장의 본뜻을 좇아 還奉을 강조했으므로 이때의 함 1개는 태백산 薩那寺(葛盤寺; 淨岩寺)에 봉안하고 나머지 함 1개는 1603년(선조 36)에야 사명대사의 문인 敬岑 등이 통도사의 계단을 중수하면서 환봉한 것으로 알려져 있다. 장충식, 한국 불교미술 연구, 시공사, 2004, p249 〈朝鮮金石總覽 外 再引用〉 그 무렵 용연사에도 사리 1과가 봉안된 것으로 추정된다. '건봉사 불치사리는 선조 38년(1605)에 사명이 일본으로부터 귀국하여 이 절의 낙서암(樂西庵)에 봉안' 한 것으로 전해 온다. 김상현, 건봉사와 사명당(四溟堂), 금강산 건봉사의 역사와 문화, 인북스, 2011, p163

서류를 한효순韓孝純에게 보내왔다. 전에 없던 일이라 겁쟁이 조선 조정의 대신들이 이 문제를 놓고 논의를 벌인 끝에 50명을 분산시켜 받아들이자는 의견과 명나라 유도독[劉綎]에게 맡기자는 의견이 맞섰다.* 결국 유도독과 상의한 결과 받아들이기로 결론이 나 가야시마를 절충장군[正3品 堂上官] 직위를 주어 환심을 사게 해 계속 투항을 유도한다는 것이었다.*

모쿠베에가 조선에 투항했다는 말을 듣고 화를 발칵 낸 사람이 유키나가였다.

"사무라이 놈들은 이래서 탈이야. 제게 이득이 없다 싶으면 얼른 주군을 바꾸고 말을 갈아타거든!"

이빨을 뿌드득 갈고는 씩 웃었다. 좋다! 조선 네놈들이 방망이면 나는 홍두깨다. 어디 한 번 해 보자! 그러고는 소 요시토시 부하 요시라[要矢羅; 本名梯七大夫]를 불렀다. 요시라 요놈은 쓰시마 태생으로, 전쟁 전에 부산포를 드나들며 장사를 하던 놈이었다. 그래서 조선 풍속에 익숙했고 조선말이 능통한 놈이었다. 놈은 일찍부터 유키나가와 가까이 지내 야소교 신도가 되어 유키나가의 통사로 따라다녔다.

"천주님은 잘 믿냐?"

"예!"

---

* 宣祖實錄 54卷(甲午, 1594) 8月 13日
* 조선 측은 가야마사에게 절충장군(折衝將軍 正3品의 武官 堂上官)의 직위를 내려서 투항할 경우 성심으로 대하여 그 환심을 사고, 무장을 해제하여 투항하도록 권고했다. 기타지마 만지(北島万次), 위의 책, p175

"심술꾸러기가 뭐냐?"

말본새가 이상하게 돌아갔다.

"개구쟁이라는 것 아니겠습니까?"

유키나가가 씩 웃었다.

"개구쟁이는 사탄[撒但]이면서 하느님하고 비슷하게 생겼다."

서두가 복잡했다.

"무슨 말씀이온지……?"

"사람들이 지키는 관습이란 어디에도 존재하지 않는다 그 거야."

요시라는 통 감을 잡을 수 없었다.

"알아듣기 쉽게 말씀해 주시죠."

"경험한 사실로 얻어져 마음속에서 고쳐지지 않는 것도 다 '망상'이니라. 망상이 무엇이더냐, 꿈 아니더냐? 꿈은 현실 이 아니지 않느냐? 그러니 인간이 한평생 꿈을 꾸면서 살 필 요가 없다 그거다."

요설도 아니고 궤변도 아닌 괴상한 말이었다.

"꿈을 잊어버려라 그 말씀입니까?"

유키나가가 하하하, 소리를 내어 웃었다.

"맞다 그것이다. 옳다고 생각했던 것도 잊어버리고 그르다 고 생각했던 것도 잊어비리면 나에게 손해가 되어 돌아오는 것이 하나도 없을 것 아니냐? 되레 그것이 자꾸 새로운 음모 를 꾸미게 하지."

요시라는 알 것도 같고 모를 것도 같아 유키나가의 얼굴만 바라보았다.

　"잊어버린다는 것은 물방울 하나가 바다에 섞여 파도로 출렁했다가 가라앉으면 물방울 그놈이 어디로 가 버렸는지 아무도 모르듯 아주 철저하고 까맣게 잊어버려야 된다 그 말이다."

　"그렇게 하면 어떻게 됩니까?"

　"저절로 편안해져 프란체스코와 같은 성인이 되는 거지."

　정말 궤변이었다.

　"그래서 어찌하란 말씀입니까?"

　"오늘부터 그런 사람이 되라 그 말이다."

　요시라가 한참 있다가 대답했다.

　"노력하겠습니다."

　"이건 노력이 아니고 당장 그런 사람이 되라는 명령이다!"

　사무라이 명령은 목숨을 내놓고 지켜야 한다.

　"하이!"

　"넌, 오늘부터 경상도 방어사 김응서金應瑞의 그림자가 되라!"

　"하이!"

　"다시 말하건대, 옳은 것 그른 것 다 잊고 성인이 되라 그 말이다."

　"하이!"

남쪽 지방의 '요상스럽다' 는 말이 요시라와 근거가 있는 것일까.

　유정은 도총섭 큰스님과 태백산 살나사에 부처님 금골사리를 봉안하고 용연사로 돌아왔다. 그때 비변사에서 연락이 왔다. 이런 배라먹을! 선조 임금께 상소를 올려 받은 어명이라면서, 임해군과 순화군이 기요마사에게 보낸 서찰과 해동청 보라매 1마리, 보통 사냥매 12마리, 금빛무늬 호랑이 가죽 1장, 금색 비단 1필, 흰색 비단 1필을 선물을 가지고 가서 기요마사가 어떻게 하고 자빠졌는지 살피고 오라는 것이었다.*

　유정은 갑오[1594]년 12월 의령으로 내려가 도원수 권율을 만나고 이겸수, 장희춘, 김언복을 데리고 서생포로 기요마사를 찾아갔으나, 놈이 토라졌는지 만나 주지 않았다.

　기요마사가 만나 주지 않은 이유는 유키나가와 힘겨루기에서 밀렸기 때문이었다. 유정이 기요마사를 만나러 갔을 때는 사절단 파견을 미루던 명나라에서 히데요시를 일본 왕에 책봉하라는 책봉 상사上使로 이종성李宗城을, 책봉 부사로 양방형楊方亨을 임명해 나고야로 건너가라 하여 부산으로 내려오고 있던 때였다.

　이들이 나고야로 건너가기로 결론이 나기까지 경위는 이러

---

* 王子君書一封 授李謙受等進送 且朝廷以上上好鷹十二連 海東青一坐 金紋點虎皮一令 奉將軍足下上鷹子一連 沙金點豹皮一令 贈亞將喜八 又以上黃紬一端 贈禪師日眞 又一端贈禪師在田 白紬一端贈禪師天祐以謝. 四溟大師亂中語錄, 前揭書, p191

했다. 유키나가 히데요시 항복문서를 위조한 심유경은 랴
오닝성으로 올라가 억류해 있던 나이토 조안과 소 요시토시
가신 하야타 시로베에나오히사(早田四郎兵衛尙久)를 비롯 30여
일본인을 사절단이라 하여 명나라 황실로 들어갔다.* 물불
안 가리고 명나라 군사 철수만 고집하던 고양겸이 적극 협력
하여 황제를 배알하고 히데요시의 항복문서를 올렸다.

평수길은 황공무지하여 머리를 조아립니다.

천은이 넓고 넓어 먼 곳 창생까지 미쳐 미미한 일본이지만 천조가
사랑하는 백성(赤子)이 되고자 했습니다. 한데 조선이 길을 막아 호
소할 길이 없어 한을 품어 왔습니다. 원한이 맺혀 부득이 칼날로 맞
섰으나 황제의 어진 정치에 감화되어 물러섰습니다.

심유경이 저간의 여러 사정을 밝혀 왔으나, 처음에는 마음을 바꾸
지 않았습니다. 그러나 곧 성곽과 군량을 반환하고 간곡한 정성을
보여 주었으며, 강토를 돌려주고 마음을 공손히 했습니다.

소서비탄수(小西飛彈守: 나이토 조안)를 보내어 거짓 없는 마음을 진
달하오니, 천조께서는 봉작封爵의 은사恩賜를 베푸시어 일본을 지켜
영광을 삼게 하소서. 바라옵건대 일월과 같은 빛을 밝히시어 번왕藩
王의 명호를 책봉해 주소서. 신수길은 보물 같은 명나라 황실의 깊
고 높은 공덕을 보답함에 어찌 몸인들 아끼겠습니까? 대대로 같은

---

* 여기에는 소 요시토시의 가신 하야타 시로베에나오히사(早田四郎兵衛尙久) 등 30명 정도
가 동행했다. 기타지마 만지(北島万次), 앞의 책, p175 〈明 神宗實錄 萬曆 21년 9월 壬戌 再
引用〉

울타리 안의 신하가 되어 바다 밖의 공물을 바치겠나이다. 천년토록 황실의 위업이 높이 나타나 성수가 만세토록 이어지기를 축원하옵 니다.

신 수길은 우러러 감격하고 황공함을 이기지 못하여 표를 올려 아 뢰옵니다.*

히데요시 항복문서에서 눈에 띈 것은 '변방의 울타리를 지 키는 신하로서 공물을 바치겠다.'는 것이었는데, 이 말을 달 리 표현하면 '명나라 황제의 개가 되어 치적이 하늘에 닿도 록 함께할 것'이라는 내용이었다.

걱정도 팔자라더니, 조선 조정에서는 가짜 히데요시 항복 문서를 놓고 문법이 어떻고 문장 체제가 어떻고, 왜놈이 지 은 글이 아니라는 둥, 지엽적인 문제로 조선 사람이 지었거 나 명나라 사람이 대필했을 것이라는 둥 갑론을박만 벌이고 있었다. 하나 명나라 황실의 기류는 달라져 갔다.

명나라 황제가 항복문서를 읽어 보니, 수길이란 요놈이 똘 똘하고 사근사근한 것이 맨날 보채고 징징 짜는 조선 선조보 다 백배 나은 놈이라는 생각이 없지 않았다. 그래도 몇 가지 의문점을 따져 물었으나 명나라 병부 신료들이 '히데요시가 책봉을 간청하는 정성이 간절하다.'고 알랑방귀를 뀌어 그만 기분이 째졌다. 명나라 황제 만력제[神宗]가 옥좌에 비스듬히

* 宣祖實錄 48卷(1594, 甲午) 2月 11日

몸을 기대고 일본 사신으로 온 나이토 조안 일행을 내려다보았다. 일본 왕으로 책봉만 해 주면 조선에서 물러가겠다는데, 더 무슨 말이 필요한가. 솔직히 말하면 만력제란 이자도 무능하기로 치면 선조보다 나은 점이 하나도 없는 자였다.

"듣거라!"

명나라 황제의 명이 떨어졌다.

첫째, 제후로 봉한 것만 허하고 공물 오가는 것은 허락 않는다.

둘째, 일본 군대는 한 사람도 부산에 남지 말고 모두 물러간다.

셋째, 일본은 명나라 속국이니 앞으로 조선을 침범하지 않는다.*

일이 이렇게 되니, 당장은 명나라가 판정승을 거둔 것 같았다. 유키나가와 심유경의 하수인인 나이토 조안이 내일은 산수갑산에 갈망정 주둥이 한번 뻥긋 못하고 고개를 조아리며, 하늘을 가리켜 서약한다면서 도장을 턱턱, 찍어 주고 황실을 물러나왔다.

황실에서는 히데요시를 일본 국왕으로 책봉한다는 임명장[誥命]과 관복, 황금도장, 칙서를 작성 임회후훈위 이종성李宗城을 책봉 정사로, 오군영우부장 양방형楊方亨을 책봉 부사로 임명했다.*

---

* 一但求封不求貢 二一倭不留釜山 三永不侵朝鮮. 懲毖錄

고기만 보고 기뻐하지 말고 어서 그물부터 뜨자. 고양겸은 제 뜻이 이루어져 바야흐로 그물 뜨는 일을 서둘렀다. 그래서 심유경을 먼저 부산으로 내려보내고, 양방형이 그 뒤를 따라가게 했다.

그래서 기요마사는 유카나가와의 게임에서 완전히 밀려 유정을 만나 주지 않았던 것인데, 유정은 기요마사의 부장 키하치로에게 조정에서 보낸 선물과 두 왕자의 서찰만 전해 주었다. 그 자리에는 기요마사를 따라 종군한 재전在田, 천우天祐, 일진日眞, 세 일본 스님이 자리를 함께해 국수를 대접하면서, 귓속말을 전해 주었다. 모든 화의가 내년 3월 안으로 이루어지도록 서두르라는 것이었다. 그때까지 화의가 이루어지지 않으면 일본이 군사를 일으킬 계획을 정해 놓았다는 귀띔이었다.*

을미[1595]년 4월 명나라 사절단이 한양으로 들어왔다. 조정에서는 기껏 왜놈인 나이토 조안만 성안으로 들지 못하게 하고, 사섬시정司贍寺正 황신黃愼이 이종성을 따라 일본까지 동행키로 했다.*

한데 무슨 까닭인지 명나라 책봉사들이 따로따로 놀았다.

---

* 히데요시를 일본 국왕으로 봉(封)하는 임명장(誥命) 및 관복과 금인의 작성을 명하여, 임회후훈위(臨淮候勳衛) 이종성(李宗城)을 책봉 일본 정사에, 오군영우무장(五軍營石副將著都督僉使) 양방형(楊方亨)을 부사에 임명했다. 기타지마 만지(北島万次), 앞의 책, p178

* 饋麴饋酒極致慇懃 臨別附耳言曰 凡事速成於三月前 不然則此輩擧兵事已定矣 須速成之可也. 四溟大師亂中語錄, 前揭書, p203

* 宣祖實錄 62卷(1595, 甲午) 4月 11日

심유경은 이미 부산에 내려가 있었고, 양방형은 앞서 거창으로 내려가고, 이종성은 뒤를 따라 부산으로 내려갔다. 양방형은 남해안 왜놈들 성을 돌아본다며, 10월 초열흘 부산에 도착했다. 한데 왜영에 이르러 면회 신청을 했는데, 유키나가가 만나 주지 않았다.*

연회를 열어 국왕 책봉 사절을 크게 환영해도 시원찮을 판에 만나자는 것조차 거절을 하니, 양방형은 미치고 환장할 일이었다. 11월말에야 늑장을 부린 이종성이 부산으로 들어와 합류가 이루어졌다. 생각했던 것과는 달리 어려운 곡절을 몇 차례나 거쳐 유키나가를 만나게 되었다.

이종성이 부산으로 들어와 보니, 한 놈도 남김없이 일본으로 돌아가기로 한 왜놈들이 돌아가기는커녕 되레 전쟁 준비에 바빴다. 옆구리 찔러 절 받는 식으로 12월 1일, 유키나가와 데라자와 마사나리[寺澤正成], 겐소가 책봉 정사에게 예를 올리고, 명나라 황제가 히데요시에게 내려 준 금인과 임명장에 배례하게 했다.* 이종성이 유키나가를 만나, 철수하기로 된 일본군이 부산에 그대로 눌러 있는데, 이렇게 되면 강화가 깨진다고 엄포를 놓았으나* 놈들은 어느 개가 짖느냐는

---

* 宣祖實錄 62卷(1595, 甲午) 10月 25日
* 12월 1일, 고니시 · 데라자와 마사나리(寺澤正成) · 겐소는 책봉 정사에게 예를 올리고, 명 황제가 히데요시에게 내려 준 금인과 임명장(고명)에 배례했다. 기타지마 만지(北島万次), 앞의 책, p179
* 宣祖修正實錄 29卷(1595, 乙未) 11月 1日

반응이었다.

이종성 이 작자는 주원장을 도와 명나라를 세운 개국공신 후손으로 대대로 작위를 이어받아 편안하게 자란 자인데다 되게 겁이 많은 놈이었다. 게다가 분위기 파악에 남다른 데가 있었는데, 부산에 들어와 소문을 들어 보니 평수길은 명나라에서 준 일본 왕 책봉 따위는 받을 생각조차 없고, 책봉사가 들어오면 감옥에 처넣어 평생을 옥에서 썩게 만들 것이라는 소문이 파다하게 퍼져 있었다. 잔뜩 겁을 집어먹은 이종성은 사신이 지녀야 할 부절과 인장을 헌신짝 버리듯 버리고 변복을 한 뒤 뺑소니를 쳐 버렸다. 뒤늦게 이 사실을 안 왜놈들이 이종성을 잡으려고 양산까지 쫓아갔으나 어디로 사라졌는지 종적이 묘연했다.*

---

*李宗城乃開國功臣文忠之後 以功襲爵 紈袴子弟 成頗恇怯 或言於宗城曰 倭酋實無受封意 將誘致宗城等 拘人而困辱之 宗城懼心 夜半以微服出營 盡棄僕從輜重印節而逃 翌朝倭始覺 分道追之 至梁山石橋 不得而回. 懲毖錄

책사가 없는 이몽학의 거사

유키나가의 명령으로 경상 방어사 김응서金應瑞의 그림자가 되러 간 요시라가 조선 조정 돌아가는 형편을 속속들이 수집해 유키나가를 찾아갔다.

"뭐 건져온 게 없느냐?"

조선군 정황이 어떻더냐는 물음이다.

"줄을 타고 내려온 것이 뭡니까?"

"줄을 타고 내려와?"

요시라를 쳐다보았다.

"원균이 나이도 많고 선밴데, 이순신이 유성룡 줄을 타고 내려와 삼도수군통제사[正2品 正憲]가 되니, 원균이 그 밑에 깔렸다고[從2品 嘉善] 경상좌우도가 들썩들썩합디다."

유키나가가 빙긋 웃었다.

"인마, 그걸 우리말로 '고락카사[降落傘]'라는 게야."

고락카사란 위에서 내려온 낙하산이란 말이었다.

"쥐뿔이나 능력도 없는 놈이 윗선의 줄을 타고 내려와야만 '고락카사' 라 하는 게지 이순신은 남해안 해전에서 한 번도 패한 적 없는 명장 아니냐?"

"그렇습니다. 앉은뱅이가 서면 천 리 갑니까? 까놓고 말해서 능력으로 따지면 원균은 신발 벗고 따라가도 이순신을 못 따라갑니다."

"야! 이놈아, 조선 놈들이 이순신을 수군통제사로 기용한 것은 백번 잘한 것이지만, 이순신이란 자가 그 자리를 지키면 우리 일본은 패전 아니면 몰락이다."

"그럼, 무슨 수를 써야 하지 않겠습니까?"

유키나가는 대답을 않고 말을 다른 데로 돌렸다.

"고락카사를 타고 내려온 이순신 문제로 경상좌우도가 들썩인다면 조선 조정도 시끄러울 것 아니냐?"

"하나 마나 한 이야기 아닙니까? 지금 조선 조정이 두 패로 갈라져 바글바글 끓습니다."

"동인하고 서인 말이냐?"

"영의정 유성룡과 정탁, 이원익이 동인 아닙니까? 이순신이 유성룡 빽으로 삼도수군통제사가 되니, 원균이 밀렸다면서 서인인 윤두수이 연통이 곪고 있답니다."

"그렇다면 곧 싸움이 벌어지겠구나."

"하이고 쌈박질은 계사년 가을부터 시작되었는데, 원균이 누굽니까? 꼴통에 외골수 아닙니까? 꼬라지가 더러운 놈이라 분통이 터지니 입술이 주먹만 하게 튀어나와 삶은 개다리 뒤틀리듯 사사건건 왼 사챙이만 꼬니, 거기에다 남인이다, 북인이다 하는 것들까지 불거져 나와 조선 조정은 이리 찢어지고 저리 찢어져 우리 일본과의 싸움은 뒷전이고, 왜 이순신이 정헌이고 원균이 가선이냐고 물고 뜯고 할퀴고 야단이 났습니다."

"그럼, 이순신이 오래 못 가겠구나?"

"쌈박질이 하도 심해서 원균을 충청병마절도사로 보내 버렸는데, 윤두수 동생 윤근수가 본래 수전에 능한 수군 장수를 육군으로 보내다니 말이 되는 소리냐며, 하루 빨리 수군으로 보내 왜군 침입에 대비하라고 방방 뜬다는 거 아닙니까?"*

유키나가는 눈을 깜박이며 요시라의 이야기를 조용히 듣기만 했다.

"그런데 그게 쉬운 일입니까? 원균이란 자가 '무데뽀'로 소문이 난데다 꼬라지가 거칠고 무모하고 사나워서 인심을 많이 잃었는데,* 능력 없는 그런 자가 자기 공과를 다투는 데는 음흉하고 간사해 중앙과 지방의 온갖 벼슬아치들과 손을 잡고 이순신을 모함하는 데 젖 먹던 힘까지 쏟아 내고 있다는

---

* 宣祖實錄 82卷(1596, 丙申) 11月 9日
* 元水使麤厲無謀又失衆心. 泰村先生文集 卷之三

거 아닙니까?".*

"그렇다면 이순신을 내쫓고 원균을 다시 수군으로 불러들이겠구먼."

"까짓것 이순신만 없으면 남해안이 우리 바다 아닙니까?"

유키나가가 눈을 감고 한참 생각에 잠겨 있더니 입을 열었다.

"너 내가 사탄이 하느님과 비슷하게 생겼다는 말을 해 줬지?"

"개구쟁이가 그렇다고 말씀을 해 줬지 않아요."

"경험한 사실은 고쳐지지 않지만, 그것도 사실은 망상이란 것도 잊지 않고 있느냐?"

"그런 것이 다 꿈이라고 하시지 않았습니까?"

"꿈이나 꾸면서 세상을 살 수 없다는 말도 잊지 않고 있느냐?"

"옳은 것, 그른 것 다 잊어버리면 손해가 되어 돌아온 것이 하나도 없다는 말씀 지금도 가슴속에 꽉 묻어 두고 있습니다."

유키나가가 호호호 웃었다.

"그래야 새로운 음모가 꾸며진다고 했지?"

"그랬습지요."

"그럼, 새로 음모를 꾸미자."

말씨가 아주 은밀했다.

---

* 既而爭功 漸不相能 均性險詖 且多連結於中外 構誣舜臣 不遺餘力. 懲毖錄

"이제 김응시의 그림자는 그만하고 형, 아우 하고 지내라."

요시라가 고개를 들었다.

"저보고 귀화하라 그 말씀입니까?"

"말귀를 잘 알아듣는군! 귀화해서 조선 사람이 되어 김응서에게 일본이 틀림없이 재침할 것이라는 정보를 슬슬 흘려주면서, 조선 정세 돌아가는 것을 낱낱이 살펴 나한테 보고해 올려라!"

"내 참! 팔자에 없는 조선 사람이 되겠네, 내가."

그러고는 씩 웃었다.

"이놈아, 네가 귀화하면 벼슬도 줄 거다."

"벼슬은 싫고 돈이나 좀 줬으면 좋겠네요."

"우스갯소리로 듣지 말고 내가 한 말 무슨 말인지 알겠지?"

"보고를 끝내고 싹 잊어버리라는 거 아닙니까? 물방울이 파도로 출렁했다가 바닷물에 섞여 없어져 버리듯, 귀머거리에 벙어리가 되어 까맣게 잊어버리라는 그거 아니에요?"

"이놈아, 그래야 네 모가지가 붙어 있어!"

"흐흐흐……!"

요시라가 웃었다.

"성인이 되라 하시더니 그 말씀 이제야 이해가 갑니다."

백성을 잘 살게 해 주는 것이 정치요, 그 바탕이 나라다. 그렇게 하라고 성리학도 있고 주자학도 있다. 공자님 맹자님도 그리하라고 가르쳤고, 그래서 그들 이름이 오래오래 받들어져 왔다. 한데 조선 조정은 어찌 된 판인지 성리학과 주자학이 벼슬을 낚는 미끼가 되었다. 그러다가 뇌물을 세금처럼 걷어다 윗사람에게 바쳐 줄을 잘 타야만 높은 자리로 올라갈 수 있는 나라가 되었다. 그래서 정치판이 파당으로 갈라졌고, 뇌물을 요령 있게 요리를 잘하는 아비를 둔 아들은 대를 물려 벼슬하는 것이 꿀 바른 떡먹기보다 쉬웠다.

그런 나라에 왜놈들이 쳐들어와 전쟁이 3년이나 이어지니, 백성들은 가진 것을 모두 왜놈들한테 빼앗기고, 명나라 군사 군량을 대야 하고, 강제로 매긴 세금을 뼈다귀 속까지 짜내야 했다. 그러고도 군대에 나가야 하고, 토목공사에 동원되었다. 이런 징발을 더는 감당할 길 없는 백성들이 뿔뿔이 흩어졌고, 도망친 군사들이 몰려다니며 노략질을 일삼았다. 구멍은 깎을수록 커지고, 부스럼은 긁을수록 커진다. 날이 갈수록 노략질이 심해지더니 그들 무리에 송유진宋儒眞이란 우두머리가 나타났다. 우두머리가 나타났다고 하는 것은 그들 무리가 조직화되었음을 뜻한다. 일이 여기에 이르니 이 고을에서 저 고을로 통행조차 어려웠다. 요게 요즘말로 공권력 마비라는 건데, 고을 수령들이 송유진의 무리를 토포하려고 나섰으나 손을 쓸 수 없었디.*

송유진의 무리들은 사람을 죽이지 않았다. 점잖게 여염집

---

* 宣祖實錄 47卷(1594, 甲午) 1月 11日

을 드나들면서 웃는 얼굴로 필요한 물품을 가져가면서, 요즘 쓰는 '슬로건'으로 '못살겠으니 바꾸자!'는 것이었다. 그러다 보니 처지가 비슷한 무리들이 용문산에 안개 모이듯 모여드는데, '바꾸자'는 구호가 좀 더 구체화되었다. 모든 쥐는 구멍을 팔 줄 아는데, 선조는 구멍도 팔 줄 모르는 발발 떠는 새앙쥐다. 무능이란 말은 대접해 주는 소리이고, 곰배팔이 파리 잡듯 정치를 망가뜨려 나라가 이 지경이 되었다는 것이었다. 경기도와 충청도 일원에 이 소문이 쫙 퍼져 송유진의 무리들이 조령을 넘어 경상도까지 세력을 뻗치더니, 금강을 건너 전라도로 번져 나갔다.

송유진은 도성을 공격해 선조 임금을 끌어내기로 작전을 짰다. 담도 틈이 생기면 무너지는 법, 도성을 침범하기로 날짜를 잡아 놓은 며칠 전, 진천에 사는 무사武士 김응룡金應龍이 조카 홍각洪殼이 송유진을 스승 따르듯 따라다니는 것을 알고, 조카를 살살 꾀어 송유진을 자기 집으로 초청해 덥석 체포하기에 이르렀다.* 사서에서는 이것을 '송유진의 난'이라고 한다. 송유진의 난으로 처형된 자가 18명에 이르렀다.

나라는 줄기와 뿌리가 백성이다. 왜놈들과 전쟁이 끝나지도 않았는데, 줄기가 부러졌고 뿌리가 파헤쳐져 고사 직전이었다. 이번에는 송유진보다 더 강력한 세력이 주먹을 흔들고 나타났다.

---

* 宣祖修正實錄 26卷(1594, 甲午) 1月 1日

"야, 균[均; 선조]아!* 너하고 나하고 다른 것이 뭐냐?"

능히 선조에게 대들만한 사람이 나타났던 것이다.

"너도 왕실 서손이고 나도 왕실 서손이다! 네가 서손이어서 하는 말이 아니라 덜 떨어진 신료들을 데리고 왜놈들한테 쫓겨 압록강을 건너려고 의주까지 쫓겨 갔다가 일 년 만에 불타 버린 도성으로 돌아와 그래도 임금이라고 앉아 있냐?"

왕실 서손이란 점에서 선조와 대등한 위치에 있는 이몽학이 나섰다. 임진년에 전쟁이 터지자 이몽학은 그래도 동갑계를 조직해 왜놈들을 물리치겠다며 의병을 모아 홍산을 지켜냈다. 그런 점에서 이몽학에게 점수를 더 줘야 할지, 선조에게 더 줘야 할지 점수 매기는 것은 백성들이 알아서 할 문제였다.

하여간에 이몽학이 보니, 선조의 하는 꼴이 한심하기 짝이 없었다. 임금부터 바꿔치워야겠다고 나서니 이몽학을 따르는 군사가 순식간에 1만여 명이나 되었다.* 밭에서 일하는 사람들은 호미를 들고, 장사꾼들은 몽둥이를 들고 너도 나도 앞을 다투어 나섰다.* 이몽학이 한현韓絢을 만나면서부터 일

---

* 선조의 본래 이름이 均이었다. 명종의 뒤를 이으면서 명종의 아들 순회세자 이름이 暊였으므로 항렬에 맞춰 昖으로 고쳤다.

* 한 번 풍문을 듣고 따르는 자가 쓰러지듯 하여 수일이 못 되어 군사가 민여 병이 되었다. 李章熙, 임진왜란사연구, 아세아문화사, 2007, p342 〈趙慶南 亂中雜錄 3 再引用〉

* 논밭에서 김을 매던 사람늘은 호미를 들고, 行商들은 杖을 들고 즐겨 날뛰지 않은 사람이 없었다고 하니, 당시에 정황이 어떠했으리라는 것을 짐작하고도 남음이 있다. 李章熙, 앞의 책, p343 〈趙慶南 亂中雜錄 3 再引用〉

이 급진적으로 진행되었다. 한현은 본디 용맹한 사람으로 임진년에 전쟁이 터지자 의병을 일으켜 의병장이 되어 전공을 세웠다.* 그 공로를 인정받아 속오법束伍法에 의한 속오군에 자원해 어사 이시발李時發에 소속되어 호서지방 군사 훈련을 맡아 왔다.* 그러다 보니 눈뜨고 볼 수 없는 참담한 백성들의 현실을 많이 보게 되었다. 그런 터에 "임금을 갈아치워야 한다."는 말을 듣고, 이몽학을 만나니 저절로 의견이 상합해 합류가 이루어졌다. 이몽학을 따르는 농민 군사가 1만여 명에 이른데다 이번 기회에 조선 조정을 싹 쓸어버리고 이몽학을 임금으로 추대해, 한자리 하면서 난국을 극복하자는 생각을 하기에 이르렀다.

이몽학은 그때 홍산 무량사無量寺에 있었고, 동갑회를 근간으로 조직된 결사체와 자주 회합을 가졌다. 이몽학은 생원 이익빈李翼賓과 김팽종金彭從, 김경창金慶昌, 한현 등 조직원을 동원해 선조를 폐출시키고 조정을 접수할 구체적인 작전에 들어갔다.

그 회합에서 한현은 중종반정을 거론했다. 중종반정 때도 조정이 사림과 훈구 두 파로 갈려 있었으나, 이조참판 성희안成希顔과 지중추부사 박원종朴元宗이 사림·훈구를 망라해 당시 인망이 높은 이조판서 유순정柳順汀의 호응을 얻고, 연

---

* 宣祖實錄 47卷(1594, 甲午) 1月 15日
* 宣祖修正實錄 30卷(1596, 丙申) 7月 1日

산군의 신임이 두터운 군자감부정 신윤무申允武와 군기시첨정 박문영朴文永의 협력으로 폭군을 몰아냈다는 것이다. 한데 이몽학은 어릴 때 홍산으로 내려와 생활한 바람에 조정에 인맥이 없는 점을 문제로 들었다. 선조를 폐출시키자면 영의정 유성룡은 아니더라도 우의정이나 좌의정, 하다못해 예조판서나 이조판서라도 안에서 내응이 이루어져야 되겠는데, 조정에 전혀 손이 닿지 않는다는 결점이 있었다.

하지만 일이 여기까지 진척되었음을 감안할 때, 어느 명년에 조정 신료들과 손을 잡고 어쩌고 해서 거사를 한단 말이냐, 그냥 치고 올라가자는 의견이 대세를 이뤘다.

"지금 조정이란 게 다 썩은 판잣집인데 그러고저러고 할 것 있습니까?"

성격이 괄괄한 김팽종이 어차피 차려 놓은 밥상, 그냥 치고 올라가자는 것이었다. 조정이 지금 칼날 위의 목숨 아니냐? 손에 닿지도 않은 조정 중신들의 손을 잡을 틈이 어디 있느냐는 것이었다. 여기에 김경창이 동조의 뜻을 나타내자 자리를 같이한 동지들이 모두 의견을 함께하게 되었다. 그래서 선조 29년 7월 초엿샛날을 거사일로 잡았다. 한데 한현은 뒤가 저렸던지 부친상을 당했다면서 나는 잠시 홍주洪州 집에 들렀다가 내포內浦에서 거벼해 호응할 테니* 이몽학에게 먼저 홍산부터 접수하라고 했다.

---

* 宣祖修正實錄 30卷(1596, 丙申) 7月 1日

병신[1596]년 7월 초엿샛날 이몽학이 홍산현을 습격했다. 현감 윤영현尹英賢을 붙잡고, 이어 임천군을 기습해 군수 박진국朴振國을 납치했다. 이들은 모두 항복을 했고 이몽학에게 협조하고 나섰다.*

두 고을을 손아귀에 넣으니 이몽학을 따르는 무리가 수천 명에 이르렀다. 7월 7일 정산현을 치자, 현감 정대경鄭大卿은 몸뚱이만 빠져 달아났고, 초여드렛날 청양현을 접수하자 현감 윤승서尹承緖가 도망쳤다. 초아흐렛날 대흥군을 접수하니 군수 이질수李質粹가 산속으로 도망쳐 가까스로 조정에 보고하기에 이르렀다.* 부여 현감 허수겸許守謙은 이몽학의 무리가 이르기도 전에 놀라 자빠졌고, 서산 군수 이충길李忠吉은 세 아우를 이몽학의 무리에게 보내 그들과 한 패[潛附]가 되게 했다.*

드디어 이몽학은 홍주목을 치기로 했다. 목사 홍가신洪可臣은 소식을 듣고 쩔쩔 매다가 기지를 발휘하여, 이희李希와 신수申壽 두 구실아치를 거짓 투항으로 이몽학의 진중으로 보냈다. 이희와 신수가 말하기를, 홍주목은 성이 견고해 접수

---

* 이몽학 일당은 야음을 타 홍산현을 습격하여 현감(尹英賢)이 붙잡히게 되고, 곧 이어서 임천군을 습격하여 군수 朴振國이 납치되었는데, 이들은 모두 적도에게 降附하였기 때문에 이몽학은 이들을 상빈으로 접대했다. 李章熙, 앞의 책, p343

* 7일 정산현을 함락시키자 현감 鄭大卿은 몸만 빠져 도주했다. 8일에는 청양현을 함락하자 현감 尹承緖는 도주하였고, 초 9일에는 대흥군을 함락하자 군수 李質粹 또한 산속으로 도주하여 賊情을 간신히 서울에 보고하게 되었다. 李章熙, 앞의 책, p344 〈燃藜室記述 卷17 諸道土賊之起 再引用〉

* 瑞山郡守李忠吉 率其弟三人 潛附逆黨 往來相助云. 趙慶男, 亂中雜錄 3

하기가 쉽지 않으며, 인근의 모든 수령들이 군사를 동원해 모여 있고, 충청 도수사 최호崔湖가 관군을 동원해 지키고 있다고 공갈을 쳤다.

이몽학이 이희와 신수의 수작에 넘어간 것은 그들 진영에 책사가 없기 때문이었다. 제갈량은 아닐지라도 순욱이나 사마의 같은 책사만 있었더라도 이희와 신수의 수작에 넘어가지는 않았을 것이다.

한데 홍주 목사 홍가신이 선조가 못 판 쥐구멍을 팠다. 이몽학의 기습을 지연시키면서, 실제로 충청 수사 최호가 달려왔고, 충청 병사 이시발이 유구에 포진했다. 중군 이간李侃이 청양을 포진해 홍주로 포위망을 좁혀 들어가니, 이몽학의 기세가 움츠러들었다. 그때 이몽학은 몸이 아파 누워 있었고, 홍가신은 반간계를 썼다. 누구든 이몽학의 목을 베어 온 자는 화를 면해 준다고 포고하자, 이몽학 휘하의 김경창, 임억명, 태근 이 세 사람이 앞을 다투어 병석에 누워 있는 이몽학의 목을 베어다 바치니, 이몽학의 무리들이 모두 흩어져 버렸다.

이몽학의 무리 가운데 김팽종과 이익빈은 피살되어 머리만 떼어 갔고, 이몽학은 머리와 팔다리를 잘라다 도성에서 3일 동안 효수가 이루어졌다. 한현은 포위망을 뚫고 도망쳤으나, 결국 사로잡혀 도성으로 압송되어 능지처사되었다.

한데 이 과정에서 이몽학과 협력이 있었다는 여러 의병장들 이름이 쏟아져 나왔다. 그 가운데에 김덕령金德齡, 최염령

崔聃齡, 홍계남洪季男, 곽재우郭再祐, 고언백高彦伯의 이름이 나왔고 이덕형 이름까지 나왔다.*

정여립 옥사로 이 방면에 익숙하게 이력이 붙은 선조는 공술에서 이름이 나온 의병장들을 모두 잡아들여 친국에 들어갔다. 의병을 일으켜 권율 휘하에서 왜적과 싸워 전과를 올렸고, 곽재우와 협력하여 왜적을 수도 없이 격파한 김덕령이 친국을 받다 고문에 못 이겨 옥사하고 말았다.

하마터면 의병장 곽재우도 역도로 몰려 목숨을 잃을 뻔했으나 겨우 혐의를 벗었고, 김덕령이 죽은 것을 본 뒤 초야에 숨어 몸을 나타내지 않았다. 왜놈과의 전쟁이 끝나지 않은 상태에서 일어난 이 사건을 사서에서는 '이몽학의 난'으로 적고 있다. 이 사건으로 처형된 사람이 133명에 이르렀고, 연좌율을 적용했더라면 몇 천 명의 희생자를 낼 수 있었으나, 명나라 군사가 보고 있는 앞이라 연좌율을 적용하지 않았다.

이몽학의 난을 평정한 홍가신에게는 청난공신 1등으로 관에서 부리는 사환[伴倘]이 10명, 노비 30명, 관노[丘史] 7명, 밭 150결, 은자 10량, 내사복에서 기른 말 1필이 상으로 주어졌다. 물론 2등, 3등에게도 비슷한 상이 내려졌다.

---

*韓絢이 생포되자 元帥가 물은즉 供述하기를 金德齡·崔聃齡·洪季男이라 하고, 또 말하기를 郭再祐·高彦伯도 다 우리의 복심이라 하였으므로 (權)慄이 곧 갖추어 아뢰고 군관을 나누어 보내 김덕령 등을 체포하였다. 李章熙, 앞의 책, p347 〈趙慶南 亂中雜錄 3 再引用〉

장군의 눈물

요시라가 경상 방어사 김응서를 찾아가 귀화하겠다는 의중을 비쳤다. 첫수도 모르고 조복 짓는다고, 김응서의 입이 떡 벌어졌다.

"아니, 귀화라니? 당신은 평행장 휘하의 요직에 있던 사람 아니오?"

건성 귀화의 의도를 찔러 본 말이었다.

"통사나 하고 돌아다닌 것이 무슨 요직입니까?"

"책사에다 통사까지 겸하신 것으로 나는 알고 있소."

"책사를 한다고 하다 보니 들은 것은 많았지요. 우선 일본 정치판 돌아가는 것을 환히 꿰게 된 겁니다. 그래서 귀화를 서둔 것입니다."

"정치판이 어떻게 돌아가기에 귀화를 서둘렀다는 겝니까?"

"눈 빼기 내기를 맺건대, 일본의 태합 전하는 몇 년 못 버틸니다."

김응서의 귀가 솔깃했다.

"몇 년 못 버티다니?"

"태합의 사주는 젖혀 두고라도 관상부터가 자손이 없는 사람인데, 늙은이가 자식을 만들겠다고 헛욕심을 부려 첩을 열한 명이나 두고 돌아가면서 몸에 원기를 소진하니, 뼛골에 바람이 들어가 버석버석해졌습니다. 몇 년 못 살고 불귀의 객이 될 터인즉, 그 늙은이가 망령이 들어도 유분수지 지금 조선을 재침하겠다고 그러고 있지 않습니까?"

"아니 재침이라니……?"

김응서의 눈이 둥그레졌다.

"지금 강화를 하려고 일본으로 들어갈 명나라 사절들이 와 있는데 재침이라니, 그 무슨 소리요?"

당치 않는 소리라는 듯 요시라를 쳐다보았다.

"강화는 무슨 강홥니까? 유키나가와 심유경이 장난을 치다가 그리된 것입니다. 두고 보십시오. 태합 전하가 죽어야 조선에 나와 있는 일본 군대가 본국으로 들어갈 터인즉, 평행장, 평청정, 평수가, 평장정, 이런 기라성 같은 장수들이 서로 태합 자리에 오르려고 쌈박질이 터질 것 아닙니까? 보나마나 일본은 다시 예전의 전국시대로 돌아갈 것입니다."

요시라의 허풍에 김응서가 홀라당 넘어갔다.

"좋소! 내 그대의 귀화를 받아들이지. 평행장 휘하에서 중

책을 맡았으니, 그 점을 고려해 조정에 장계를 올려 전에 평목병위[平木兵衞; 가야시마 모쿠베에]에 준한 절충장군 벼슬하고 상급을 내리게 하겠습니다."

"상급은 바라지 않았습니다만, 어쨌든 고맙소이다."

김응서는 요시라가 귀화해 오겠다는 사실을 조정에 알렸다. 서둘러 요시라에게 의관을 갖추게 해 도성으로 올라가 예에 따라 임금께 절[肅拜]을 하자, 선조는 은자 80냥을 상급으로 내렸다. 요시라의 입이 귀밑까지 찢어졌다. 그래서 요시라는 유키나가의 계책대로 김응서와 짝꿍이 맞아 형님, 아우 그러면서 지내게 되었다.

히데요시 일본 국왕 책봉 정사 이종성이 도망치자, 부사 양방형이 정사가 되고 심유경이 부사가 되었다. 이놈들은 인구가 많은 나라에서 살아 떼 잡이가 싫은 듯 따로따로 일본으로 들어갔다. 명나라 황제가 히데요시를 일본 국왕으로 책봉한다는데, 부산포와 서생포, 웅천에 남아 있는 모리 히데모토, 가토 기요마사, 고니시 유키나가를 비롯한 왜장들도 앞다퉈 일본으로 들어갔다.

일엽편주로 쓰시마와 부산포 왜놈들 움직임을 탐색해 온 보련과 보월이 사후선을 타고 정찰에 나선 대기를 바다에서 만났다.

"왜놈들이 명나라 사신들 앞서 제 나라로 들어가고 있어요."

"평수길을 국왕으로 책봉한다는데, 책봉식에 가야 하지 않 겠소?"

"평청정은 주력군을 서생포에 그대로 놔두고 몇 척 안 되는 배로 졸개 몇 명만 데리고 떠났습니다. 부산포 평수원平秀元 도 소수 병력만 데리고 들어가던데, 평행장은 웅천의 대거 병력을 배에 모두 태워 대선단을 이뤄 들어갑디다."

"알겠습니다."

대기는 이 사실을 제빨리 수군통제사 이순신에게 알렸다.

"놈들 수괴가 국왕이 된다는데, 강 건너 불구경하듯 조선에 만 앉아 있어서야 되겠느냐, 모두들 들어가 봐야겠지."

"그런데 문제는 말예요, 평청정과 평수원은 소수 병력만 데 리고 들어가고, 평행장은 웅천의 전 병력을 동원해 어마어마 한 선단을 이끌고 들어가더랍니다."

그것은 두 가지로 해석할 수 있었다. 유키나가는 그동안 심 유경과 짜고 히데요시를 가지고 놀았다. 만약 그 사실이 탄 로 나면 거기에 대응할 목적으로 대병력을 움직였다고 볼 수 있다. 반면에 기요마사와 히데모토는 조선 4도를 일본 국토 로 병합하기로 한 하데요시의 의중을 충실히 따르고 있기에 주력군을 그대로 두고 인사차 떠났을지 몰랐다. 하나 이순신 은 거기에 대해 어떤 답변도 내놓지 않았다.

"대기는 자성과 원행을 데리고 놈들 움직임을 더욱 예의주 시하라!"

명령만 엄하게 내렸다.

"예! 알겠습니다!"

병신[1596]년 6월 27일, 심유경은 양방형에 앞서 후시미[伏見]성에서 히데요시를 만났다.* 조선은 명나라와 일본과의 협상에 끼지도 못하고, 행호군行護軍 돈영도정敦寧都正 황신黃愼을 통신 정사, 대구 부사 박홍장朴弘長을 통신 부사로 사절단을 309명이나 늘려 양방형을 따르게 했다. 황신은 양방형의 수행인에 불과한데도 일본 사절로 나라의 어려움을 해결한다며, 호랑이 굴로 들어가고 있다고 뻥튀기 장계를 올렸다.*

9월 초하룻날 양방형과 심유경이 오사카성에서 히데요시를 만났다. 명나라 황제가 내린 임명장과 금인, 관복이 전달되었지만, 조선 통신사 황신이 그 자리에 끼는 것을 허락하지 않았다.*

새 신을 신으면 발을 높이 쳐들어 자랑해 보이고 싶은 법인데, 히데요시는 명나라 황제가 보낸 관복으로 갈아입고, 국왕 책봉장으로 나와 기분이 째진 듯 으흐흐! 뻐기면서 세이쇼조타이[西笑承兌]에게 명나라 황제의 임명장을 읽어 올리게 했다. 임명장 내용은 간단했다.

---

* 宣祖實錄 76卷(1596, 甲午) 6月 12日
* 宣祖修正實錄 30卷(1596, 丙申) 8月 1日
* 9월 1일, 명책봉 사절 양방형과 심유경은 오사카성에서 히데요시를 배알하고, 명 황제의 임명장·금인·관복을 전달했다. 여기서 히데요시는 조선 통신사의 접견을 허락하지 않았다. 기타지마 만지(北島万次), 앞의 책, p181〈舜舊記, 武家事記 外 再引用〉

첫째, 제후로 봉한 것만 허하고 공물 오가는 것은 허락 않는다.

둘째, 일본 군대는 한 사람도 부산에 남지 말고 모두 물러간다.

셋째, 일본은 명나라 속국이니 앞으로 조선을 침범하지 않는다.

내용이 명나라 황실처럼 으리으리 번쩍번쩍, 하늘에서 번개 치는 소리로 내려올 줄 알았는데, 딱 세 줄이었다.

"그것뿐이냐?"

히데요시가 의문스러운 듯 고개를 들었다.

"하이!"

못생긴 히데요시 원숭이 얼굴이 고약스럽게 일그러지더니, 눈썹 사이에 내천 자가 밭고랑처럼 그어지면서 땡감 씹은 상판대기로 양방형과 심유경을 한참 내려다보았다.

"우리가 제안한 명나라 공주와 혼인은 어떻게 되었는가?"

히데요시 물음에 국왕 봉행장소 분위기가 죽은 사람 발바닥처럼 싸늘하게 식었다. 이어 히데요시가 말을 이었다.

"조선 4도를 떼어 일본에 준다는 것은 어떻게 되었는가?"

언성이 조금 높아졌다. 맹꽁이 통에 돌을 들이쳤는지, 누구 하나 고개를 든 사람이 없었다.

"조선 왕자 한 사람을 일본으로 보낸다는 조항은 어찌 되었는가!"

그 대목에서는 목소리가 쩌렁 울렸다. 고양이 지나간 골에 쥐죽은 듯 분위기가 조용하다 못해 싸늘하게 냉기가 흘렀다. 히데요시가 갑자기 용수철처럼 자리에서 발딱 일어서더니, 명나라에서 보내온 관복을 확 벗어 양방형을 향해 집어던졌다.

"이러고도 네놈들이 이웃 나라로 전과 같이 화평하게 지내자고 한 것이냐?"

꾸왕! 항아리 깨진 소리를 질렀다.

"네놈들이 나를 일본 국왕으로 책봉한다고?"

가소롭기 짝이 없다는 표정으로, 양방형과 심유경을 걷어 찰 듯, 한발 앞으로 다가섰다.

"우리 일본에도 천황이 계신다. 명나라 황제가 뭔데 나를 일본 왕으로 책봉한다는 것이냐?"

히데요시는 격분을 참지 못하고, 발뒤꿈치로 다다미 바닥을 꽝! 한 번 내리찍더니, 주변에 빙 둘러앉아 있는 일본 장수들을 돌아보았다. 그 자리에 나이토 조안은 보이지 않았다. 조안 요놈은 반드시 이런 사태가 터지리라 예감하고 유키나가와 말을 맞추고는 몸을 숨겨 버렸다. 꿩 대신 닭이라 했던가. 히데요시의 눈에 조안을 수행해 같이 명나라까지 따라갔다 온 요시토시의 가신 하야타 시로베에나오히사가 눈에 들어왔다.

"너 이리 나와!"

대번 칼을 쑥 뽑더니 그 자리에서 시로베에나오히사의 목을 베어 휙 던졌다. 일본 국왕 책봉식장이 금방 피바다가 되었다. 히데요시는 시로베에나오히사의 목을 벤 칼로 양방형과 심유경을 찌를 듯 가리켰다.

"생각 같아서는 네놈들을 이 자리에서 목을 확 베고 싶으나 사신으로 온 자들이니, 지금 당장 나라 밖으로 쫓아내라!"

그러고는 명나라 황제 임명장을 피 묻은 칼로 쭉 찢어 밟더니, 금인을 양방형에게로 걷어차고는 안으로 들어가 버렸다. 한 치 앞도 못 내다보고 명나라를 위한답시고 거들먹거리던 심유경은 납작 엎드려 사시나무 떨 듯 달달 떨었다.

양방형과 심유경은 곧 바다로 쫓겨났다. 조선 통신사 황신은 히데요시 얼굴도 못 본 채 양방형 일행을 수행해 조선으로 향했다.

히데요시는 화의가 깨지자 발 빠르게 움직였다. 가덕도에 주둔한 시마즈 요시히로와 남해안 왜성에 주둔한 일본 장수들에게 성을 굳건히 보수하고 조총과 탄약, 군량을 확보하라는 전문을 보냈다. 이런 날벼락이 떨어진 뒤 히데요시는 고니시 유키나가, 가토 기요마사, 모리 히데모토를 불러 그들이 주둔한 남해안 왜성으로 돌아가 전쟁을 준비하라는 명령을 내렸다.

그때 발바닥이 닳게 바쁜 사람이 있었으니, 경상도 방어사 김응서와 형, 아우 하고 지내던 요시라였다. 유키나가는 재빨리 전령을 보내 명나라와 강화 협상이 실패로 돌아갔음을 요시라에게 알렸다. 실패 요인이 기요마사가 전쟁을 주장했기 때문이라고 덧붙여 정적 기요마사를 물고 늘어졌다. 지금 기요마사가 조선으로 들어가고 있으니, 이 사실을 김응서에게 알리면 조선 수군이 기습에 나설 것이고, 그렇게 되면 기요마사를 생포할 수 있다는 내용까지 알려 주었다.*

이미 조선을 재침하기로 결정이 내려진 마당에서 유키나가는 이 기회를 잘만 활용하면 몇 척 안 되는 배로 서생포로 돌아가는 정적 기요마사를 없애고, 껄끄럽기 짝이 없는 이순신 함대를 쓰시마 앞바다로 유인해 전멸시킬 수 있다고 생각했다.

그때 쓰시마 앞바다에서 왜놈들 동태를 정찰하던 보련과 보월의 눈에 두 척의 고하야[小早]가 세키부네 한 척을 앞에서 경호하고 세키부네 한 척이 뒤에 따라붙어 기장 앞바다로 올라가는 것을 보았다. 자세히 보니 왜장 기요마사 깃발이 한 쪽에 숨겨지듯 꽂혀 있었다.

놈들은 배를 급히 몰아 서생포 앞바다에 이르렀고, 그 뒤 간격을 두고 기요마사 병졸들이 탄 세키부네와 아타케부네 10여 척이 서생포로 향해 올라가는, 기요마사가 탄 병선 네 척을 직선으로 가로질러 기장 앞바다를 비켜 올라갔다.

그러고 한나절이 지난 뒤, 세키부네와 아타케부네 수십 척이 다대포 남단에서 동쪽으로 방향을 틀더니 부산포로 올라

---

*고니시는 통사(通使) 요시라(要時羅)를 경상 우병사 김응서(金應瑞)에게 보내어 강화 실패는 가토가 전쟁을 주장했기 때문이라고 말하고, 가토의 행동 일정과 정박할 섬을 알려 주어 조선에 상륙하기 전에 조선 수군이 가토를 습격하라고 전달한 것이다. 기타지마 만지(北島万次), 앞의 책, p189

갔다. 이 사실이 곧 대기의 처후선에 알려졌고, 대기는 이 사실을 삼도수군통제사 이순신에게 보고했다.

그때 요시라는 유키나가의 밀령대로 기요마사가 몇 척 안 되는 군선으로 쓰시마에서 조선으로 향했고, 그들이 정박할 섬까지 알려 주면서 기회를 놓치지 말고 기습하면 기요마사를 생포할 수 있다고 김응서에게 알렸다.

요시라의 꼬임에 빠진 김응서는 이 사실을 조정에 알려 이순신으로 하여금 해로를 지키고 있다가 기요마사를 공격하라는 어명이 떨어지게 했다. 한데 이순신은 간교한 왜놈들의 계략임을 미리 알고, 놈들의 꼬임에 빠졌다가는 되레 조선 수군이 곤경에 처할 것이라는 점을 들어 어명을 따르지 않았다.

아니나 다를까 조정에서는 이것이 중론이 되어 이순신의 출전을 거듭 촉구했다. 하나 이순신은 움직이려 하지 않았다. 서인의 무리들이 들고 일어났다. 이순신이 어명을 거역했다며 해평군 윤근수가 방방 뛰었다.*

결국 도원수 권율이 설득에 나섰다. 이순신은 권율의 설득에도 수군을 움직이지 않았다. 요시라는 그때 발빠르게 김응서를 찾아가 기요마사가 이미 상륙해 버렸다고 알려 주니, 모든 허물이 이순신에게로 돌아갔다. 일이 이렇게 되니, 병신[1596]년 12월에 이순신 휘하의 거제 현령 안위安衛와 군관

---

* 朝議信之 海平君尹根壽 尤踊躍 以爲機會難失 屢啓之 連催舜臣前進. 懲毖錄

김난서金蘭瑞, 신명확辛鳴鶴이 화약과 군량 2만여 섬이 든 왜
놈들 창고를 불태워 전공을 세웠다는 것도* 사실은 부산 수
군 허수석許守石이 한 일인데, 그 공로를 이순신이 도둑질해
갔다고 흠집을 냈다.* 집안이 안 되려면 생쥐가 춤을 춘다.
대간에서는 이순신의 국문을 청했고, 현풍 현감을 지낸 박성
朴惺이란 자는 이순신을 참형에 처해야 한다고 상소를 올렸
다.* 상황이 이렇게 돌아가니, 조정 신료들의 갑론을박이 몇
날 며칠 이어져 결론을 내렸는데, 이순신에게 조정을 속이고
어명을 어겼다는 죄명이 씌워졌다. 이럴 때의 선조의 민첩함
이 두드러졌다. 충청 병마사에서 전라 병마사로 발령을 낸
원균을 겨우 한 달 만에 삼도수군통제사로 임명하고, 금부도
사를 한산도로 내려보내 조정을 속이고 임금을 업신여긴 죄
로 이순신을 도성으로 압송하라는 명을 내렸다.*

한산도에서는 수군통제령의 인수를 받으러 온 원균의 장졸
들과 이순신을 따르던 장병들 사이에 실랑이가 벌어졌다. 장
비 수염에 기골이 장대한 이순신의 군관 송희립이 원균의 장
졸들을 한 주먹에 때려눕힐 듯 주먹을 휘두르자, 원균이 호
령하듯 큰소리로 나섰다.

"어명을 거역한 역적 이순신을 거든 네놈들 죄를 용서치 않

---

* 宣祖實錄 84卷(1597, 丁酉) 1月 1日
* 宣祖實錄 84卷(1597, 丁酉) 1月 2日
* 廷議皆咎舜臣 臺諫請拿鞫 玄風人前縣監朴惺者 亦承望時論 上疏極言舜臣可斬. 懲毖錄
* 宣祖修正實錄 31卷(1597, 丁酉) 2月 1日

으리라!"

그때, 이순신은 무관이 아니라 선비로 변해 있었다. 송희립과 여러 의병장들을 만류한 뒤, 순순히 손목이 묶여 함거에 올라 배를 타고 통영으로 건너갔다. 통영 백성들이 함거를 둘러싸고 통곡을 하면서 땅바닥에 드러누워 함거가 움직일 수 없게 길을 막았다. 이순신은 길을 막는 백성들을 좋은 말로 타일러 비키게 한 뒤, 금부도사가 이끄는 대로 도성으로 향했다. 그때가 정유[1597]년 2월 스무엿샛날이었다.

이순신은 피곤했다. 심신이 함거 바닥으로 내려앉는 것 같았다. 하나 자세를 꼿꼿이 세우고 도성으로 올라가 의금부에 수감되었다. 호불호의 불통으로 뚜렷이 갈리는 선조의 스타일 정치에 서인들은 한술 더 떠, 명태 대가리 하나 없어진 게 무어 그리 대수냐, 이순신이 괘씸하기 짝이 없는 고양이 소행이라며 발 빠르게 움직였다.

해평군 윤근수를 위관으로 임명하고, 서인인 성균관 사성 남이신南以信을 남해안으로 보내 이순신의 뒷조사를 벌였다. 요즘 말로 사찰이었다. 남이신이 전라도로 들어가니 백성들이 길을 막고 이순신의 억울함을 호소했다. 남이신이 콧방귀를 팽! 뀌면서 먼 산만 바라보고 있다가 정황을 사실대로 적시하지 않고, 이순신이 어명을 어겨 7일 동안 평청정을 섬에 머물게 해 놓아 놓쳤다는 보고를 올렸다.*

일이 이렇게 되니 선조의 표적은 평청정이 아니라 이순신이 되었다. 히데요시가 조선을 재침하기로 어금니를 가는 마당에 선조의 스타일 정치는 평청정을 들러리로 이순신 제거에 들어갔다. 건방지게시리 이순신이란 이자의 백성들 신임이 국왕보다 높다. 요런 놈을 살려 두었다가는 경인년 정여립과 똑같은 놈이 되지 말란 법이 어디 있겠느냐……?

윤근수는 병신[1596]년에 김덕령처럼 이순신을 옥에서 죽게 하지 말고, 옥을 나가서 죽게 요령껏 조지라는 선조의 암묵적 지시를 받고 추국에 들어갔다. 윤근수는 눈두덩이가 보송하고 눈구멍이 단추 구멍처럼 가로로 찢어져 누가 보아도 몽리가 감추어진 자였는데, 뱁새눈을 가느스름히 한쪽만 뜨고 형틀에 묶인 이순신을 바라보았다.

"조정을 기망하고 어명을 어겨 평청정을 놓아 준 연유를 실토하렸다!"

구구한 변명이 질색인 이순신이 대답 대신 물었다.

"병법에 오명五名과 오공五恭이 있음을 알고 있소?"

정공법으로 들어갔다. 윤근수가 오명과 오공을 알 까닭이 없었다.

"지금 말장난을 하자는 것이냐? 오명은 뭐고 오공은 또 뭐냐?"

---

* 特遣成均司成南以信 下閑山廉察 以信旣入全羅道 軍民遮道 訟舜臣冤者 不可勝數 以信不以實聞 乃曰 淸正留海島七日 我軍若往 可縛來而舜臣逗遛失機. 懲毖錄

쓸데없는 소리임을 알면서도 윤근수가 이순신에게 말려들었다.

"적군의 기밀을 알아내 대처하는 병법을 말함이외다."

"기밀을 알아내 적을 대처하려면 어명을 어겨도 된다 하더냐?"

윤근수가 실눈을 떴는데, 눈에 간교한 비웃음이 묻어 있었다.

"적이 모르는 전술로 싸우자면 그리할 수밖에 없다는 병법을 말함이오."*

"떡 할 줄 모르는 여편네가 함지박 타령이라더니……?"

윤근수가 혀를 톡 찼다. 이순신이 말을 이었다.

"병법에는 같은 길이라도 의지 못할 길이 있고, 군사는 많으나 부딪치지 말아야 할 장소가 있다 하였소. 같은 성이라도 공격해서는 안 될 성이 있고, 적과 맞붙어 다투지 말아야 할 지형이 있는 법이외다. 때로는 어명을 받들지 못할 함정도 있다는 것을 어찌 모르시는가!"*

"입이 광주리만 해도 패장은 할 말이 없을 터!"

다짜고짜 윤근수가 무패의 명장 이순신을 패군 장수로 몰아갔다.

"고래로 출사하는 장수에게 국왕께서 도끼[鉞; 全權]를 내려 재량권을 주는 것은, 주상 전하로부터 도끼를 받은 장수의

---

* 奇妙欲 密衆慾. 諸葛亮心書
* 塗有所不由 軍有所不擊 城有所不攻 地有所不爭 君命有所不受. 孫子兵法 九變篇

명령이 진중에서는 주상 전하의 명이라는 것을 그대는 어찌 모르시는가?"*

그 말에 윤근수가 소리를 꽥 질렀다.

"이놈! 어명을 거역하고 적을 놓아 주어 나라를 저버린 것도 어명이란 것이더냐?"

그 말이 곧 울고 싶은데 뺨 때리듯 좋은 핑계가 되어 돌아왔다.

"죄인은 들으라! 그대가 저지른 국난을 방관한 죄, 마땅히 효수형에 처해야 할 터임에, 남의 공로까지 가로채 장성한 원균의 아들이 세운 공을 어린아이가 거짓으로 꾸며 댔다고 모함한 사실이 낱낱이 밝혀져 능지처사가 마땅한 마당에 무슨 주둥이에 할 말이 많은가?"*

윤근수가 손을 번쩍 들더니 명을 내렸다.

"죄인을 주뢰형에 처하라!"

참나무 형틀 의자에 손발이 묶인 이순신은 금부도사의 지시로 나장이 가랑이 사이에 엇갈리게 찔러 넣은 몽둥이를 양쪽에서 잡아당겼다. 이순신은 눈을 질끔 감았고, 가랑이 사이에 끼인 몽둥이가 가위처럼 양쪽으로 벌어졌으나, 남해안을 우렁차게 호령한 장군의 기개를 놓지 않으려는 듯 얼굴조차 찡그리지 않았다.

---

* 進鉞於君 君持鉞柄以授 將曰從此之軍 將軍其裁之復命曰 見虛則進 見實則退. 諸葛亮心書
* 宣祖實錄 84卷(1597, 丁酉) 3月 13日

"지독한 놈이구나!"

윤근수는 놀란 얼굴이었으나 내색을 안 했고, 가새주리형은 멈추지 않았다. 해가 인왕산 너머로 기울고 날이 어두워진 뒤에야 추국이 끝났다. 이순신의 양쪽 허벅지의 살점이 으깨어져 붉은 피가 바짓가랑이를 적셨다. 그런 와중에 원균이 장계를 올렸다. 이순신이 통제사로 있을 때, 안골포 앞바다에서 배가 조수에 밀려 배 밑바닥이 모래에 닿아 이순신이 업혀서 나왔다는 것과, 그 일로 조선 수군이 많은 목숨을 잃고 왜군들의 비웃음을 샀으니, 통분할 일이 아닐 수 없다면서 이순신을 효수형에 처하라는 것이었다.* 일이 이렇게 되어 조정에서는 원균의 논상이 후하게 거론되었고, 의금부 앞에는 이순신을 따랐던 수많은 군관들이 엎드려 구명 운동을 벌였다.

하나 소용없는 짓이었다. 이덕형과 돌아가면서 도로 병조판서 자리에 앉은, 윤근수의 형 윤두수 끄나풀인 이항복이 윤근수와 귓속말을 나누자 추국이 더 잔인하게 계속되었다. 그런 가운데, 조정의 중론은 사형에 처하기로 결론이 모아졌다.

한데 딱 한 사람 판중추부사 정탁鄭琢이 '이순신은 무패의 명장이니 죽여서는 안 된다고, 목숨을 내놓고 들고일어났다. '해롭고 이로운 군사상의 기밀을 멀리 있는 조정에서 미루어 헤아릴 수 없는 일이거니와, 그가 평청정을 잡으러 나가지

---

* 宣祖實錄 84卷(1597, 丁酉) 3月 20日

않은 데는 반드시 그럴 만한 연유가 있을 터인즉, 청컨대 너 그렇게 용서하시어 뒷날 더 큰 공을 이루게 해 달라는' 목숨을 건 반론을 폈다.

선조가 생각해 보니, 이몽학의 난에 김덕령이 추국을 받다 옥중에서 죽어 나간 일로 민심이 돌아선 사실을 잘 아는 터라, 만일 이순신이 옥중에서 죽게 되면 들고일어설 민심을 돌이킬 수 없다는 점을 누구보다도 잘 알았다. 이쯤 했으니 뒈지려면 의금부에서 나가 뒈지든 말든 하라고, 은전을 베풀듯, 한 차례 더 고문을 가한 뒤, 관직을 삭탈하고 그대로 권율 휘하에 백의종군으로 편입시키라는 명을 내렸다.*

정유[1597]년 4월 초하룻날, 이순신은 옥문을 나왔다. 숭례문 밖 윤간尹侃의 여종 집에 이르니, 여러 조카들과 아들 울蔚을 비롯해 많은 사람들이 마중을 나왔다. 이순신은 윤간의 여종 방 한 칸을 빌려 이야기를 하다가 조카들과 함께 잠을 잤다. 이튿날, 조정의 여러 대신들이 위로 차 가까운 친구들을 보내왔으나, 형님의 친구이자 어렸을 적에 형이라 부르며 따랐던 유성룡은 종을 보내 위로를 전했다.

유성룡의 소견머리가 좁은 것인가, 영의정 자리가 그만큼 대단했던 것인가, 속이 너무 빤해 보였다. 유성룡을 친형처럼 여겼던 이순신은 한 나라의 수군 장수로서 백 번 출선해

---

*舜臣至獄 命大臣議罪 獨判中樞府事鄭琢 言舜臣名將 不可殺 軍機利害 難可遙度 其不進 未必無意 請寬恕 以責後效 拷問一次 減死削職充軍. 懲毖錄

백 번 다 승리를 이루이 낸 맹장이면서 덕장이었다. 이순신을 그대로 가만 놔두었으면 곧 히데요시를 붙잡아 선조 앞에 무릎을 꿇릴 장수 중에 장수였음에도, 좁쌀로 세를 쓰는 패거리들의 모함에 유성룡도 한 패임을 여과 없이 보여 주는 모습임에랴! 본래 권력의 속성이 그런 것인지, 그리하여 영의정 자리를 그리 오래도록 지켜왔는지 몰랐다.

이순신은 아산으로 내려오면서 많은 사람들의 위로와 술대접을 받았고, 선산先山에 성묘한 뒤 친척집을 찾아가 방문하고, 초아흐렛날 고향 집으로 돌아왔다. 마을 사람들이 마당에 들어설 틈이 없게 찾아왔다. 어서 빨리 군영으로 돌아가야 한다는 금부도사의 재촉을 밀치고 마을 사람들을 맞아 위로와 안부를 건네고 있을 때, 청천벽력 같은 슬픈 소식이 날아들었다.

연세가 여든셋인 노모를 이순신은 전라 좌수영이 있는 여천 웅천* 에 거처를 마련해 모셔 왔는데, 아들이 도성으로 끌려가 구금되었다는 소식을 듣고, 가슴을 졸인 나머지 배를 타고 고향으로 올라오던 중 거센 풍랑을 만나 기력을 잃고 선중船中에서 운명한 불상사가 일어났다. 그렇지 않아도 노모의 생각으로 남모르게 안타까운 눈물만 흘려온 이순신은 승려 순화順花로부터 노모가 세상을 떠났다는 부음을 듣고

*그 모친이 기거하던 곳인 웅천(熊川; 전남 여천시 시전동) 박혜일 외, 改訂版 李舜臣의 日記, 서울대학교 출판부, 2005, p182

미친 듯이 가슴을 치며 배가 닿은 해암蟹巖으로 달려갔다.*
이순신은 목구멍을 타고 올라온 울분과 슬픔을 꿀꺽 삼켰다.
어머니의 시신을 가슴에 안자 뜨거운 눈물이 앞을 가렸다.
소식을 전해 들은 아산현 홍찰방 이별좌가 관을 짜와 눈물로
입관을 한 뒤, 아버님 친구들의 도움으로 어머님 관을 모시
고 집으로 돌아와 빈소를 차렸다.*

  파사산성 가운데 암자를 지어 왜적의 침입에 대비해 온 의
엄은 이순신이 수군통제사에서 파직되어 죄인의 몸으로 의
금부에 압송되어 추국을 받고 있다는 소식을 들었다.
  "통제사를 파직시키다니 무슨 죄목이라더냐?"
  세상 돌아가는 일이라면 채쟁이 송곳 끝 같던 혜희를 불러
물었다.
  "어명을 거역했다 합니다."
  "뭐라, 어명이라 했냐?"
  "평행장 첩자 요시라가 평청정이 쓰시마에서 올라오고 있
는데, 기습을 하면 생포할 수 있다고 경상 방어사 김응서에
게 알려, 조정에서 출정하라는 어명을 내렸다네요. 그런데
이순신이 왜놈들 간계라고 믿고 출전하지 않았다 하지 않습
니까? 그래서 평청정을 살려 줬다는 여저죄로 효수형에 처할

---

* 亂中日記 丁酉年 4月 13日
* 亂中日記 丁酉年 4月 14日

것이란 소문이 지금 쫙 퍼졌는데, 못 들으셨어요?"

"어헛! 주둥이만 붙은 자들이 책상머리에서 정치적 모살謀
殺을 하자는 것 아니냐?"

그러더니 자리에서 벌떡 일어나 벽장문을 열고, 왜놈들과
싸워 공을 세웠다 하여 딱 한 장 조정에서 준 선종판사 교지
를 꺼내 쫙쫙 찢더니 불에 태워 없애 버렸다.

"아니 스님, 그 귀중한 벼슬 직첩을……?"

"너나 이런 벼슬 많이 해라!"

뒤도 돌아보지 않고 밖으로 휙 나가 성을 한 바퀴 둘러보고
돌아왔다. 그러고는 무슨 화두를 든 것 같지는 않아 보였으
나, 거의 한 달 가까이 말없이 가부좌로 보냈다. 그때는 사사
들 사이에 이순신이 의금부에서 풀려났다는 소문이 쫙 퍼져
있었다. 하나 의엄은 기뻐하는 기색이 아니어 보였다. 승군
부도총섭 스님이 저렇게 저기압 상태가 지속되면 틀림없이
심상치 않은 일이 벌어진다는 생각들로 덩달아 입을 닫고 지
내던 터에, 좀처럼 밖으로 얼굴을 내밀지 않던 의엄이 가부
좌를 풀고 혜희를 찾았다.

방으로 들어가니, 깨끗한 종이를 펴놓고, 도총섭 큰스님이
쓰신 것으로 알려진 '전장행戰場行'이란 시를 베껴 적고 있었
다. 혜희가 곁으로 다가가 다소곳이 앉자, 다 적은 '전장행'
시를 곱게 개켜 봉투에 담더니 소매 속에 감추어 넣었다.

"조 포수가 준 호피가 벽장 안에 있다 꺼내 오너라."

전에 혜희가 도성에서 보리쌀 한 말을 조 포수한테 구해다 주니, 줄 것이란 이것밖에 없다면서 억지로 맡기듯 손에 쥐어 준 호피를 말하는 것 같았다.

"아니, 그 호피를 여태 벽장 안에 두었나요?"

"잔말 말고 꺼내 와!"

길게 말하고 싶지 않다, 말하자면 그런 역정이었다. 호피는 혜희가 말아서 보자기에 싸 드렸던 그대로 꽁꽁 묶여 벽장 구석에 세워져 있었다. 길쭉한 괴나리봇짐과도 같은 호피를 꺼내 앞에 놓으니, 끈을 풀고 펼치는데, 낭림산 호랑이가 틀림없는, 도리방석 크기의 호피가 색상 하나 변하지 않고 방 가운데 펼쳐졌다.

"잠시 다녀올 데가 있으니 너는 성을 잘 지키고 있거라!"

호피를 똘똘 말아 보자기에 싸 어깨에 둘러매고 밖으로 나가 말 위에 오르더니, 어디론지 급히 모습을 감추었다. 그날이 정유[1597]년 4월 열엿샛날이었다. 종일 비가 추적추적 내려 누구를 방문하러 가기에는 좋은 날씨가 아니었다.

의엄이 이순신의 집 앞에 도착했을 때는 밤이 늦은 시각이었다. 그렇지 않아도 유가들이 승려들을 이단이라 업신여긴 때라 밤늦게 도착한 것이 잘된 일 같기도 했다. 빈소로 들어가니 문상객들은 거의 돌아가고 빗방울이 뜸한 틈을 타 마을 사람들이 헛간 앞에 모닥불을 피우고 있었다. 의엄이 마굿간 앞에 말을 매 놓고 우장을 벗어 세운 뒤 빈소로 찾아드니, 생각지도 않은 사람이 나타났음인지 이순신이 자리에서 일어나 손부터 잡았다.

의엄은 손을 슬그머니 빼고 유가의 예로 빈소에 문상부터 한 다음 이순신과 얼굴을 맞대고 앉았다. 한 달 넘게 의금부 옥에서 시달린 데다 뜻하지 않게 모친상을 당해서 그런지 몰골이 민망할 만큼 상해 있었다. 누가 조선의 대장군이요, 불패의 신화를 남긴 수군 장수를 이렇게 만들어 놓았는가. 되레 의엄의 눈에서 눈물이 앞을 가려 이순신을 똑바로 쳐다볼 수 없었다.

"아니 어떻게 알고 이렇게……."

말끝을 잇지 못했다.

"애달픔을 말로 다 전할 수가 없구료!"

"아닐세, 산문에 계신 그대가 외로운 상갓집을 찾아 준 것만으로도 내 마음에 크게 위안이 되는구면."

그리고 의엄의 손을 다시 잡았다.

"그렇게 생각해 주니 고맙네."

"나는 부도와 별다른 연이 없이 세상을 살아왔지. 신사년 부친상을 당했을 때도 그대가 문상을 왔지 않나? 그대들 말로 나와 무슨 연이 있어서 이리된 겐가?"

"알 만한 사람이 뭘 하자고 그런 쓸데없는 소리를 어머님 영전에서 하는고? 무위진인無位眞人이란 지위라는 게 한 가지도 없어야 참사람이 된다 그랬네. 내가 보니 그대는 세상에 우뚝 홀로 서 있는 참사람이 분명하네."

이순신이 말없이 의엄의 얼굴만 쳐다보았다.

"너무 애달파 말게! 마음을 턱 놓으라 그 말일세. 모친께서
는 천화遷化를 하셨으니, 꽃을 찾는 나비가 되어 전쟁이 없는
아름다운 유정의 세계를 골라 따뜻한 마음으로 거듭거듭 춤
을 추시고 다니실 게야. 조금도 심려치 말게."

"고맙네 언수!"

이순신은 손을 놓지 못하고 의엄을 언수로 호칭해 불렀다.

빈소 밖을 바라보니 비는 완전히 그쳤고, 모닥불이 활활 타
는 가운데 마을 사람들이 빈 상여를 메고 상여 어우름을 하
고 있었다.

"하나 묻겠네."

이순신이 상을 당한 사람 같지 않게 총기가 번쩍이는 눈으
로 의엄을 쳐다보았다.

"전라감영 조방장으로 있을 때 그대가 날 찾아왔지 않았
나?"

"그랬었지, 전주부 한벽당 아래 주막에서 만났지."

의엄은 그때 승군의 힘으로 다 썩은 유가들을 조정에서 몰
아내고 나라를 혁명하겠다고 전국 산문을 동분서주할 때였
다. 그래도 유가 가운데 쓸 만한 인물이 두엇은 있어야셌다
는 생각이 들어 이순신을 찾아갔다. 조선왕조 200년 이래 유
가와 불가 사이의 깊어진 골을 메꾸기가 쉽지 않던 때였다.

여러 이야기 끝에 물색없이 돌아가는 나라 안의 현안을 가까스로 공유할 수 있는 공감을 이끌어 냈다. 조선의 정치가 선조 한 사람에 의한 조령모개식 놀이터가 된 조정의 소인배들을 몰아내자는 뜻으로, '황석공소서黃石公素書'와 육도六韜, 삼략三略 이야기를 빗대, 심도 있는 이야기를 나누다가 뜻을 함께하기로 한 기억이 있었다.

"그대는 그때 천하란 누구 한 사람의 천하가 아니다 그랬지. 그런 천하를 몇 사람이 손에 넣으려 한다면 그것은 짐승들 나라이지, 모든 백성들이 한 배를 타고 이익을 함께 나누는 나라가 아니라 하지 않았나?"

"그랬었지."

"무武로 부정의를 바로잡는 것이 개혁이자 덕이라 하지 않았나?"

의엄이 고개를 끄덕이며 대답했다.

"그래, 그런 말을 했었지."

"나는 그때 전라감영의 조방장이란 말단 무사 벼슬을 하고 있었지만, 그대가 다른 사람도 아닌 유가의 맹부자 이야기를 들이대며, 백성이 가장 중요하고, 다음이 나라이며, 임금은 가벼운 것이라고 한 말에 사실은 크게 공감을 했었네! 지금 이 작자가 무슨 소리를 하고 있는가, 그런 생각을 하다가 그대의 속뜻을 속속들이 알고, 그렇다면 내가 할 수 있는 일이 무엇이며, 무슨 보탬이 될 수 있을까 하는 생각을 하는 중에,

산문에 훈련이 잘된 승군이 삼, 사만 명 된다는 이야기를 하지 않았나?"

의엄이 단호한 목소리로 대답했다.

"그 말은 진심이었네."

"난, 그 소리를 듣고 속으로는 반가우면서도 매우 놀랐지."

의엄이 빈소 밖을 보니, 상여를 메고 소리를 하던 사람들도 거지반 흩어지고, 모닥불 가에는 연세 지긋한 마을 노인들이 술에 취한 듯 쭈그리고 앉아 조는 모습이 눈에 들어왔다.

"나는 그대가 놀라리라고는 생각지 않았네."

이순신이 고개를 끄덕이면서 의엄을 쳐다보았다.

"바꾸기는 바꿔야 한다는 그대 말에 동지를 만난 기분이었지."

지나간 이야기를 하면서도 이순신은 자세를 조금도 흩트리지 않았다.

"그때 내가 구체적 안을 가지고 다시 찾아오겠다고 약속했지."

그 말이 떨어지기 바쁘게 이순신이 물었다.

"왜 찾아오지 않았나?"

"그래서 이공한테 오늘 매를 맞으러 왔네."

이순신이 말없이 의엄을 쳐다만 보았다.

"그 약속을 어긴 일로 곤장을 때리겠다면 곤장을 맞을 것이고, 칼로 목을 치겠다면 목을 내밀어 칼을 받겠네."

그러고는 이순신 앞에 고개를 숙였다. 한데 이순신이 엉뚱한 말을 꺼냈다.

"모든 것이 텅 비어 얻을 수 없다[未來心不可得]는,* 말, 나도 들어 본 적이 있네."

"아니, 그대가 불가의 그런 이야기를 어찌 아는가?"

"들었다 하지 않는가. 병법이랄 수는 없으나 '감가불평坎坷 不平' 이란 말이 있느니, 어찌 나아가고자 하는 길이 평탄할 수만 있겠는가?"

"국가 대사를 바꾸자 함에, 약속을 지키지 못한 나에게 그런 너그러운 말로 용납하겠다는 소린가?"

이순신이 엷은 웃음을 입술에 물었다. 의엄이 말을 이었다.

"이야기하기가 구차스럽네만, 재앙이 눈썹에서 떨어진다더니, 그때 내가 구월산으로 올라가자마자 도총섭 큰스님께서 정여립 옥사에 연루됐다고, 의금부로 압송되어 숙장문 앞에서 친국을 받지 않았나?"

"그것을 변생주액變生肘腋이라 했나?"

변생주액, 겨드랑이 밑에 변고가 났다는 말은 연전에 도총섭 큰스님을 모시고 미륵산 천택사에 들렀을 때 한 말이었다. 여러 사람이 함께 자리를 해 혼자만 알아듣게 변죽만 울렸던 것인데, 이순신이 그 말을 알아들었던 것 같았다. 의엄이 고개를 끄덕였다.

---

* 須菩提 過去心不可得 現在心不可得 未來心不可得. 金剛經 一體同觀分 第十八

"죄송하이, 그것이 감가불평인지 모르겠으나, 자네와 약속은 둘째 치고 애초 계획이고 뭐고, 구월산 승군을 동원해 삼각산 각 암자를 참호로 도성을 빙 둘러쌌지! 곧바로 금강산, 묘향산, 계룡산, 두류산 승군을 도성 외곽으로 출동시켜 일촉즉발이었네. 그때 그대는 전라감영에 있지도 않았고, 연락을 취하고 어쩌고 할 겨를이 없었지."

이순신이 의엄의 이야기에 엷은 웃음을 다시 입술에 물었다.

"어찌 됐건, 도총섭 큰스님께서 선조대왕을 만나 혐의가 없다 하여 풀려나, 승군이 도성을 둘러싼 것을 아시고, 지금은 때가 아니니 물러나 있거라 하셔서, 승군을 다시 산문으로 철수시킨 어수선한 상황이라 그대에게 미처 연락을 못했네. 그런데 이듬해 정여립의 잔적이라 하여 죄 없는 사람들을 모두 잡아들여 옥사가 덜 끝난 상황에서 왜놈들이 쳐들어오지 않았나."

"그래서 수군으로 나가 싸운 나를 껍데기까지 변한 수박[西瓜皮變]이라고 했었나?"

의엄이 고개를 흔들었다.

"아닐세! 지금도 예전의 생각에서 한 치도 늘거나 줄지 않은 부풍부살不豐不殺일세. 솔직히 오늘에야 나는 역서의 혁괘에 '때가 이르지 않았는데, 무슨 일을 하면 안 되게 되어 있으니, 흔들림 없이 아주 질긴 가죽 끈처럼 마음을 공고히 가지고 있어야 한다[鞏用黃牛 不可以有爲也]'는 뜻을 이해하게 되었네만, 그렇다고 승군이 조선 조정을 개혁하려는 뜻을 아주 버렸다는 이야기는 아닐세."

"다, 부질없는 짓일 게야……."

그때 닭이 세 회째 울었다. 의엄이 비로소 소매 속에 넣어 온, 도총섭 스님께서 쓰신 '전장행' 이라는 시를 꺼내 이순신 앞에 펼쳐 놓았다.

이순신이 읽어 보니 휴정이란 노승이 바다에서 싸움을 해 본 적이 없을 터인즉, '송골매가 하늘을 날 듯 일만 함선이 바다를 날아 서로 얽히어 싸우니, 아군과 적군의 분별이 없고, 칼날이 숲을 이뤄 햇빛에 번쩍인다.' 는 표현은 마치 당포나 한산도에서 해전을 해 본 사람처럼 묘사하고 있었다. 그거야 해전에 참전한 삼혜와 의능에게서 들은 이야기의 느낌을 표현한 것이라 할 수 있겠으나, 어쩌면 당시 이순신이 처했던 현장을 그처럼 눈으로 보듯 그려 낼 수 있을까 하는 생각이 스쳐 지나갔다. 시를 쭉 읽어 내려가던 이순신의 머릿속에 휴정이라는 노승의 얼굴이 떠올랐다.

"영웅이 문무를 겸하면 장상의 재질이 있는 것입니다."

갑자기 휴정 노승의 그 말이 머리를 딱 때리고 들어왔다.

"우뢰는 피했으나 벼락을 만나는 수가 있지요."

이순신은 자기도 모르게 눈을 딱 감았다. 지금 자신이 처해 있는 처지를 어찌 이렇게 들이대듯 적어 놓았을까. 놀라움에 읽어 내려가던 시를 그 대목에서 접어 다시 개켜 봉투에 담아 소매 속에 감추어 넣었다.

"그대는 백성들이 미투리를 삼아 가져와도 그냥은 받지 않는다는 이야기를 들었네."

의엄이 곁에 놓아둔 호피를 싼 보자기를 풀면서 화제를 바꿨다.

"비구가 뭔 줄 아나? 걸사乞士라는 걸세. 문자 속이 있는 유생들도 중을 '동냥치'라 부르는 세상 아닌가. 유식한 유가들 말로 '무부무군지 무리[無父無君之類]'를 걸사라고 해 봐야 어차피 얻어먹고 사는 신센데, 얻어 온 물건 서로 나누어 갖는 것은 도리이면 도리였지 죄는 아닐세."

미리 사양을 못하게 쐐기를 박아 놓고 보자기를 풀어 낭림산 호랑이 가죽을 쫙 펼쳐 보였다.

"차후 백의종군을 하자면 한데서 잠을 잘 때가 많을 터인즉, 이것을 개켜 지니고 다니다가 바닥에 깔고 잠이라도 푹 자 부실해진 몸을 어서 빨리 회복하시게."

의엄이 호랑이 가죽을 말아 보자기에 싸서 이순신한테 내미니 차마 거절을 못했다. 거기까지 이야기가 끝나자 벌써 동이 터 왔고, 살아생전과 같은 유가들 장의예식으로 가족들이 예의를 갖춰 궤연几筵에 상식上食 올릴 준비에 바쁜 것을 보고, 이순신을 한 번 더 문상의 예로 위로해 주고 의엄은 빈소를 나왔다.

정유재란을 누가 불러들였나

원래 히데요시의 자식 복은 뿌리 없는 나무였다. 함에도 구멍만 파면 되는 줄 알고 여자들만 안고 뒹굴다가 진기가 다 빠져 뼈가 갈치자반 마르듯 파삭파삭했는데, 이런 것을 '뼈엉성증'이라 한다던가. 게다가 결이 강하고 성깔이 '까시락' 같은 녀석이라 명나라와 화의가 깨지자 기어이 조선을 손아귀에 넣겠다고 꼬라지를 냈다. 그러고는 14만 1,490여 병력을 모았다.

1번대, 가토 기요마사 10,000명.
2번대, 고니시 유키나가·소 요시토시 외 14,700명. 〈이 두 사람은 하루씩 교대로 선봉에 설 것이며, 오로지 싸워서 쟁취할 것〉
3번대, 구로다 나가마사·모리요시나리 외 10,000명.
4번대, 나베시마 나오시게·나베시마 가쓰시게 외 12,000명.

5번대, 시마즈 요시히로 10,000명.

6번대, 조소카베 모토치카·도도 다카토라 외 13,300명.

7번대, 하치스카 이에마사·이코마 가즈마사 외 11,000명.

8번대, 모리 히데모토·우키타 히데이에 외 40,000명.

부산포성 수비대, 고바야카와 히데아키 병력 10,000명.

안골포성 수비대, 다치바나 무네시게 병력 5,000명.

서생포성 수비대, 아사노 요시나가 병력 3,000명.

가독성·죽도성 수비대 병력 20,390명.

도합 141,490명.

부산포, 이키, 쓰시마, 나고야 이 네 곳에 차례로 배를 대고, 매일 선봉대가 보고함에 있어서 하나도 실수가 없도록 알리라! *

다시 군 조직을 갖춘 왜놈들이 정유[1597]년 7월 바다를 건너 경상도 해안으로 상륙했다. 이렇게 되자 대기근에, 역병에, 명나라 군사 군량 뒤치다꺼리로 그동안 뼈다귀에 살가죽만 풀칠해서 발라 놓은 것 같은 우리 백성들은 차라리 왜놈들이 조선을 차지해 전쟁이 없고, 하늘에서 쌀이 퐁퐁 쏟아져 굶주림 없이 이밥만 먹는 세상을 만들어 주면 좋겠다는 생각을 하지 않는 백성이 없을 듯했다.

이것을 '친일親日'이라 해야 하는가? '친일'이란 말을 누가

---

* 최관, 일본과 임진왜란, 고려대학교 출판부, 2004, p121 〈毛利家文書〉〈日本戰史 朝鮮役 再引用〉

만들어 냈는지 모르겠으나, 일본 놈 밑에 붙어 목구멍 살고 활개를 치며 돌아다니는 것이 굶어 죽는 것보다 낫지 않겠는가. 따져 보건대, 친일이란 껍데기뿐인 주자학이 조선 사대부들을 '쪼다'로 만들어, 선조 밑에서 굽실굽실 알랑방귀나 뀌면서 입만 열었다 하면 거짓말만 퐁퐁 쏟아 낸 자들이 우리의 명장 이순신을 의금부로 잡아 올려 매질이나 하는 그런 자들이 만들어 낸 것 아닐까? 명나라의 사대는 괜찮고, 친일은 안 된다, 그 근거가 어디에 있는가? 속을 들여다보면 조선의 성리학이 우리의 자주성을 하얗게 빨래를 해 버려 사대는 좋은 것이고, 친일은 나쁜 것이다. 그렇게 만들어 버린, 그래서 몇 사람만 잘 먹고 잘 사는 사회를 나라라고 믿는 그런 것 아닐까, 모를 일이었다.

왜놈들이 현해탄을 건너오니, 명나라 석성은 투옥되었고, 심유경은 도망 다니기 바빴다. 허수아비 양방형의 호위나 하고 따라다닌, 벼슬 이름만 찬란한 돈영도정에 사섬시정 황신은 명찰만 조선 통신사라고 붙이고, 불알이 탱자 되어 조정으로 뛰어올라가, 기껏 한다는 소리가 왜놈들이 재침에 나섰으니 명나라에 원군을 요청하자는 것이었다. 그래서 조선은 다시 피바다가 되었다.*

---

*명의 조정에서는 이제까지 행해져 온 강화 공작의 기만이 폭로되어 심유경을 등용했던 병부상서 석성도 투옥되었다. 명군은 조선 재파병이 결정되어 또다시 조·명 연합군이 일본 침략군에 맞서 싸우게 되고, 조선은 피바다의 전장이 되어 갔다. 최관, 앞의 책, p122

정유년 4월 열이렛날, 이순신이 빈소 궤연[죽은 사람 영]에 아침 상식[상가에서 올리는 음식]이 끝나기 바쁘게 금부도사 서리 이수영李壽永이 찾아와 갈 길을 재촉했다. 도원수 권율이 있는 원수부로 빨리 떠나야 한다는 것이었다. 어찌하랴! 어찌하랴! 이순신은 마지막 가시는 어머님의 발인도 못 보고 영전에 하직을 고했다. 가슴이 찢어지듯 소리를 높여 울부짖으며 곡을 그치지 못했다. 세상에 어찌 이런 일이 있단 말인가. 차라리 죽는 것만 같지 못하구나!* 의엄이 보니 차마 눈을 뜨고 볼 수 없었다. 흐르는 눈물을 손바닥으로 뺨을 치듯 훔치고 이순신 가까이 다가갔다.

"전에 부친 어른 상을 당했을 때는 형님들도 많이 계시더니 어찌 혼자뿐인가?"

그가 부친상을 당했을 때 문상하면서 보았던 형제들 생각이 나 물었다. 이순신이 고개를 더 깊숙이 숙이더니 혼잣말처럼 대답했다.

"먼저들 돌아가셨네."

"저런……!"

대답이 나오지 않았다. 그래도 입을 닫을 수 없었다.

"이럴수록 마음을 굳게 가져야 되네. 내가 비록 이문異門의 사람이긴 하나, 장례를 끝까지 지켜 잘 보살필 섯이니, 어머

---

* 일찍 나와서 길을 떠나며 어머님 영전에 하직을 고하고 울부짖으며 곡하였다. 어찌하랴, 어찌하랴. 천지 사이에 어찌 나와 같은 사정이 있겠는가. 어서 죽는 것만 같지 못하구나. 난중일기 정유년 4월 19일, 노승석, 앞의 책, p358

님 장례에 관한 일은 잊고 백성들을 위해 마음을 견정불굴堅
貞不屈로 굳게 세워 어서 이곳을 떠나시게."

의엄의 그 말에 이순신이 짚고 있던 상장喪杖을 가슴에 대
고 몸을 더욱 깊숙이 수그려 큰소리로 곡을 했다. 그러고는
의엄을 돌아보더니 고맙다는 말을 남기고 금부도사 서리의
부축을 받고 빈소를 나갔다.

어버이의 상에 예절을 어떻게 갖춰 얼마만큼 극진히 치렀
느냐가 효의 잣대가 된 유가들 나라, 그런 유가의 나라에서
이순신은 상을 당해 마지막 가시는 어머님의 발인도 못 보고
군영으로 떠났다.

4월 19일, 공주 일신역日新驛에서 잤다. 다시 공주를 거쳐
21일 여산 관노官奴의 집에서 잤다. 삼례[參禮; 全州]로 나온 이
순신은 4월 스무엿샛날 구례현에 도착했다. 구례 현감 이원
춘李元春이 찾아와 술을 한잔씩 나누면서 권율이 순천부에 있
다는 이야기를 해 주어 아침 일찍 길을 떠났다.

순천부에 도착했으나 권율을 만나지 못했다. 5월 열나흗날
왔던 길을 되돌려 솔재[松峙; 순천시 서면]에 이르렀다. 이순신
은 말을 풀밭에 풀어 쉬게 한 다음 너른 바위로 올라갔다. 여
러 날 잠을 못 잔 터라 의엄이 준 낭림산 호랑이 가죽을 널따
란 바위 위에 깔고 그 위에 누웠다.*

---

* 조반을 일찍 마치고 길을 떠나 송치(松峙; 전남 순천시 서면 학구리) 밑에 이르러 말을 쉬
게 하고 혼자 바위 위에 앉아 한 시간이 넘도록 곤하게 잤다. 박혜일 외, 改訂版 李舜臣의 日
記, 앞의 책, p178

금방 잠에 들었다가 꾀꼬리 우는 소리에 잠을 깼다. 깔고
잔 호랑이 가죽에서 일어나 어머님 빈소에서 읽다가 소매 속
에 넣어 온 도총섭 휴정 스님이 쓴 시를 끄집어냈다.

새로 잎이 핀 백리의 숲 위로 제비가 날고
버드나무 마을은 사람이 없는데 꾀꼬리 울음만 처량하구나
그대는 듣지 못했는가 태평성대라 방탕히 보낸 긴 세월
책임을 다하지 못해 마음들이 거칠어 하늘이 내린 벌을…….

'하늘이 내린 벌'이란 말이 예사롭지 않았다. 말은 풀밭에
서 풀을 뜯고 있었고, 풀밭 너머로 우거진 버드나무 숲 위로
제비들이 날았다. 마을 앞 당산나무가 개울 건너 버드나무
숲에 가려 서 있고, 집들은 아래쪽만 보였다. 마을 뒤에는 그
리 높지 않은 산이 막아섰고, 떡갈나무도 같고 상수리나무도
같은 숲이 짙게 우거져 꾀꼬리는 그 숲속에서 울었다. 가까
이서 우는 소리를 멀리서 따라 우는 소리가 화답하듯 어우러
져 퍽 한가롭고 평화로워 보이는 마을이었다. 하나 오가는
사람은 하나도 없었다. 집들은 텅 비어 보였고, 불에 탄 집들
이 숯검정으로 덮여 있었다. 어떤 집은 반만 타다 옆으로 쓰
러져 누워 있고, 그 흔한 닭 소리, 개 짖는 소리 하나 들리지
않았다.
　이순신은 '백리 숲 위로 제비가 날고 버드나무 마을은 사람

이 없는데, 꾀꼬리 울음이 처량하다'는 시 구절로 다시 눈을 보냈다. 미륵산 천택사에서 만났던 휴정이란 노스님이 예사 노승이 아니라는 생각이 들었다. 아니 이처럼 슬픈 풍경을 마주하게 되리라는 것을 어떻게 알았을까. '태평성대라 방탕히 보낸 긴 세월, 책임을 다하지 못해, 그것이 바로 하늘이 내린 벌'이라는 구절에 이르니, 이순신은 눈물이 절로 흘러내렸다. 전쟁만 아니었다면 버드나무 개울 건너 당산나무 안 아늑하게 자리 잡은 마을이 얼마나 평화롭고, 살기 좋은 마을이었을까.

마저 마지막 연을 읽어 내려갔다.

한 나그네 지팡이로 가을바람을 짚고 가는데
역사가 배인 절은 수풀에 덮이고 깨어진 비석만 묻혔구나

'한 나그네가 가을바람에 지팡이를 짚고 간다'의 내용이 이순신에게는 나그네가 '가을바람을 지팡이로 짚는다'로 바뀌어 보였다. 바람을 짚으면 지팡이에 와 닿는 것이 무엇일까? 이순신은 자기 운명을 암시하는 것 같은 생각이 들어 시를 얼른 개켜 소매 속에 넣었다. 곧 호피를 말아 챙긴 뒤, 풀을 뜯는 말을 불러 올라타고 송치 고개를 넘었다.

고개에서 멀지 않은 곳에 폐사가 된 사찰이 보였다. 언제 지어졌는지 대웅전과 요사채는 불에 탔고, 두 개의 기둥이

받치고 선 허술한 일주문에 대여사大興寺라는 현판이 비틀려 걸려 있었다. 일주문을 비켜 옆으로 돌아가니, 탑은 허물어 지고 깨진 옥개석이 풀밭에 나뒹굴었다. 이수離首는 보이지 않았으나, 누구의 비석인지 비신이 두 동강이 나 수풀 속에 묻혀 있었다. 휴정이라는 노승의 '전장행'이라 쓴 시는 문득 폐찰이 된 사찰에 깨진 비석을 염두에 두고 쓴 시가 아니라 는 생각이 떠올랐다. 그 노인네가 수전을 해 보지 않았을 터 인즉, 수전을 해 본 것처럼 상황을 묘사한 것도 그렇거니와 고구려, 백제, 신라, 고려로 이어진 불교가 조국의 뼈대라고 한다면 두 동강이 난 비석은 지금 조선이란 나라를 상징한 것 같다는 생각이 들었다.

아아, 이런 엄청난 혜안을 가슴에 감춘 노승이었음을 일찍 알았더라면 천태사에서 만났을 때 오래 붙들어 모시고 긴 이 야기를 들었어야 했는데, 그리 못했음이 회한으로 돌아왔다. 과연 이 나라에 그 노승만큼 생각을 깊이 간직한 어른이 몇 이나 될까. 이순신은 울적한 마음으로 천천히 불에 타 버린 대여사의 안팎을 돌아보고 길을 떠났다.

결국 명나라에 원군을 요청했고, 그것이 효력을 발생했다. 백성들이야 어찌 되건 조정에서는 명나라 군사를 다시 불러 들여 왜놈들과 싸워야 한다는 방침이 섰다. 하여 명나라에서 병부좌시랑 형개邢玠를 경략어왜군무총독으로 임명하고, 우첨도어사 양호楊鎬를 조선군무경리, 도독 마귀麻貴를 제독어왜총병관에 임명했다. 그 밑에 양원, 오유충, 유정, 동일원, 진린을 부총병으로 파견했다.* 한데 마귀라는 자는 뇌물을 좋아한 협잡꾼과 조금도 다름 없는 되놈이었다. 어쨌든 명나라 형개와 양원은 전라도 남원에, 오유충은 조령과 죽령의 길목인 충주에, 나머지는 도성을 사수한다는 전략이었다.*

하여간 조선 정책은 백성들이야 죽거나 말거나 선조만 살아 있으면 된다는, 그래서 백성들은 또다시 흉년에 자식을 죽여 입을 덜어야 할 상황이 도래했다. 조선이 무슨 나라라고 네놈들은 굶다가 숨이 끊어져도 괜찮으니 걱정할 것 없다는 조정의 방침은 예전보다 더욱 완강해졌다.

이순신은 대여사를 지나 구례로 올라왔다. 구례에서 비를 맞으며 섬진강을 따라 석주관石柱關을 지났다. 밤늦게 악양[岳陽; 악양면 평사리]에 이르러 밥술이나 먹는 집인 듯싶어 찾아가 하룻밤 쉬어 가자는 말을 하니, 대문을 걸어 잠그고 열어 주지도 않았다.* 이순신은 의엄이 준 호랑이 가죽을 덮고 때로는 한데 잠을 자면서 하동 · 단성 · 단계 · 삼가 · 합천을 거

---

* 명나라에서는 병부좌시랑(兵部左侍郞) 형개(邢玠)를 경략어왜군무총독(經略禦倭軍務總督), 우첨도어사(右僉都御史) 양호(楊鎬)를 조선군무경리(朝鮮軍務經理), 도독(都督) 마귀(麻貴)를 제독어왜총병관(提督禦倭總兵官)에 임명하고, 그 아래 양원(楊元), 오유충(吳惟忠), 유정(劉綎), 동일원(董一元)을 부총병으로 배치하여 일본의 조선 재침에 대한 대비태세를 했다. 기타지마 만지(北島万次), 앞의 책, p191

* 宣祖實錄 89卷(1597, 丁酉) 6月 18日 外 '事大文軌' 再引用

쳐 도원수 권율이 진을 치고 있는 초계草溪로 가 백의종군에 임했다.

많은 사람들이 이순신을 보러 왔고, 졸지에 상을 당한 애달 픈 문상 이야기 속에서도 예전 통제사의 위의를 잃지 않으려 애를 썼다. 이순신의 결벽증은 널리 알려져, 주위에서 미투리 한 켤레, 죽 한 끼 얻어먹은 것까지 쌀로 갚아 준다는 이야기 가 화제에 올라 앞으로는 그러지 말라고 하니, 나도 여러분 과 똑같은 백의종군의 한 병졸이니, 이제는 내가 미투리를 삼 아 여러분에게 바칠 차례라면서 웃었다. 하나 한 번 검으면 흴 줄 모르는 것이 사람의 버릇이다. 인사치레를 하러 온 사 람마다 이순신을 예전의 통제사 어른으로 대접하지 않은 이 가 없었다.

이순신은 자신에게 주어진 일에 솔선수범했다. 예전에는 삼군수군통제사였을지 모르지만 지금은 죄인의 백의종군 신 분으로 병든 전마戰馬를 보살피고, 대전大箭을 다듬고, 무밭 을 가꾸고, 농사일을 돌보는 것으로 나날을 보냈다.*

조선에서 길조로 알려진 까치 둥지에서 재수 없게시리 반

---

* 석주관(石柱關) 위 관문에 이르니 비가 퍼붓듯이 왔다. 말을 쉬게 했어도 가기가 어려워 엎어지고 자빠지면서 악양(악양) 이정란(李廷鸞)의 집에 당도했는데, 대문을 닫고 거절하는 것이었다. 난중일기 정유년 5월 26일, 노승석, 앞의 책, p369

* 이순신은 또한 자신에게 주어진 기구한 죄인의 신분으로 병든 전마(戰馬)를 보살피고 대 전(大箭; 총통으로 발사되는 큰 화살)을 다듬고, 또 무밭을 가꾸고 돌보는 등의 담담한 나날 을 보내고 있었다. 박혜일 외, 改訂版 李舜臣의 日記, 앞의 책, p185

포조反哺鳥가 나온 것을 정유재란이랄 수 있다. 반포조가 뭐냐, 까마귀다. 쥐뿔도 모르는 명나라 마귀는 왜놈들이 침략 준비를 하기 전에 부산포부터 까부시자고 했고, 부산을 빼앗으면 유키나가를 붙잡는 것쯤 종년 간통 아니라 누운 소 타기 아니냐고 했다.

아무것도 모르면서 탁상공론을 활발히 벌이고 있을 때, 이순신 소리만 들어도 오줌을 못 가리고 도망치던 왜놈들이 이순신이 백의종군으로 화살이나 져 나른다는데, 그 자식이 없다면 바닷길을 차단하는 것이 최선 아니냐는 결론을 내렸다.

그때 이순신을 못 죽여 가슴속에 부황이 붙어 터질 지경에 이른 서인의 무리 한 축인 윤두수, 윤근수, 병조판서 이항복은 이순신을 백의종군으로 내려보낸 선조의 처사에 울화가 치밀어 자리를 펴고 누웠다는 소문이 파다했다.

그렇다면 글을 잘하는 영의정 유성룡은 무엇을 했는가. 나는 선조 임금을 이렇게 저렇게 왜놈들을 따돌리고 의주까지 잘 모시고 다니며, 나라를 위해 분골쇄신했노라는 기록을 남기려고 '징비록' 자료 수집에 나섰을까. 그때 까마귀 둥지 속에서 속이 새까만 까치 한 마리가 경상 방어사 김응서한테로 날아갔다.

"행님요, 지금 유키나가하고, 도도 다카도라하고, 가토 요시하키, 뭐 와키사카 야스하루 요놈들이 600척의 배를 띄워 웅천으로 올라온다 캅니다. 태합 전하가 명나라 공주를 첩으로 안 준다고 뿔따귀가 솟아 조선을 확 쓸어버리겠다는데, 우째하몬 쓰겠습니꺼?"

이중첩자 요놈한테 속을 까발린 김응서가 대답했다.

"허허! 그렇게 되면 조선은 망하겠지!"

"행님 예, 난테 좋은 수가 있십니더."

"좋은 수라니?"

김응서의 눈이 휘둥그레졌다.

"손자가 뭐라고 했는지 아신교? 백전백승은 다 소용없는 짓거리다 그랬십니더. 진짜 좋은 것은 예, 전쟁을 않고 적을 굴복시키는 것이다, 그랬다아입니꺼?"

"이 사람아, 전쟁을 해 본 사람이면 그걸 모르는 사람이 어디 있나?"

"그러니까네, 내가 행님한테 묘안을 귀띔해 주려고 그러는 거 아입니꺼?"

"묘안이라니?"

"왜놈들이란 본시 미신을 아주 잘 믿십니더. 가미다나, 요가구라, 기온 미쓰리, 오미쿠지, 이나리, 하나 미쓰리, 하여간에 별별 놈의 미신을 다 좋아합니더. 신급돈어信及豚魚라고 들어 보셨지예? 요놈들은 미신이라카믄 돼지가 물괴기도 지킨다고 믿는 놈들입니더. 기 있잖습니꺼? 눈에는 눈, 이에는 이라고 이참에 우리가 먼저 맞불을 확 싸질러 부립시더."

"맞불을 싸지르다니?"

"조선에 미진놈 병 고치는 광인 굿이라는 거 모르십니꺼?"

"허수아비를 만들어 당 위에 매고 불태우는 그것 말이야?"

"하이고 잘 아시네. 그걸 마을에서 하지 말고예, 웅천 아래 왜성 동쪽에 남산 안 있습니꺼? 거기에다 허수아비 당을 크게 만들어 세우고 무당들을 불러다 쿵탕! 쿵탕! '도살풀이' 굿을 하자 그 말 아닌교? 그리하몬 왜놈들이 쳐들어오다 조선에서 무당굿 치는 것을 보고, 히야! 저놈들 봐라. 야, 오늘은 틀렸다! 워낙 미신을 잘 믿는 놈들이라, 그러고는 슬금슬금 뒤로 물러나 도망칠 게 뻔합니다."

김응서도 팔푼이라 요시라의 계책에 뽕 빠졌다.

"그래서 전쟁을 안 하고 적을 물리치자 그것이냐?"

"손자병법에 부전이굴인지병不戰而屈人之兵이란 게 뭐겠수?"

머리가 반쪽인 경상 방어사 김응서 요놈은 요시라를 친 아우보다 더 신용하다 보니, 이거야말로 닭 잡는 칼로 소 잡는 일이다 싶었다. '부전이굴인지병이라니 손 안 대고 코푸는 병법이로고' 그러고는 웅천·진해·창원·김해 일대의 무당이란 무당은 모두 불러 모아 일을 벌였다.

왜놈들이 혹 조선 수군을 만날까 봐 조심조심 부산포에서 가덕도 앞바다로 나섰다. 웅천 왜성 왼편 남산 기슭에 대낮처럼 불이 밝혀져 환했다. 그 불빛이 바다까지 비춰 군선들이 훤히 드러났다. 이순신이라면 칼을 물고 토할 지경인, 와키사카 야스하루가 중군으로 나섰는데, 이순신 그놈이 다시 수군통제사로 북귀했구나 싶어, 우선 첩선諜船을 되는 대로 띄워 샅샅이 내막을 알아보게 했다. 그랬더니 무기라고는 창하나, 화살 한 개 없는 무당들이 모두 모여 북장구를 두드리며 당 위에 높다랗게 세운 허수아비를 태우고 춤을 추느라 신바람이 났더라는 것이었다.

"미친놈들!"

야스하루가 픽! 웃고 그대로 함대를 몰고 가덕도를 지나 거제도로 향했다. 그때 삼도수군통제사 원균은 운주당 주위에 높다랗게 담을 쳐놓고 기생들을 불러 술타령을 벌이면서 고쟁이 속으로 들어간 손을 뺄 줄 몰랐다. 원래 운주당은 담이 없었다. 이순신은 직위의 높낮이를 구별하지 않고 누구든 불러 군사상 의견을 듣기 위해 담을 없앴으나, 원균이 입주해 기생들 잔치판을 만들면서 담을 높다랗게 쳐 안팎을 차단해버렸다.

한편, 도원수 권율은 사태가 급박함을 보고, 우선 보성 군수 안홍국安弘國과 평산 만호 김축金軸에게 명령을 내려 안골포와 가덕도를 공격하게 했다. 하나 안홍국은 싸우다 죽고 김축은 총상을 입었다. 그래도 원균은 운주당에서 기생들 고쟁이 속에 들어간 손을 뺄 줄 몰랐다.*

왜놈들이 부산포에서 다시 작전을 짜고, 600여 척의 함대로

---

* 宣祖實錄 89卷(1597, 丁酉) 6月 28日

웅천을 거쳐 거제도로 나아가니 경상 우수사 배설이 병선을 끌고 나가 접전을 벌였으나 대번에 산산조각이 났다. 원균은 그래도 출전조차 하지 않았다.*

화가 난 권율이 원균을 불러냈다.

"너는 전에 이순신이 적군을 보고도 공격하지 않는다고 모함을 해대더니, 코앞까지 왜놈 함대가 들이닥쳤는데, 코빼기도 안 내미느냐?"

냅다 호통을 쳐 바다로 내몰았다. 한데 왜놈 함대가 원균이 거느린 수군 함대를 이리 얼리고 저리 얼리며 가지고 놀았다. 고양이가 쥐 어르듯 진격해 들어오면 뒤로 빠지고, 옆으로 달려들 듯하다가 뒤를 치고, 도망가는 척하다가 돌아서서 조선군 함대를 걸레쪽처럼 찢어발겨 버렸다. 조선 수군은 전의는커녕 군선만 부서뜨려 몇 척 안 된 병선마저 제멋대로 흩어져 표류하듯 떠내려갔다. 네미랄! 송도가 터가 글러서 고려가 망했냐? 이렇게 되면 오목장 총감투를 다 꿰도 터진 팥 자루밖에 안 된다. 도원수 권율은 원균을 불러내 엉덩이를 홀랑 까내려 껍데기가 벗겨지도록 곤장을 쳤다.

"이 자식아! 네가 이러고도 수군통제사냐?"

그러고는 코빼기를 잡아당겨 바다로 내몰았다. 원균은 선

---

*7월 8일, 도도 다카토라(藤堂高虎)·가토 요시아키(加藤嘉明)·와키사카 야스하루(脇坂安治)의 일본군 600여 척이 부산에 집결하여 웅천을 거쳐 거제도로 나아갔다. 경상 우수사 배설(裵楔)은 병선을 이끌고 웅포(熊浦)에서 접전했지만, 이 또한 패하고 말았다. 그러나 이 때 수군통제사 원균은 출전하지 않았던 것이다. 기타지마 만지(北島万次), 위의 책, p193

단을 만들어 가덕도로 갔고, 군사들이 목말라 섬으로 올라갔다. 웬걸 왜놈들 복병이 나타나 덮치는 바람에 장수와 군사들이 400명이나 죽었다.* 못난이 원균은 칠천도로 도망쳤다. 이 전투에서 전라 우수사 이억기는 배에서 뛰어내려 자결했고, 충청 수사 최호는 전사했다. 그래도 원균은 목숨 살겠다고 육지로 올라가 도망을 쳤지만, 기다리고 있던 시마즈 부대의 기습을 당해 처참하게 살해되었다.

여기서 문제가 된 사람이 배설이었다. 요시라와 김응서가 노는 꼬락서니도 그렇거니와, 더더구나 원균이 하는 꼴을 보니 싹수가 노랬다. 그래서 배설은 한산도에서 패전한 것을 보고 전선 여남은 척과 휘하 병졸들을 거느리고 아무도 모르는 곳으로 숨어 버렸다.

왜놈들은 승리의 기세를 타고 남해도와 순천부를 함락했고, 한이 서린 전라도를 짓밟아 뭉개면서 충청도로 향했다. 그때 히데요시는 조선 놈들 귀때기는 두 개씩이니 베어 오지 말고, 코빼기를 베어 오라는 명령을 내렸다. 그래서 조선에서는 귀 없는 사람보다 코 없는 사람들이 더 많았다.

---

* 均殞收餘船 還至加德島 軍士渴甚 爭下船取水 倭兵從島中 突出撑取之 失將士四百餘人. 懲毖錄

전쟁이 급하니 죽었다는 말을 말라?

만만한 게 홍어 뭣이라더니, 원균이 죽자 권율 원수부에서 화살이나 져 나르던 이순신이 졸지에 삼도수군통제사로 재임명되었다. 이것이 바로 '제멋대로 딸딸이' 정치라는 것이다. 우리 사회에 돈과 권력의 힘으로 개구리 복장 곁에도 안 가 본 놈이 부지기수다. 병적을 떠들어 봐야 개구리복을 입은 놈인지 안 입은 놈인지 알 수 있는데, 개구리 복장 곁에 갔거나 말았거나 권력이 있고 돈이 좀 많다 싶으면 거수경례를 척척 올려붙이는 이상한 종자들, 놈들은 버젓이 합법적으로 집회 허가가 난 장소에 개구리 복장에 개구리 무늬 모자를 쓰고 나타나 콩가루를 뿌린다. 아마 원균이 살아 있었더라면 개구리 무늬 모자에 별 몇 개를 붙인 모습으로 나타나 나라에 '충성'을 혼자 다 했을지 모른다.

이순신은 난감했다. 우선 믿었던 전라 우수사 이억기가 전사했고, 조선 수군에 '전선'이라는 것이 없었다. 이런 판에 명나라 제독 마귀란 자가 한양을 포기하고 수비선을 압록강으로 빼자고 제안했다.* 마귀의 그 한마디에 나라에 '충성'을 혼자서 다 하던 대소 신료들이 '선조대왕께서 어찌 그리 경솔하게 의주에서 빨리 도성으로 돌아오셨느냐'며, 피난 보따리를 다시 싸느라 바빴다. 바로 그놈들이 사대만을 국시로 외치며 나라를 반 토막으로 만들려는 친명 세력이 아닐까 싶다.

이순신은 경상도에서 전라도로 향했다. 소문을 들어 보니, 배설이란 자가 회령포會寧浦 그쪽 어디에 숨어 있다고 했다. 정유년 8월 18일 이순신은 장흥부 회령포에 이르렀다. 한데 배설이란 놈은 코빼기도 보이지 않았다.* 포구가 천관산이 있는 내륙으로 깊숙이 들어가 두 개의 섬이 앞을 막아선, 만호 민정봉閔廷鳳이 있던 곳이었다. 만호라는 이자는 장삿속이 밝아 배설이 끌고 온 전선을 사적으로 이용하다 이순신한테 발목이 잡혀 곤장 20대를 맞았다.* 배설은 이순신이 다시 수군통제사가 되었다는 소식을 들었으나, 이 자식은 본래 독불장군으로 까짓것 뭐 이순신이 뭐 별 거야, 겉으로는 그랬지

---

* 명 제독 마귀(麻貴)는 서울을 포기하고 수비선을 압록강으로 빼자고 하는 생각(이것은 제후국인 조선을 버리더라도 종주국 명을 지키겠다는 의도)을 표현하게 되었다. 기타지마 만지(北島万次), 앞의 책, p204

* 晚朝直往會寧浦 則裵楔稱水疾不出. 亂中日記 丁酉年 8月 17日

* 회령포 만호 민정봉은 위덕의 술과 음식 등에 매수되어, 전선(戰船)을 사적(私的) 용도에 이용하도록 내주었다가 때마침 당도한 통제사 이순신한테 발각되어 곤장 20대의 처벌을 받고 있다. 박혜일 외, 改訂版 李舜臣의 日記, 앞의 책, p205

만 속으로는 얻어 터질까 봐 꼭꼭 숨어 모습을 내밀지 않았
다. 이순신은 배설을 찾아내 곤장이 부러지도록 때린 뒤, 전
라 우수사 김억추金億秋로 하여금 병선 10척을 회수케 했다.*
이순신은 해남현 어란포에 병선 몇 척이 남아 있다는 이야기
를 듣고 수리를 해 놓도록 명령했다.

　민심은 천심이었다. 이순신이 수군통제사로 재임명되어 활
동을 시작했다는 소문이 퍼지자 기뻐하지 않는 사람이 없었
다. 멀고 가까운 지방에서 지원병이 구름처럼 모여들었다.*
특히 옛날 당나라 관문이었던 당포 너머 서동사에는 수많은
승려들의 수행처로 법호가 벽월이라는 고승이 살았다. 그분
은 경서뿐 아니라 역서에도 밝았다. 어란포에서 서동사에 이
르는 구릉이 말을 기르는 목장으로, 말먹이 사람들이 서동사
승려와 우수영 너머 도장사道莊寺 승려들이었다. 벽월 노스
님은 임진년을 전후해 해남현 서쪽 구릉 지역이 수군들 훈련
장이 될 것이라 했다는데, 때가 때인지라 말을 키우는 승려
들이 말 위에 올라 편을 갈라 창과 칼을 들고 군사훈련을 해
왔다.

　겸경이예태야謙輕而豫怠也라, '세상이 우렛소리로 우르릉거
림에 그것을 노랫소리로 듣고 춤을 추다가 일을 당할 것' 이

＊公召全羅右水使金億秋 使收拾兵船. 李殷相, 李忠武公全書 下, 行錄(2) 從子正郞 李芬, 前
揭書, p51
＊聞舜臣至 莫不喜悅 舜臣分道招呼 遠近雲集 使在軍後 以助形勢. 懲毖錄

라 하였다는데, 이순신이 삼도수군통제사가 되어 우수영으로 돌아오자, 말먹이 승려들이 모두 이순신 휘하로 모여들어 수군으로 나섰다. 한데 군선이 13척밖에 안 되니, 수군에 합류하지 못한 승려들이 모두 활을 들고 말 위에 올라 육지에서 이순신을 측면 지원했다.

이순신은 생각지도 않게 천군만마를 얻은 셈이었다. 하필 그때 왜선 55척이 서해를 지나 한강으로 진입 도성으로 올라간다는 첩보를 접수했다. 이순신은 우수영의 민가를 모두 내륙으로 이주시켰고, 왜선 8척이 어란포로 들어오자, 배설이란 놈은 놀란 토끼처럼 눈구멍 두 개가 한 개로 합쳐지더니, 냅다 도망쳐 버렸다. 8월 28일 이순신은 왜선 8척을 물리쳤고,* 그것이 백의종군 이후 첫 교전이자 승리였다.

드디어 명량대첩이 시작되었다. 우수영에서 진도 녹진鹿津으로 이어지는 직선거리 동쪽과, 해남 삼지원三枝院에서 진도 벽파정碧波亭으로 이어지는 직선거리 서쪽 그 안의 좁은 바닷목이 이른바 명량항[鳴梁項; 울돌목]이었다. 남해안은 섬들이 바다를 첩첩이 막아서 밀물이 들고 날 때 그 차가 그리 심하지 않았으나, 진도는 삼면이 너른 바다로 툭 터져 좁은 물목인 명량항을 들고나는 조수의 간만의 차가 상상을 초월했다.

이순신은 승군 총섭 삼혜와 의능으로부터 이야기를 들어 그 속사정을 누구보다도 잘 알고 있었다. 명량항도 밀물과 썰물

---

* 亂中日記 丁酉年 8月 28日

이 상쇄를 이룬 만조 때는 여느 바다나 다를 것 없이 잔잔했다. 바로 그때 도도 다카토라, 가토 요시아키, 와키사카 야스하루, 구루시마 미치후사, 간노 사토나가, 일본군 감찰 모리 다카마사가 이끈 왜선 133척이 명량해협으로 들어섰다.

왜선이 133척, 조선 군선이 13척, 개미가 바윗돌을 굴리겠다는 겐가. 아무리 머리를 짜내도 싸움이 될 성싶지 않았다. 어차피 내놓은 목숨, 이럴 때는 물목의 특성을 이용하자. 적군은 수가 많고 우리는 수가 적으니, 철저히 조류에 의존하기로 작전을 폈다. 남해안 조류라 하면 귀신의 떡 이야기까지 알아듣는다는, 승군총섭 삼혜와 의능의 의견을 따르지 않을 수 없었다. 먼저 13척의 우리 군선을 조류가 그리 심하지 않은 벽파진 앞에 정박시켰다.* 그때 이순신은 물때가 되면 알리라고 가지고 있던 초요기初療旗를 의능에게 건네주었다.

맥박이 요동치고 숨이 막히는 순간이 이어졌다. 우수사 김억추金億秋가 탄 배가 뒤떨어져 가물가물했다. 생각 같아서는 쫓아가 목을 쳐 창끝에 내걸고 싶었지만, 타고 있는 배를 움직였다가는 왜선이 곧바로 공격해 들어올 것 같아 꾹 참고 물때만 기다렸다. 왜선 133척의 배가 가까이 접근해 오더니, 13척의 우리 군선을 에워싸고 포환을 쏘며 조총을 쏘아 댔다. 수군들이 겁에 질려 사색이 되었지만, 이순신은 태연한

---

*조선의 병선은 조류가 심한 명량해협에서 물살이 느린 곳, 즉 명량해협의 진도 쪽 벽파진에 정박하고 있었다. 기타지마 만지(北島万次), 앞의 책, p211

얼굴로 하나하나 그들의 어깨를 두드리며 안정시켜 주었다. 멀리서 거제 현령 안위安衛가 달려왔다. 왜선 두 척이 안위의 배에 달라붙으니, 안위가 창으로 내리찍어 왜적 7, 8명을 바다로 떨어뜨렸다. 왜놈들이 헤엄쳐 도망쳤으나 살아날 가망이 보이지 않았다.*

　드디어 기다리던 물때가 왔다. 의능은 이순신이 타고 있던 장군선을 향해 초요기를 힘차게 흔들었다. 신호를 받은 이순신은 13척의 군선을 벽파정 바닷가에서 엎드리듯 선바위[立巖]가 있는 곳으로 서서히 움직였다. 그때 왜놈들은 대형선인 아타케부네보다는 중형선이 낫겠다 싶었든지 세키부네를 대거 동원했지만,* 그것이 잘못이었다. 조선 군선이 움직이자 얼씨구나! 세키부네 133척이 뒤를 바짝 따라붙었다. 한데 이게 무슨 날벼락인가. 이순신의 눈에 산더미 같은 조류가 기이한 광채덩어리처럼 빛을 내는 듯하더니, 집채덩이처럼 또르르 굴러 세키부네 앞을 들이쳤다. 그것은 바닷물이 아니라 하늘에서 내리친 날벼락이었다. 바닷물이 폭포수로 변해 한꺼번에 세키부네 갑판 위로 쏟아져 내렸다. 대형 배가 아닌 세키부네가 느닷없이 바닷물 세례를 받으니, 기우뚱거리면서 오도 가도 못하고 그 자리에서 뱅글뱅글 돌았다.

---

*박혜일 외, 改訂版 李舜臣의 日記, 앞의 책, p199~200 -亂中日記와 李舜臣 日記에는 이 내용이 8월 15일, 또는 8월 16일 기록으로 나와 있으나, 언제 쓰여졌는지 고증된 기록이 없다.
*명량해협의 조류를 본 일본 수군은 대형선 아다케(安宅)로 돌입하는 것을 피하고 중형선인 세키부네(關船)를 정렬시켜 도입하려고 했다. 기타지마 만지(北島万次), 앞의 책, p211

"공격하라!"

13척의 함대를 이끈 장군선에서 이순신의 명령이 떨어졌다. 그동안 검부러기로 덮어 숨기고 다녔던 천자총통, 지자총통, 현자총통을 쏘아 대고, 철환, 단석, 비격진천뢰가 소나기 날아가듯 날아가 세키부네 위로 쏟아져 내리니, 중형선세키부네가 무슨 군선 구실을 할 까닭이 있겠는가. 왜놈들이 가랑잎에 들러붙은 개미 새끼처럼 우왕좌왕하다가 거센 조류 속으로 휩쓸리기 시작했다. 게다가 삼지원 숲 속에서 말을 탄 서동사와 도장사 승군들이 화살을 날렸다.

여기까지는 전쟁이니 그렇다 치자. 갑자기 윙—! 윙—! 하면서 하늘 우는 소리가 들리더니, 명량해협의 좁은 바다목이 몇 개의 커다란 소용돌이 물구멍으로 변했다. 자연의 조화란 참 알다가도 모를 일이었다. 세키부네가 가랑잎처럼 제멋대로 빙글빙글 돌다가 물살에 휩쓸려 바다 밑으로 속속 모습을 감추면서 사라졌다. 가까스로 뒤를 따라오던 세키부네 몇 척이 반은 부서져 소용돌이 물살을 벗어났으나, 이번에는 물의 흐름이 동쪽에서 서쪽으로 바뀌어 조선 수군이 조류를 타고 역습을 가해 왔다.*

이 전투에서 구루시마 미치후사가 전사했다. 조선 수군은

---

* 조류는 실로 거세어 물은 갈수록 급해지더니 적은 상류로부터 조류를 타고 달려오는데 그 기세가 산을 압도하는 듯이 처려왔고…, 그러다가 전투가 한창인 때에 '그때는 조류의 흐름이 실로 역류하여 물의 흐름이 항구 쪽으로 빠르게' 되었다. 조류가 서쪽에서 동쪽으로 바뀐 것이다. 공수의 입장이 바뀐 조선 수군은 조류를 타고 역습을 가했다. 기타지마 만지(北島万次), 앞의 책, p212

누군지도 모르고 복장이 왜놈 장수인 것만 보고 건져 올려 몸뚱이 반은 회를 치고, 머리를 베어 뱃머리 장대에 효수했다. 한데 이순신 함대에 안골포에서 투항한 왜인 준사俊沙가 타고 있었는데, 우리 군선 장대에 효수되어 걸린 왜놈 모가지가 구루시마 미치후사라고 알려왔다. 이 사실이 도망간 왜놈들 배에까지 알려져 범 탄 독수리 같던 놈들의 사기가 날샌 도깨비처럼 몽당 빗자루로 바뀌어 버렸다.

바로 그때였다. 우리 수군의 사기가 충천해 있었고, 말을 타고 내륙에서 측면 공격에 나선 서동사·도장사 승군들이 어디서 그 많은 부녀자들을 모아 왔는지 명량해협 편편한 모래밭에서 '강강수월래'가 펼쳐졌다.

새벽 서리 찬바람에 강강술래
울고 가는 저 기럭아 강강술래
울었으면 너 울었지 강강술래
잠든 나를 깨워 가냐 강강술래……

손에 손을 잡고 줄을 지어 원을 그리며 뱅뱅 도는 모습이, 패해서 도망치는 몇 척 안 된 왜군들을 완전히 웃음거리로 만들어 버렸다. 앞소리에 합창으로 이어지는 강강수월래는 달빛이 사라진 아침까지 이어졌고, 명량해협에서 대패한 왜놈 수군들은 바닷속으로 가라앉아 흔적도 없이 사라졌다. 다

부서진 세키부네 몇 척이 겨우 순천 앞바다로 표류하듯 노방 쳤다.

이순신은 여기서 그치지 않았다. 벽파진에서 군산 앞 선유 도까지 오르내리며 왜적의 도성 상륙을 막았고, 완도 앞 소 안도까지 내려가 왜적의 접근을 막아 냈다.

일이 이렇게 되니, 선조는 존재마저 희미해져 버렸고, 조선 은 제독어왜총병관이라는 벼슬 이름까지 뻑적지근한 명나라 도독 마귀의 세상이 되었다. 마귀가 조선군 작전권을 쥐고 있었으므로, 입이 싼 윤두수도 몸조심을 하느라 주둥이가 꿀 먹은 벙어리가 되었다. 마귀 부하들인 부총병, 제독, 무슨 병 관 어쩌고 하는 양원, 오유충, 유정, 진린, 동일원이 거느린 명나라 졸개들이 조선 백성들을 똥이나 먹는 돼지 보듯 걸어 차면서 겁탈과 노략질에 재미를 붙이고 남쪽으로 도망가는 왜놈들 뒤를 슬금슬금 따라왔다. "봐라! 왜놈들을 우리가 다 시 남쪽으로 몰아냈지 않느냐?" 온갖 유세와 거드름 피우는 모습을 눈이 시려 못 볼 지경이었다.

빈대도 낯짝이 있다고 놈들도 해도 해도 너무 했다 싶었는 지 무지막지하기 이를 데 없는 마귀의 휘하 달단韃靼의 병사 들이 울산성 악바리 기요마사를 공격하겠다고 달려들었다. 이런 자식들은 가만히 앉아 있어만 주어도 우리 조선 백성에 게는 성가신 것이 없지만, 멋도 모르고 북방의 곰 같은 힘만

믿고 기요마사를 건드렸다가 납작하게 얻어터지고 도망쳤다. 놈들은 말 풀을 먹이려고 조선 백성들 마을로 들어가 부녀자 겁간으로 원숭이 같은 북방 종족만 퍼뜨리게 했다.*

사정이 이러함에도 그 훌륭하다는 퇴계의 제자나 율곡의 제자 가운데 모가지를 내놓고 야무지게 큰소리 한번 내지른 사람이 없었다. 왜 그러했느냐? 쿠데타를 한 이성계가 한 일도 잘한 일이고, 폭군 연산군이 한 일도 좋은 일이라는, 비판 없는 역사서로 공부를 했기 때문이었다. 이 못난 놈들은 손발 다 떨어져 나간 왕이랄 수도 없는 선조의 주구들로 기껏 한다는 짓이 그 유려한 글 솜씨로 조·명 연합군이 이겼다고 차자나 올리는 짓이 하는 일의 전부였다.

그 똑똑하다는 유성룡도 새삼스럽게 이순신 칭찬을 늘어놓으며, 누구누구는 공을 세웠고, 누구누구는 싸우다 죽었다는 들은 풍월이나 적어 올리며, 이제는 늙어 병이 들었다는 핑계만 댔다. 나라가 왜 이 지경에 이르렀는지 자초지종 선조를 에워싼 무능하고 천박한 '예스맨' 벼슬아치들을 곤장부터 쳐 기강을 바로 세우라는 소리는 귀를 씻어도 들을 수 없었다.

정유[1597]년이 가고, 무술[1598]년 2월을 넘기면서 일본군이 수세에 몰렸다. 깡다구가 있다는 기요마사가 울산에 왜성을 높이 쌓고 최후의 수비에 나섰고, 유키나가는 순천 왜성에 숨어 마귀의 수하 유정劉綎에게 뇌물을 던져 주면서 생포하겠다

* 宣祖實錄 97卷(1598, 戊戌) 2月 2日

고 달려드는 이순신의 작전에 훼방 놓는 일에만 몰두했다.

이순신은 기가 찼다. 이게 무슨 우방이냐, 주둥이로만 임진동정壬辰東征 어쩌고 입 발린 소리만 내뱉고, 조선 백성들에게 갖은 행패를 부리며, 돈 될 만한 물건은 모두 노략질해 호주머니에 담고 부녀자 간통이나 하고 다니면서 왜놈들 뒷돈을 받고 작전에 훼방 놓는 그것이 무슨 우방이고, 사대친명이냐고 혀를 톡톡 찼다. 더더욱 기가 찬 것은 간첩 요시라가 귀화해 오니 상급으로 은자 80냥을 주더니, 명량해전을 승리로 이끈 이순신에게 내린 상급은 은자 20냥이었다.

이순신은 상급의 많고 적은 것을 따지려는 게 아니었다. 백의염백에 영무갱개白衣染皂 永無更改라, 흰 옷에 한번 검은 물이 들면 영원히 희어지지 않는 법이다. 나라가 이 모양으로 검어졌다면 희망이 없다. 순간 이순신의 머릿속에 파사산에다 성을 쌓고 토굴을 지어 들어앉아 있다는 의엄의 얼굴이 스치고 지나갔다. 자꾸 마다고 하는 호랑이 가죽을 기어이 내밀면서 얻어 온 물건 나누어 갖는 것은 도리이면 도리였지 죄는 아니라고 하던 그의 이야기가 새삼스럽게 가슴을 치고 들려왔다.

얻은 물건을 나누어 갖지는 못할망정, 순천 왜성 유키나가의 뇌물이 명나라 제독 마귀는 말할 것 없고, 마귀 휘하의 오합지졸에 이르기까지 고슴도치 등허리에 오이 걸리듯 걸려, 그놈의 속사정이 염초청 굴뚝같았다. 그런 정황에 이순신은 노량해협 전투를 앞에 두고 있었다.

한데 사건이 엉뚱한 데서 터졌다. 춘삼월 이동성 고기압이 여인들 가랑이 밑으로 지나가면 쇠 젓가락도 녹인단다. 무술 [1598]년 삼월 날씨는 춥지도 덥지도 않은 노작지근한 햇볕 아래 바람까지 살랑거려 만물이 생성하는 그런 계절이었다. 남자는 여자를 안고 싶고, 여자는 남자를 안고 누워 쇠 젓가락이 아니라 쇠 부지깽이도 녹여 버릴 그런 날. 하도 계집만 밝히다가 척추에서 골반, 골반에서 고관절, 고관절에서 허벅지까지 진이 다 빠져 뼈다귀가 마른 갈치자반처럼 바삭바삭한 히데요시가 꽃구경에 나섰다. 어느 놈이 그런 소리를 했는지 마지막 불꽃이 아름답다 했던가, 뜨겁다고 했던가.

산세 좋고 호수 맑은 디이고[醍醐]산으로 1천 300의 궁녀를 데리고 산보를 가는데, 홀치기에 사슴무늬, 금은박 염색으로 눈에 안약을 넣지 않고는 바라볼 수 없을 만큼 황홀하게 멋을 부린 궁녀들이 디이고산 골골의 다실茶室에서 히데요시가 한번 안아 주기를 기다리고 있었다.*

이것이 최고의 권력 히데요시의 마지막을 장식하는 꽃놀이였을까. 쉽게 말해서 히데요시가 궁녀를 안는다는 것, 바로 그 자체가 제 관 뚜껑을 제 손으로 열고 들어가는, 눈부신 행사였다. 눈먼 수탉도 꾀꼬리 소리는 아름답다 했던가. 허리에

---

* 궁녀 1,300명을 화려하게 차려 입히고 홀치기 염색(目結い紋り)·사슴무늬 염색(鹿子紋り)·금은박(金銀摺り)의 예복(小袖)를 준비했다. 기타지마 만지(北島万次), 앞의 책, p217

손만 대도 파삭 부서질 호색꾼 히데요시에게 계집을 손을 대서는 절대로 안 된다고 그리 일렀거늘, 이 늙은 권력자가 이쁜 궁녀의 낭창거리는 허리를 덥석 안았겠다? 아이구야! 골반과 허리가 퍼석하면서 곁으로 쓰러졌다. 한다하는 공가公家와 무가武家에서 가져다 바친 금은 상자가 삼보원 앞에 봉래산처럼 쌓였고, 조선왕실에서 빼앗아 온 진귀한 보화와 각양각처에서 바친 명주名酒가 뚜껑조차 열리지 않은 채 산처럼 쌓여 있었다. 그거 봐라! 도대체 그것들을 어디다 쓸 것인가.*

허허 참! 히데요시가 핑그르르 쓰러진 모습을 보고 희심의 미소를 지은 사람이 있었으니, 그가 바로 도쿠가와 이에야스[德川家康]였다. 이에야스의 느낌이 어땠을까. 그야 히데요시가 개망초 꽃만도 못했겠지. 이것이 '딸딸이 정치' 라는 것인바, 바로 그 순간부터 이에야스의 발걸음이 빨라지기 시작했다.

뭐 까놓고 말하자. 히데요시는 일생을 추잡스럽게 살아온 놈이었다. 어쩌면 히데요시보다 간사하고 추잡스럽게 산 사람들이 조선 조정에 더 많을지 모르지만, 어찌 됐건 히데요시가 쓰러졌다는 사실이 1급 비밀이 되어 외부로 알려지지 않았다.

무술[1598]년 6월로 들어와 천안지통天眼智通을 얻었다는 연

---

* 이 꽃놀이에 구케(公家)와 무가(武家)들은 금은 상자 외에, 조선의 진귀한 보물, 여러 지방의 명주(名酒)와 과자 등을 진상하였고, 그것은 삼보원(三寶院) 문 앞에 봉래산(蓬萊山)처럼 쌓였다고 한다. 기타지마 만지(北島万次), 앞의 책, p238

화도 사호 가운데 한 사람인 보운이 히데요시 신상에 변고가 있다는 사실을 알고, 보련과 보월에게 히데요시가 죽었을지 모르니 알아보라고 했다. 하나 왜놈들 1급 비밀을 알아내기가 그리 쉽지 않았다.

히데요시가 죽지는 않았을지 모르나 신상에 큰 변화가 있으니, 이 기회를 이용해 왜놈들을 바닷속에 모두 처넣으라고 보련을 시켜 의능에게 귀띔해 이순신에게 알려 주었다. 하나 이순신은 순천 왜성에 갇힌 유키나가와 대추나무에 연결리듯 뇌물로 얽힌 명나라 '짱깨'들의 방해로 손을 쓸 수 없었다.

"조선 작전권이 명나라에 있다면, 이것이 무슨 나라냐?"

이순신은 마귀니, 유정劉綎이니 하는 따위의 군령을 무시하고 조선 수군만으로 유키나가를 생포할 작전을 짰다. 그때가 무술[1598]년 8월 중순이었고, 자리에 누워 목숨만 붙어 있던 히데요시가 세상을 떠난 시기와 맞물렸다. 왜놈들 본토에서는 그 사실을 꼭꼭 숨긴 채, 조선에 나와 있는 일본군의 철수가 은밀히 진행되었다. 마귀라는 놈은 그런 사실도 모르고 유정劉綎을 시켜 유키나가와 새판잡이로 강화 교섭을 한다고 자다가 봉창 두드리는 소리만 했다. 왜 조선의 작전권을 명나라가 쥐었는가. 이 사실이 이순신을 참으로 슬프고 애타게 만들었다.

"전쟁은 조선과 왜놈이 하는데, 도대체 네놈들이 뭐냐?"

이순신이 강력하게 나오니까, 하는 수 없이 순천 왜성을 공격하기로 조·명 연합군이 구성되었다. 그래 보아야 명나라와 왜놈들은 한통속이었고, 조선 수군만 따로 놀았다. 울화통이 터진 이순신은 유키나가를 생포하려고 권율과 작전을 세워 공격을 감행했으나, 조류의 흐름을 잘못 맞춰 배가 모래 위에 얹혀 되레 공격을 받았다. 일단 작전권을 쥔 명나라가 유키나가의 뇌물을 받고 화의로 돌아서서 유정劉綎과 한통속으로 놀아났는데, 그것이 무술[1598]년 9월에서 10월까지 이어졌다.

이순신의 목표는 빼앗긴 나라를 되찾고, 도탄에 빠진 백성을 구하는 데 있었다. 반대로 죽느냐 사느냐의 기로에 선 유키나가는 뇌물을 동원해 유정에게 순천 왜성을 넘겨주기로 하고 퇴로를 열어 준다는 약속을 받아 냈다. 한데 명나라 진린은 그 사실을 까맣게 모르고 있었다. 나중에야 그 내막을 알고 열이 상투 끝까지 받친 진린이 유정한테 눈깔을 까고 달려드니 유키나가가 진린한테도 뇌물을 집어 줘 순천 왜성 공격이 지리멸렬해져 버렸다.

개도 기름을 먹으면 짖지 않는 법이다. 보자보자 했더니, 조선의 사대부들이 나라를 말아먹은 그놈의 뇌물이 이순신에게까지 뻗쳤다. 무술[1598]년 11월 14일, 왜선에서 왜통사를 시

*都督使倭通事 迎倭船 戌時 倭將乘小船 入來都督 猪二口 酒二器 獻于都督云. 亂中日記 戊戌年 11月 14日

켜 도독에게 붉은 깃발과 환도를 받치고 밤에 돼지 두 마리와 술 두 통을 갖다 바치더니,* 이튿날 진린이 이순신에게 유카나가의 철수에 협력하라면서 뇌물을 가지고 와 내밀었다.

"이 무슨 개소린가? 왜놈은 조선의 원수이자 명나라의 원수도 된다. 감히 장수가 화친을 입에 담다니? 진 장군! 왜 그렇게 겁이 없는가!"

이순신이 화를 벌컥 내고 돌아서 버렸다.*

그렇다고 조선 수군이 순천 왜성만 둘러싸고 유키나가만을 지키고 있을 처지가 아니었다. 그때 순천 왜성에는 유키나가뿐 아니라 마쓰우라 시게노부[松浦鎭信], 아리마 하루노부[有馬晴信], 오무라 요시마에[大村喜前], 고지마 구로타다[五島玄雅]를 비롯 여러 왜장들이 포위되어 있었다. 순천 왜성에서 그리 멀지 않은 사천 왜성에는 시마즈 요시히로와 시마즈 다다쓰네가 주둔해 있었고, 그들은 어떻게든 유키나가를 구원해 내야겠다고 생각했다.

그때 도총섭 큰스님은 백화암에 머물고 있었다. 삼경이 지나도록 정에 들어 있었던 중 선탈禪脫 속에 문득 남전보원南泉普願선사가 '도는 사물 밖에 있는 것이 아니고, 사물 밖에

---

* 고니시는 이순신에게도 뇌물을 주려고 했다. 고니시는 또한 순신에게 보물을 보냈는데, 순신은 이에 분노하며 거절하여 말하기를, "이 원수들이 어찌 겁이 없이 구는가."라고 하면서, 이순신은 이것을 일축했다. 기타지마 만지(北島万次), 앞의 책, p253 〈壬辰錄 戊戌 11月 在引用〉

* 道非物外 物外非道

있는 것은 도가 아니다' 고* 한 이야기가 불쑥 떠올랐다. 조주가 그 말을 듣고 무슨 '똥딴지' 같은 소리냐고 대드니, 선사가 방으로 내리쳤다. "스승께서는 때리지 마십시오! 뒷날 다른 사람을 잘못 때릴 것입니다." 하니, "이놈아, 용과 뱀은 쉽게 판별이 되지만, 수좌는 속이기 어렵다."* 이 내용을 보령용保寧勇이란 선자禪者가 전쟁에 비유해 송을 달았다.

칼날 살짝 감추고 싸움터에 들어와
때를 맞춰 사로잡으려 하니 눈알을 부릅뜨네
죽기 살기로 결투에 나선 당대의 영웅이여
문무를 겸비하면 장상將相의 재질일세

軟纏藏鋒入陣來
盡時擒下眼瞠開
死生一決英雄士
文虎雙行將相才

휴정은 이마에 손을 얹고 생각에 잠겼다. 전쟁터에서 칼날을 감추고 싸움을 하듯 수행을 해 모든 사람들이 견성을 하면 그것만큼 좋은 세상이 없을 것이라는 선가의 이야기로,

---

* 趙州問 如何是物外道 師便打 州云 和尙莫打某甲 向後錯打人去在 師云 龍蛇易辨 衲子難瞞 禪門拈頌 物外

선가귀감에 '붓다와 달마가 세상에 오신 것은 잔잔한 바다에 거센 풍랑을 일으킨 것[佛祖出世 無風起浪]이라고 썼던 기억을 떠올렸다. 보현사에서 묘향산 승군을 이끌고 전쟁터로 나가면서, 하늘과 땅이 제 모습을 잃고 해와 달이 빛을 잃는다[乾坤失色 日月無光]는 게송을 읊어 할!을 크게 외쳐 승군들로 하여금 활발발한 자기 정신을 일깨우게 했다.

수행은 자기와의 싸움이다. 자기와의 싸움에서 이겨야 캄캄한 무명을 벗어난다. 조선은 자기와의 싸움으로 맹렬히 수행하는 수좌들을 이단으로 몰아왔다. 나라의 정책과 철학이 유가의 학으로 바뀌면서 조선은 지금 왜적과의 싸움에서 이겨야 수행자가 무명에서 벗어나듯, 백성들을 안락하고 평안한 평화로움 속에 머물게 할 수 있다. 그동안 남의 것만 빼앗으려 드는 부질없고 허망한 세태를 올바로 바꿔 놓아야 일본과 같은 다른 나라가 조선을 다시는 넘보지 못할 굳건한 나라가 될 것이라고 생각했다.

그런 생각을 하던 그 순간이었다. 번뜻 '각흔' 같은 것이 햇빛처럼 머릿속을 스쳐 지나갔다. 경오년으로 생각되었다. 부용당 노스님께 문안도 드릴 겸 두류산으로 내려갔다가 홍국사 법수회상과 벗이 되어 몇몇 수좌들을 데리고 노량 나루를 건넜을 때였다. 광양만에 잠긴 섬들을 향해 바다로 길게 뻗어나간 관음포 능선 위에 섰을 때, 그때의 그 '각흔'이 머릿속에서 번쩍 되살아났다.

예사롭지 않았다. 휴정은 그때 그것을 일구라 표현했는데, 법수가 자꾸 임제종지의 '무문채인'을 들이대 아니라고 했던, 그 '각혼'이 문득 미륵산 천택사에서 만났던, 이순신의 선명한 얼굴 위로 각인되어 나타났다.

이 사람한테 무슨 일이 있구나, 휴정은 날이 밝기를 기다려 풀에 콩깍지를 넣어 배불리 먹인 말을 타고 단발령을 넘어 파사산으로 갔다. 산성 안 암자로 들어서니 의엄이 혜희를 데리고 길을 떠나려는 듯 그도 역시 말에게 먹이를 먹이고 있었다.

"아니, 이리 갑자기 노스님께서……?"

뜻밖에 나타난 은사 스님을 보고 적이 놀란 얼굴이었다.

"어디, 먼 길을 가려던 참이더냐?"

"예!"

방으로 들어가 의엄의 이야기를 들어 보니, 지난 해 4월 이순신이 의금부에서 풀려나, 모친상을 당해 발인도 못 보고 군영으로 떠났다는 이야기를 해 줬다. 상주가 없는 이순신 모친상을 의엄이 끝까지 자리를 지켜 장례를 치러 준 뒤, 두류산으로 내려가 처영을 만났다는 이야기를 했다. 이순신의 행방을 물으니 처영은 백의종군으로 구례현으로 내려온 그를 잠깐 만났을 뿐이고, 권율 원수부로 찾아간다는 말만 들었다는 이야기를 해 줬다.

의엄은 여러 갈래로 이순신의 행방을 알아보았으나 아는

사람이 없었다. 할 수 없이 파사산으로 올라와 있다가, 명량 해전에서 승리를 거두고 지금 순천부에 있다는 소식을 듣고 찾아가 보려고 길을 떠날 채비를 한다는 것이었다.

도총섭 스님이 잠잠히 듣고 있다가 대답했다.

"네가 발이 빠를 테니 앞에 내려가 봐라."

"예, 그럼 제가 먼저 내려가 보겠습니다."

도총섭 스님이 남쪽 하늘을 한참 바라보고 있다가 다시 일 렀다.

"순천부로 가지 말고 노량 나루로 내려가거라."

의엄이 엉뚱하다 싶은 생각을 한 듯 노스님을 한참 바라보고 있다가 고개를 갸웃하면서 대답했다.

"이순신이 지금 순천 왜성에서 평행장을 생포하려 한답니다."

노스님이 고개를 흔들었다.

"아니다, 노량 나루를 건너 관음포로 가 봐라."

"예! 그럼 그렇게 하겠습니다."

스승님 말씀이라 대답은 그렇게 했지만, 의엄은 이순신이 순천 왜성에 있을 것으로 생각되었다. 그러고는 말고삐를 잡으면서 물었다.

"그럼, 스님께서는 금강산으로 가시렵니까?"

"아니다, 천천히 네 뒤를 따라 두류산 삼신동에 가 있겠다."

"삼신동이라면 신흥사 말씀이신가요?"

휴정이 고개를 끄덕였다.

무술[1598]년 11월 18일이었다. 사천 왜성의 요시히로란 놈이 유키나가를 구원하겠다고 노량해협으로 군선을 몰고 들어왔다. 상황이 급변하자 이순신은 요시히로의 구원군이 오기 전에 미리 길목을 차단해 요격을 감행하려고 노량해협으로 출발했다. 한데 진린이 제동을 걸었다. 작전권이 명나라에 있었으므로 그의 명령을 따라야 할 형편이었다. 이것이야말로 전쟁을 수행한 나라의 장수로서 미치고 환장할 일이 아닐 수 없었다. 이순신은 진린 따위의 명을 싹 깔아뭉개고 출전을 감행했다. 진린도 이순신이 하도 강하게 나오니, 어쩔 수 없다는 듯 결전을 받아들였고, 조·명 연합군이 노량해협으로 이동했다. 그때 이순신 함대는 관음포觀音浦에, 진린 함대는 죽도竹島 부근에 진을 치고 요시히로 구원 선단의 길목을 차단했다.*

상황이 이리 급박하게 돌아감에도 유정劉綎이 거느린 명나라 수군은 금오산 끝자락 대사도大沙島가 건너다보이는 작은 포구에서 요시히로의 왜선과 조선 수군의 싸움을 강 건너 불

---

* 상황이 급변하자 이순신은 시마즈의 구원 선단이 오기 전에 길목으로 미리 나아가 요격하기로 결심한다. 하지만 진린은 이순신의 계획에 다시 제동을 걸었다. 그러자 이순신은 진린의 명령을 무시하고 출전을 감행하겠다며 초강수를 꺼내 들었다. 절체절명의 순간에 내린 결단이었다. 진린은 어쩔 수 없이 이순신의 채근을 받아들였고 조·명 연합군은 11월 18일 노량으로 이동한다. 이순신 함대는 관음포(觀音浦)에, 진린 함대는 죽도(竹島) 부근에 진을 치고 일본군 구원 선단의 길목을 차단했다. 한명기의 -420 임진왜란 ㉖, 위의 신문, 2012. 9. 28

구경하듯 바라보고만 있었다. 유정이 구경꾼으로 전락한 것은 유키나가로부터 뇌물을 받았기 때문이었다.*

솔직히 유정과 유키나가가 한통속이 된 속에서 이순신은 두 가지 문제를 동시에 해결하지 않으면 안 되었다. 하나는 유키나가의 퇴로를 차단하는 일이었고, 또 하나는 창선도昌善島에서 노량해협으로 진입해 들어오는 왜선과 맞서야 했다. 한데 왜선의 수가 엄청났다. 11월 19일 축시쯤[새벽 2시] 요시히로가 사천에서 내려오고, 타찌바나 토우도라[立花統虎]가 고성에서, 테라자와 마사시게[寺澤正成]는 부산에서, 요시토시는 남해에서 곧바로 노량해협에서 합세해 500척이 넘는 왜선 함대와 접근전을 벌였다.*

이순신은 전투에 나가기 직전 손을 씻은 뒤 배 위로 올라가 무릎을 꿇고 하늘을 우러렀다. "천지신명이여! 이 원수를 무찌른다면 지금 죽어도 여한이 없겠나이다." 그러자 문득 하늘에서 큰 별이 바닷속으로 떨어졌다. 보는 이들의 눈이 휘둥그레졌다.

이윽고 관음포 앞바다에서 난투전이 벌어졌다. 대사도 건

---

* 고니시는 유정에게 빈번히 뇌물을 주었던 것이다. 게다가 일본군은 유정의 군사로부터 군량을 구입할 정도까지 되었는데, 유정은 이것을 금할 수도 없었다. 기타지마 만지(北島万次), 위의 책, p252

* 11월 19일 새벽 2시경, 사천(泗川)의 시마즈 요시히로(島津義弘), 고성(固城) 타찌바나 토우도라(立花統虎), 부산(釜山)의 테라자와 마사시게(寺澤正成), 그리고 남해(南海)에 있던 소오 요시토시(宗義智) 등 여러 왜장이 합세한 500여 척의 왜 함대와 혼전난투의 접근전을 벌이게 되었다. 박혜일 외, 改訂版 李舜臣의 日記, 앞의 책, p182

너편 유정이 거느린 명나라 수군은 꼼짝하지 않았고, 조선 수군 함대 뒤쪽에서 전린과 등자룡이 이끌고 들어온 명나라 수군과 마지못해 연합이 되었지만, 그들을 바라보고 있던 이순신은 가슴이 답답했다. 그러니까 작년 봄 의금부에서였다. "죄인은 들으라! 국난을 방관한 죄, 마땅히 효수형에 처해야 할 터, 남의 공로까지 가로채 원균의 아들이 세운 공을 거짓으로 꾸민 죄……." 그때 윤근수가 손을 번쩍 들어 주뢰형에 처하라는 명을 내리던 장면이 머릿속을 스치고 지나갔다. 주뢰형으로 허벅지가 찢어진 것은 아프지 않았다. 윤근수가 선조라는 임금의 개가 되어 나라 돌아가는 사정을 아무것도 모르는 것이 문제였다.

어명이란 전쟁에서 이기고 지는 것과 관계없이 어떤 때는 멋대로 굴러가기만 하고 멈출 줄을 몰랐다. 따지고 보면 지금 노량해협의 상황은 정유년 봄 효수형에 처해지려 했던 그때보다 곱절이나 급박한 일이었다. 한데 맞붙어 적을 치면 작전권을 갖고 있는 명나라의 군령을 어긴 것이 된다. 다시 말해서 마귀의 부하 유정과 진린이 내린 군령을 어긴 것은 어명을 어긴 것과 같다. 이것이 선조가 다스리는 조선이었다. 이순신이 노량해전에서 패하면 군령을 어긴 죄가 더욱 커질 것이고, 이긴다고 해도 명나라의 주구인 선조나 조정 벼슬아치들이 입을 다물고 가만히 있지 않을 것이라는 것은 불을 보듯 뻔했다.

이순신은 여느 전투에서처럼 촉촉한 긴장감이 사라지고, 가슴이 조여드는 답답한 심정으로 전투에 임했다. 19일 새벽, 하도 가슴이 답답해 갑옷의 단추를 풀고 치열해진 전투를 독려하던 중 갑자기 날아온 적탄에 가슴을 맞았다.

우리의 영웅 이순신은 그렇게 안타까운 생을 마감했다. 곁에 아들 회와 조카 완이 활을 쥐고 서 있었지만 너무 놀라 어찌할 줄 몰랐다. "아니, 일이 이렇게 되다니……!" 그렇다고 곡성을 냈다가는 격전을 벌이는 우리 수군들이 놀라게 되고 그리되면 적의 기세가 더욱 거세어질 것임을 염려해 슬픔을 아프게 깨물 수밖에 없었다. 조카 완이 눈물을 흘리면서 장군의 갑옷을 대신 입고 지휘에 나섰다.*

송희립과 해남 현감 유형과 예전에 거북선 돌격장으로 활약한 이언량을 비롯한 여러 장수들이 판옥선을 있는 대로 끌고 적진 속으로 파고들어 200여 척의 왜선을 격파해 전세가 승세로 돌아섰다.

의엄이 관음포에 도착했을 때는 전투가 끝난 뒤였다. 순천 왜성에 갇혀 있던 유키나가는 퇴로가 열려 고양이 섬으로 불리던 묘도猫島 사이로 빠져 부산으로 달아난 뒤였고, 이순신

---

* 十九日黎明 公方督戰 忽中丸而逝時 公之長子薈 兄子莞執弓 在側掩聲相謂曰 事至於此 罔極罔極. lyuen.egloos.com. 1643년 이전에 쓴 것으로 알려진 李芬의 李舜臣 行錄의 내용이다. 여기에는 그 유명한 '싸움이 한창 급하니, 내가 죽었다는 말을 하지 말라(公曰戰方急 慎勿言我死)' 는 내용이 빠져 있다.

의 시신은 수습되어 노량해협 북쪽 언덕으로 옮겨져 매장되어 있었다.

　의엄은 너무 놀라고 슬픈 나머지 황급히 찾아간 이순신 묘 앞에서 삼혜와 의능을 만났다. 삼혜와 의능은 이순신이 전사한 후 한번도 그곳을 떠나지 않고 있었다.* 의엄은 이순신이 운명하기까지의 이야기를 전해 듣고 그날 하루를 눈물로 보내고 이튿날, 슬픈 발걸음으로 두류산 삼신동으로 올라가 도총섭 큰스님을 만났다. 도총섭 큰스님은 의엄으로부터 이순신의 순절 소식을 듣고 노안을 눈물로 적시며 안타까움을 감추지 못했다. 자꾸 남쪽 하늘만 바라보시는데, 하늘에는 탑 모양을 이룬 구름이 떠 있었다.

---

* 湖南寺僧 爲公設齊 無山不擧 有慈雲(삼혜)者 隨公陣中 常將僧軍 頗立功 公歿之後 以米六百石 大設水陸於露梁 又以盛奠 祭於忠愍祠 有玉洞(의능)者 亦以僧人 爲公繼餉 頗見信任 及是自念無所報效 來守忠愍祠 日日灑掃 擬死不去. 李芬 李舜臣 行錄(1)

제7장 우리는 어디로 가는가

팔십 년 전에는 네가 나였는데

　노량해전을 끝으로 가토 기요마사가 먼저 일본으로 들어갔고, 뒤를 이어 나베시마 나시오게와 구로다 나가마사가 돌아갔다. 무술년 11월 21일 시마지 요시히로가 거제도에서 쓰시마로 마지막 떠남으로 해서 임진년에서 정유년으로 이어진 7년 전쟁이 막을 내렸다. 하나 일본과 명나라가 조선을 가운데 놓고 망하느냐, 두 조각 나느냐, 막대기를 밀고 당기듯 영토 분할 문제로 실랑이를 벌인 때 당사자인 조선은 방관자로 있었고, 백성들은 죽음 속에 내던져져 있었다. 그 처참하고 비통함에 책임을 진 사람은 하나도 없었다. 비천민인悲天憫人이라 했던가. 나라가 부패되어 참혹한 전쟁을 불러오게 했음에도, 그것을 통탄하며 백성들과 고통을 함께 나눈 사람이 누구였던가.

　승군 도총섭 휴정은 두류산에 있다가 왜놈들이 철수한 것을 보고 금강산으로 올라와 선조에게 글을 보냈다.

'소승의 나이 이미 팔십이 다 되어 근력이 다했습니다. 청컨대 승군을 지휘하는 일과 전쟁에 관한 일은 소승의 제자 유정과 처영에게 맡기고 도총섭 직인을 반납하겠으니, 옛날에 살았던 향산으로 돌아가게 해 주십시오.'

선조는 대사의 편지를 받고 그 뜻을 아름답게 받아들였지만, 대사의 나이 많음을 안타깝게 여기며 증호贈號를 내렸는데, '국일도대선사선교도총섭부종수교보제등계존자國一都大禪師禪教都摠攝扶宗樹教普齊登階尊者' 정2품 당상관직을 하사했다.*

청허당 서산대사는 실로 여러 해 만에 묘향산으로 돌아왔다. 보현사 천왕문 앞에 이르니, 하얀 눈썹이 두어 치쯤 앞으로 뻗쳐 눈을 가린, 여전히 홍안의 얼굴에 은백색 하얀 수염이 단전까지 내려온 풍회선자가 두 팔을 벌려 벅찬 가슴으로 휴정을 끌어안았다.

"운급칠첨雲笈七籤에 상청천上淸天이로다."*

---

* 賊退師啓日 臣年垂八十筋力盡矣請 以軍事屬於弟子惟政及處英 臣願納摠攝印還香山舊樓. 大芚寺志, 大芚寺志刊行委員會, 康津文獻研究會, 1997, p297 그때가 무술(만력 28년, 1598)년이었고, 지금 대흥사 성보박물관에 소장된 教旨에는 '萬曆三十年十月初十日'로 기록되어 있다. 선조실록 155권(1602, 임인, 만력 30년) 10월 7일 기록에는 '도총섭 직위를 이은 의엄이 화재를 만나 교지를 잃어버렸다는 사실이 기록되어 있으며, 여기에 유성까지 나시 교시를 나시 발급해 주기를 청하니, 선조가 그대로 따라, 만력 28년(무술)에서 만력 30년(임인, 1602)으로 늦추어 재발급된 교지가 현재 대흥사 성보박물관에 보존되어 있다. 宣祖實錄 155卷(1602, 壬寅) 10月 7日

* 노을이 끊어진 곳에 팔황노군(八皇老君)이 있어서 아홉 하늘의 선인(仙人)을 부린다는 말. 〈上淸〉

선仙가의 말로 휴정을 맞아 손을 맞잡고 천왕문 안으로 들어섰고, 도총섭 스님은 법당으로 들어가 참배를 마친 뒤 관음전에 처소를 정했다. 이튿날, 장곡을 불러 법회를 열어 국란을 당해 모두 일어나 열심히 나라를 지켜 낸 묘향산 승군들을 모이게 해, 크게 치하한 후, 이제는 승가 본연 모습으로 돌아가 더욱 열심히 수행 정진해 번뇌의 껍질을 벗고 깨달음의 세계에 이르라고 역설하였다.

바다가 변해 뽕나무 밭이 될지언정
밝은 깨달음의 요체는 무너지지는 않는다.*

게송을 읊어 말씀을 마치시고, 관음전에 머물면서 멀리서 인사를 드리러 찾아온 수좌들을 모두 만나 본 뒤 능인암으로 올라갔다. 물론 태능과 언기는 휴정 큰스님께서 보현사로 오시고 있다는 이야기를 듣고, 월림강까지 마중을 나가 모시고 돌아왔고, 세 사람은 다시 능인암에서 자리를 함께했다.

휴정이 단정하게 앉아 있는 언기를 바라보고 물었다.

"그동안 앉아 보았느냐?"

참선을 좀 해 보았느냐는 물음이었다.

"예! 원숭이 그림자를 본 듯하옵니다."

벌써 이야기가 달랐다. 휴정은 씩 웃고 다시 물었다.

---

* 任從海變桑田 未見虛空爛壞. 禪門拈頌 如是

"세존께서 문 밖에 서 있는 문수를 보고 말씀하셨느니, 문수여 어찌 문 안으로 들어오지 않는가, 하셨다."*

너 같으면 거기에 뭐라고 대답하겠느냐는 물음이었다. 그 말이 떨어지기 바쁘게 언기가 대답했다.

"문 안과 문 밖은 문턱이옵니다."

휴정이 흠! 하고 웃었다.

"한 풍광을 이룬 조각을 보았느냐?"

이번에는 좀 더 참모습에 접근한 물음이었다.

"베틀에 앉은 어머니가 북 속의 실을 끊임없이 나르기 때문이옵니다."

"옛 비단은 봄 풍경을 감추어 짜냈느니라."

"그것을 봄바람이 누설을 해 버렸으니 어찌하옵니까?"*

휴정이 고개를 끄덕이더니, 곁에 태능을 보았다.

"됐다. 이제는 보임保任을 하도록 하라!"

"예! 알겠사옵니다."

이튿날, 휴정은 원적암圓寂庵으로 자리를 옮겼다. 자리를 옮기자마자 풍회선자가 도포 자락을 휘날리며 찾아왔다.

"묘향산 나뭇잎 흔들리는 모습까지 보신다 하시더니⋯⋯?"

어떻게 알고 찾아오셨느냐며 방으로 모셔 다관을 화로 위에 얹었다.

---

* 一日見文殊在門外立 乃云文殊文殊 何不入門來? 禪門拈頌 入門
* 一段眞風見也麼 綿綿化母理機梭 織成古綿含春象 無奈東君漏泄何. 從容錄

"제가 마시는 차는 고량강이 든 불로차가 아닙니다."

"허허, 다선일미茶禪一味면 됐지, 불로자는 뭄 아닙디까?"

"그렇게 말씀을 하시니, 차를 우리는 제 손이 가볍습니다."

그러고는 차를 따른 찻잔을 선자 앞으로 내밀었다. 풍회선자가 찻잔을 집어 들면서 입을 열었다.

"천지가 장구하다고 하나, 그렇게 된 것은 내가 나만을 위해 사는 것이 아니기 때문 아니겠소? 그런고로 도를 얻은 선자들은 나보다는 남을 앞에 세웠으나, 결과적으로 내가 앞에 나선 것이 되었다, 그 말이외다."*

"무슨 말씀을 하시려고 쉬운 이야기를 그리 어렵게 하십니까?"

"남을 위함으로서 자신이 오래 남게 된다 하는 바, 청하여 묻습니다만 앞으로 이 묘향산에만 계시겠습니까?"

"허허허, 제가 있는 곳이 확인된다 한들, 제가 그곳에 실제로 있는 것이라 보십니까?"

풍회선자가가 고개를 끄덕였다.

"그러시다면 조선 천하가 다 스님이 계신 곳이다, 그 말씀이시네."

"그렇기야 하겠습니까만, 젊은 시절 두륜산에서 한철 보낸 적이 있는데, 산은 높지 않으나 기화이초奇花異草에 편시광경片時光景이 포백숙속布帛菽粟하여 긍장亘長의 구역으로 보았습

---

* 是以聖人後其身而身先 外其身而身在. 老子 韜光

니다."*

"두륜산이라면 남쪽 바닷가 해남현 아니오?"

휴정이 고개를 끄덕였다. 그 뒤로도 비슷한 이야기들이 이어졌으나 두 분의 담론에 무슨 의미가 새겨진 것인지 다른 사람은 잘 알 수 없는 내용이었다.

신축[1601]년 부산에 머물던 유정은 파괴된 부산성 신축을 끝냈고, 임인[1602]년에야 틈을 내 하양河陽현으로 올라가 산사에 머물렀다. 하나 조정에서 가만 놓아두지 않았다. 고슴도치 보고 놀란 놈은 밤송이만 봐도 놀란다고 왜놈들이 물러갔다고는 하나, 되돌아보면 조선 조정에서 할 일은 태산 같았다. 우선 시급한 문제가 일본에 포로로 잡혀간 백성들을 데려와야 하는데, 아무도 나서는 사람이 없었다. 그런 여론이 일 때마다 등장하는 인물이 있었으니 휴정이었다. 거기에 쓰시마의 소 요시토시가 조선의 재침을 꿈꾸며 자꾸 첩자를 보내온다는 소문까지 떠돌았다. 그렇잖아도 겁쟁이들인 유생들이 좀처럼 나서려 하지 않았다. 경상등도체찰사慶尙等道體察使 이덕형이 유정을 찾아와 상의했다.*

"일본으로 건너간 포로들을 데려와야 하는데 적격자가 없소이다."

* 기이한 꽃과 색다른 나무들이 잠시잠시 펼치는 풍광도 그렇거니와 밭에 콩과 서속이 비단을 펼쳐놓은 듯하여 길이길이 오래오래 이어질 곳으로 보았습니다.
* 宣祖實錄 144卷(1601, 辛丑) 12月 29日

"적격자라니, 경상등도체찰사 이덕형 대감만한 이가 어디 있겠소?"

유정이 이덕형을 추켜세워 친선 사절로 적격임을 거론했다.

"이덕형이라고 하면 왜놈들이 거들떠보지도 않을 터인즉, 어찌 그런 대임을 맡을 수 있겠소?"

이덕형도 일본 들어가는 것이 겁이 나는 듯했다.

"허허, 그럼 월천꾼에 난쟁이 빠지듯 다 빠지겠다는 게요?"

듣기에 따라서는 귀를 긁는 소리를 뱉어 냈는데, 선조 밑에서 커 온 정치꾼답게 이덕형은 내색을 않고 다른 데로 말을 돌렸다.

"솔직히 친선 사절로 말하면 도총섭 휴정 큰스님만한 이가 없지요."

"왜, 그렇게 보십니까?"

"휴정 스님 제자 유정만 해도 일본의 모든 장수들이 고개를 숙여 존경을 표하는데, 그런 사람의 스승이 친선 사절로 오셨다 하면, 일본인들이 모두 땅에 엎드려 존경해 맞을 것 아닙니까?"

이 사람 정치술이 선조를 닮았나, 속으로 그러고 있는데 이덕형이 말을 이었다.

"휴정 노사께서 나서 주시기만 하면 포로는 말할 것 없고 조선에서 가져간 귀중품을 모두 내놓을 것이라고 저는 물론, 조정에서도 그렇게 확신들을 하고 있소이다."

"나라를 위한 일이니 그야 못할 일은 아니오만⋯⋯."

유정이 고개를 끄덕이며 이덕형을 쳐다보았다.

"조정 중론이 그렇다면 먼저 휴정 노스님을 찾아가 허락을 받으시는 것이 순서 아니겠습니까?"

"그래서 제자이신 유정 스님께 먼저 의논 드리는 것 아니오."

"그렇기는 합니다만, 노스님께서 연세가 워낙 많으시니 허락을 하실지 모르겠습니다."

그 뒤로 유정은 그런저런 일들이 겹쳐 경상도를 떠나지 못하고 있다가 계묘[1603]년 봄에 틈을 내 금강산으로 올라갔다.

묘향산으로 돌아온 휴정 노스님은 세수가 84세임에도 산세가 험한 북녘땅 맹산孟山을 거쳐 덕양德陽으로 올라가 골짝골짝 사찰들을 돌아보고 불타 버린 검봉산劍鋒山 석왕사로 들어왔다. 예전의 그 웅대했던 사원이 온데간데없이 사라져 애처로움이 가슴을 태워 떠날 줄을 모르고 있다가 금강산으로 들어가 유점사로 갔는데, 뜻밖에 유정이 와 있었다.

"그동안 몸을 많이 무리하더니 아주 쇠약해졌구나."

노승은 유정을 먼저 걱정했다. 스승이신 휴정 노스님께서 임진·정유 두 왜란에 몸을 아끼지 않고 함께 나라를 위해 애써 왔건만, 아직 나이가 젊은 유정에게 치하를 아끼시지 않으니, 스승을 보살펴야 할 유정으로서는 되레 몸 둘 바를 몰라 고개를 들지 못했다.

"저는 노스님께 비하면 젊고 건강하옵니다."

그러고는 이덕형에게서 들은 이야기를 꺼냈다.

"조정의 여론이 노스님께서 친선 사절로 일본으로 건너가셔서 포로들을 송환해 오셨으면 한답니다. 노스님께서 일본으로 건너가셔야 일본의 정치를 새로 맡은 사람들이 조선에서 큰 어른을 친선 사절로 보내 맞게 되었다면서, 고개를 숙여 존경을 표할 것이라 하옵니다. 그래야 군소리 없이 포로 송환뿐 아니라 조선에서 약탈해 간 귀중품들을 돌려 보내줄 것이라고 의논들을 하고 있다 하옵니다.*

유정의 그 말에 휴정이 고개를 흔들었다.

"내가 그런 일을 맡기에는 나이가 너무 많구나. 그런 일이라면 자네가 더 적격일 게야. 자네는 전날 평청정도 만났으니, 그런 일이라면 누구보다도 요령 있게 잘 해낼 것이고, 또 조선에 그런 일을 해낼 만한 사람이 자네 말고 누가 있겠나? 자네가 그 일을 맡아서 성사시키게."

유정은 대답을 않고 듣고만 있었다.

"전쟁이 끝났다고는 하나 그대가 해야 할 일이 아직 많구먼. 일본에 새로 들어서서 정사를 맡은 사람들과 화호[和好]를 해야 할 일도 남아 있는 터에, 내가 보기에 그런 일을 맡을 사람은 자네뿐이고, 또 그런 일들이 모두 자네에게 맡겨질 것이야."

"이덕형과 같은 인재들도 있지 않사옵니까?"

휴정 노스님이 고개를 흔들었다.

---

* 宣祖實錄 152卷(1602, 壬寅) 7月 20日

"그렇지 않네. 전에 평양에서 이덕형이 평행장을 만나 화의를 이야기했다고는 하나 임진년의 일이고, 그 뒤로 왜군 실세로 올라선 평청정은 고사하고 평의지도 만나 보지 못한 사람이니, 자네만한 적격자가 없을 게야. 내가 보기에 그대의 어깨에 조국의 운명이 걸려 있음을 명심해야 할 것이야!"

노스님께서는 맨 처음 서생포로 평청정을 만나러 갈 때도 같은 말씀을 하셨다. 그러더니 다시 또 그 말씀을 하셨다. 나라의 중대한 고비가 있을 때, 앞에 나서서 매끈하게 일을 처리해 낼 인물이 유생들 가운데에는 드물다는 말씀 같기도 했다. 그러고는 당부 말씀을 하셨다.

"사람의 목숨을 살리는 일이니, 성의를 다하게."

유정이 대답했다.

"예! 알겠사옵니다."

그러고는 표훈사로 올라가시겠다고 해서 유정은 노스님을 표훈사로 모셔다 드리고, 이튿날 오대산으로 내려왔다. 한데 노스님을 표훈사로 모셔다 드리고 떠나면서 인사를 드렸던 것이 생전의 은사 스님께 드린 마지막 인사가 될 줄이야……

그때 유성룡은 탄핵 상태에서 풀려났다. 참으로 여러 해 만이었다. 문제는 북인들의 탄핵으로 조정의 어띠한 공문도 접근할 수 없는 상태에서, 이순신이 노량해전에서 전사했는데, 그때 유성룡은 노량해협에서 가까운 거리에 있지 않았다. 이순신이 전사한 지 4년이 되던 해, 징비록을 집필하면서 그 유명한 이순신의 명구 '전쟁이 급하니, 나의 죽음을 알리지 말라[戰方急 愼勿言我死]'는 말을 써넣었다.

사관의 평에 의하면, 유성룡은 '그토록 오래 직무를 수행하면서 임금에게 잘못[闕失]이 있어도 바로잡은 적이 한번도 없었고, 충직한 선비가 억울하게 죽음을 당해도 말 한마디 언급이 없는 예스맨으로, 김우옹은 국정 수행이 엉성하기 짝이 없는 국량이 모자란 사람'이라고 평가했다. 그런 사람이 다시 풍원부원군豊原府院君으로 복귀되었다.*

물론 유성룡은 이순신과 가까운 사람이었다. 하나 이순신이 원균과의 갈등으로 의금부에서 옥사를 치룰 때, 어떤 방법으로든 도움을 줄 수 있는 위치에 있었다. 함에도 외면을 했던 것인 바, 이순신이 순절하기 바로 전 영의정에서 파직, 가까이 있지도 않은 사람이 이순신이 죽으면서, '전쟁이 급하니, 나의 죽음을 알리지 말라.'는 말을 했다는 것, 이것 또한 수수께끼가 아닐 수 없다.

휴정은 계묘[1603]년 8월에 묘향산으로 돌아왔고, 보현사에서 법회를 열었다. 그리고 그해 가을 언기와 태능을 원적암으로 불렀다. 위의를 갖춰 조촐한 법의 자리를 마련해 언기를 앞에 앉혔다. 그러고는 손가락으로 허공에 둥근 동그라미를 그려 보이며 옛 게송을 읊었다.*

---

* 宣祖實錄 167卷(1603, 癸卯) 10月 7日

부처님이 나기 전에
변함 없는 동그라미
석가도 모른다 했거니
가섭이 어찌 전하랴!

古佛未生前
凝然一圓相
釋迦猶未會
迦葉豈能傳

그러고는 할!을 하셨다.

삼교 성인이 모두 이 구절에서 나왔으니,
누가 능히 말을 하겠는가, 눈썹이 빠질라!

三敎聖人從此句出
誰是擧者惜取眉毛

  곧 전법傳法이 이루어졌다. 벽계 정심, 벽송 지엄, 부용 영관
선사로부터 이어온 의발이 편양 언기에게로 전해졌다.

---

* 서산 스님은 허공에 둥근 동그라미를 그리고 옛 어른의 계송으로 말한다. 선가귀감 원순
역해, 도서출판 법공양, 2007, p23

갑신[1604]년 1월 스무사흗날이었다. 노스님께서 아침 일찍 자리에서 일어나셔서 목욕재계를 하신 후 위의를 갖추고 제자들을 불렀다. 곧 향을 사루시더니, 그 자리에 참석 못한 유정과 처영에게 전하라면서 편지를 써 놓으신 뒤, 제자들에게 유촉遺囑을 내렸다.

"내가 시적示寂한 뒤 의발을 호남도 해남현 두륜산 대둔사로 옮겨라. 두륜은 후미진 구석에 있어서 명산은 아니나 귀중하게 여기는 삼절三節이 있다. 첫째는 기화이초에 편시광경이 포백숙속하여 변하지 않고 오래갈 것이며 멸망하지 않는다. 둘째는 도성과 천 리나 떨어져 있어 임금의 덕화가 쉬이 미치지 않는 지역이지만 기운차게 소리를 내 모범이 되어 우매함을 깨우치게 될 땅이다. 셋째는 처영을 비롯한 모든 제자들이 남쪽에 있다. 내가 처음 출가해 두류에서 서로 불법을 들었으니 이곳을 종통宗統으로 삼는 것이 귀중한 일 아니겠는가?"*

그러고는 붓을 들더니 장난스럽게 당신의 화상畵像 뒷면에 대고 휘둘렀다.

---

* 惟政撰其行狀曰 先師入寂之日 遺囑弟子等曰 今我入寂之後 衣鉢傳于湖南道海南縣頭輪山大芚寺 仍令奉齋忌日也 頭輪僻在海隅雖非名山 俺有三絶爲重者 一則寄花異卉片時光景布帛菽粟亘久不滅 我觀頭輪卽是亘長之區 北有月出撑極天柱南有達摩盤結地軸 海嶽園護 洞府深邃 萬歲不毁之地也. 一則王化千里 緩急未暨 普天地下莫非王土 向國忠誠 難以興起 俺之功績雖無可稱 聖主深恩 憑此觀感則 後世豈無表樹風聲以警愚迷之俗也. 一則處英及諸弟子皆在南方 卽我出家之初相與聞法於頭流 此乃宗統所歸 顧不重歟 爾等遵我遺囑送衣鉢及主上所賜大禪師敎旨 移藏于頭輪山中 奉齋入寂之日 使弟子主管此事云云. 是白齊. 大芚寺志卷之三, 大芚寺志刊行委員會, 1997, p272

팔십 년 전에는 네가 나였는데
팔십 년 후에는 내가 너로구나

八十年前渠是我
八十年後我是渠

　이윽고 붓을 내려놓으시고 가사를 수한 뒤 가부좌를 하고
앉으시더니, 그대로 좌탈입망座脫立亡에 드셨다. 1천여 산문
제자들이 모두 땅에 엎드려 고개를 들지 못했고, 더러 손등
으로 눈물을 닦아 내는 사람도 있었으나, 누구 하나 소리를
내어 우는 사람이 없었다. 때마침 소식을 듣고 안심사 비구
니 스님들이 앞다퉈 올라와 원적암 분위기는 한결 더 숙연해
졌다.
　그때 하얀 도포에 하얀 수염이 배꼽 아래까지 내려온 풍회
선자가 산을 나르듯 원적암 뒤에서 나타나더니, 두어 치나
되게 하얗게 자라 눈을 가린 눈썹을 끔벅이며, 쩌렁쩌렁 울
리는 목소리로 입을 열었다.

　십중에 성품을 달구니 용의 불꽃이 솟아났다
　성품 중에 명을 굳게 세우니 흑룡강이 나타났네
　가슴속 아름다움이 연꽃으로 찬란하게 피어나
　세상의 빛을 관장함이 본래 그대였구려!

心中煉性龍火出
性中立命虎水生
心花燦爛蓮花生
元神却是自家人 ―性命合一圖

그러고는 바람처럼 날아서 단군대가 있는 곳으로 모습을 감추었다. 풍회선자가 선仙가의 성명합일性命合一 게송 한 수를 읊고 떠나자 원적암에 연꽃 향기가 가득히 풍겼다. 그래도 1천여 제자들은 땅바닥에 엎드린 채 꼼짝하지 않으니, 태능이 팔을 걷고 나섰다. 누구보다도 슬픔을 이기지 못한 장곡을 불러 묘향산에서 제일 큰 소나무를 베어 뒤주 모양의 관을 짜라고 했고, 뚜껑을 덮지 않은 서산대사의 관을 보현사 법당으로 이관해 빈소를 차렸다.

　유정이 대사의 입적 소식을 들은 것은 갑진[1604]년 2월 스무하룻날이었다. 북방의 추운 겨울 유정이 머물고 있는 오대산까지 거의 한 달 걸려 부음이 도착했다.
　유정은 곧바로 묘향산으로 향했다. 양평군 양근 오빈娛嬪역에 이르러 도성에서 달려오는 사신을 만났다. 연유를 물으니 어명으로 오대산에 유정을 만나러 간다는 것이었다. 자초지종 이야기를 들은 유정은 스승의 빈소로 찾아가던 발길을 돌렸다.*

도요토미 히데요시 이후 일본 실권자가 된 도쿠가와 이에 야스가 조선에 화평을 청하는 사신을 보내왔다. 하나 성리학으로 아무것도 모르는 백성들에게만 우쭐거리던 유생들 속에서 일본으로 들어갈 사신을 찾으니 모두 어깨를 움츠렸다. 아니 그 무서운 왜놈 나라를 어떻게 들어간단 말인가. 그럴 때 유생들은 모가지가 베어져 달아나도 아깝지 않은 유정만을 찾았다. 사관은 실록에다 '오호통재라!' 비탄의 목소리부터 터뜨렸다. 군사를 제대로 교련시키지 못해, 종묘사직의 원수도 갚지 못한 제공諸公들께서 하찮은 중 유정의 계책에도 미치지 못하다니, 오호통재라! 오호통재라! 그러고도 궁전에 높이 앉아 계책은 고사하고 나라가 위급할 때 목숨을 바치겠다는 자가 없으니, 이런 위기가 올 때마다 유정이란 사람이어야 된단 말인가.* 오호통재라 소리가 절로 나오는 내용을 남겼다.

유정이 눈물을 뿌리며 스승의 빈소로 가던 발길을 돌려 조정으로 들어가니, 유생들의 심뽀가 아주 더러웠다. 백성들은 이런 것을 '푸슬떡'이라고 한다. 저는 먹기 싫고 남이 먹는 것도 싫은, 더더구나 이물異物로 취급해 온 유정이라는 중이 나선 데 대해 모두 쌍지팡이를 흔들어 댔다. 본래 님을 베러

---

*묘향산으로 가는 그가 경기도 楊平郡 楊根 娛嬪驛에 이르렀을 때 그를 서울로 불러 올리기 위하여 급히 오대산으로 달리는 중인 勅使를 만나 그는 스승의 빈소에는 가지도 못하고 도중에서 왕명을 받아 서울로 오게 되었다. 金煐泰, 西山大師의 生涯와 思想, 博英社, 1975, p110

*宣祖實錄 171卷(1604, 甲辰) 2月 24日

하고 어려움을 같이해 온 우리 민족을 무엇이 이렇게 오기傲氣로 바꾸어 놓았을까.

사신은 여기에서 또 한마디를 놓치지 않았다. '불공대천의 원수와 강화하는 것만도 수치스러운 일인데, 풀잎만 먹고사는 일개 중놈[沙門]의 힘을 빌려 일을 이루려고 하다니, 고기 처먹는 자들[肉食者; 高官]의 소견머리가 참으로 비루하다 하겠다.' *

유정은 쓰시마를 거쳐 일본으로 들어갔다. 왜놈들은 송운松雲이란 이름만 듣고도 칭송을 아끼지 않았다. 유정은 도쿠가와 이에야스를 만나 명주로 만든 솜을 선물로 받고, 3천 500명에 이르는 조선인 포로를 송환해 돌아왔다.*

유정은 조정으로 돌아와 종2품 가선대부嘉善大夫 품계를 받고 묘향산으로 달려갔다. 유정이 보현사에 도착했을 때는 스승이신 휴정 노스님의 다비식은 물론 49재까지 끝난 뒤였다.

휴정 노스님의 49재가 끝난 뒤, 두 사람이 자취를 감췄는데, 한 사람은 풍회선자였고, 또 한 사람은 의엄 곽언수였다. 풍회선자는 연세도 그만하고 선도를 닦았으니, 선화했다고 할 수 있겠으나, 파사산에 성을 쌓고 근거지를 만들어 나라를 수호하는데 앞장을 서 온 그가 흔적을 남기지 않고 사라져 버렸다.

의엄은 어디로 갔고, 우리는 또 어디로 가고 있는가.

---

* 宣祖實錄 171卷(1604, 甲辰) 3月 14日
* 물론 3,500명의 포로는 연차로 송환되었다.

유정은 대사의 영전에 온 정성을 다해 예의를 갖춘 뒤, 묘향
산을 떠나 가야산으로 들어왔다. 홍련암으로 찾아가 지친 몸
을 추스린 후 당포로 내려가 연화도로 건너갔다.
　　연화도에 올라가 보니 보운, 보련, 보월 역시 온데간데없고,
토굴에 시 3편만 남아 있었다.

내 몸은 창해에 떨어진 한 알의 좁쌀
이제는 두어 자 작은 비석으로 여기에 있다
본성이 아니었던 삼세의 인연이 두렵지 않구나
달빛에 드러난 연꽃처럼 보운은 다른 사람이 아니네　-〈보운〉

滄溟一粟湧吾身
數尺短碑今在此
三世因緣恐不眞
寶雲蓮月豈他人 -寶雲

연화도인이 입적한 이곳
국왕에게 하고 싶은 말은 전생의 일이었네
큰 파도 거듭 밀려와 눈물이 옷깃을 젖게 한다
어찌 큰 바다의 원한과 위협을 숨길 수 있으리　-〈보련〉

蓮花道人入寂處

逢君欲説前生事
三浪何故淚沾襟
遺恨滄溟劫不深 -寶蓮

이 생에서 헤어지면 넋은 어두운 데로 사라져
기울어지고 없어지더라도 푸른 파도가 치는 바다 아닌가
격세의 인연을 다시는 논하지 말자
가슴속 은혜와 원한까지 깨끗이 씻어내 버리자 -〈보월〉

此生相別暗消魂
傾盡萬頃滄海水
隔世因緣更莫論
洗除胸裡恩與寃 -寶月

유정도 여기에 시 한 수를 적어 넣었다.

하늘과 땅 사이 신분이 미천해 서속처럼 붉을지라도
깊은 애증의 바다를 다시는 말하지 말자
긴 시간 흘러 주름 잡힌 얼굴 이미 항하의 모래가 되었거늘
삼천대천세계가 눈에 비친 꽃 아니겠는가 -〈유정〉

---

* 順天 昇州 鄕土誌, 1975, p275

仄身天地人紫粟
恨海情天更莫說
皺面恒河劫已沙
大千世界眼中花. —惟政*

서산대사께서 입적하신 뒤, 법을 이은 언기는 두륜산 대둔
사로 내려와 주석했고, 태능은 달마산 미황사로 내려와 언기
가 이은 서산대사의 법을 수호하는 역할을 했다.

—끝

| 작가의 메모 |

1

서산대사 이야기를 소설로 쓰려 하니, 불교를 모르고는 가
능치 않다는 것을 알았다. 선가귀감을 읽으면서 고심에 고심
을 하던 터에, 다섯 권으로 요청을 받았다. 트위터니, 페북이
니, 뭐 그런 것들이 미세먼지만큼 허공을 나는 세상인데, 다
섯 권씩이나, 깜짝 놀랐다. 처음에는 그냥 읽기 쉽게 딱 한 권
으로 끝낼 생각이었다.

일단 서산대사가 어떤 분인지 자료수집에 나섰다. 도서관
에 가면 틀림없이 서산대사에 관한 자료가 지천에 널렸을 것
으로 예상했다. 웬걸, 동국대학교 도서관을 3개월 넘게 출퇴
근을 하면서 자료를 검색했으나 서산대사에 관한 자료가 의
외로 눈에 띄지 않았다. 국회도서관도 사정은 같았다. 대단
히 실망했다. 서산대사께서 직접 저술하신『선가귀감』과『청
허당집』김영태 교수가 쓴『서산대사의 생애와 사상』이라는

260여 페이지짜리 문고판이 전부라 해도 과언이 아니었다. 하여간에 잡지, 학술지, 논문집 할 것 없이 '서산西山'이라는 제목만 붙었으면 모두 모아들였다. 그래 보았자 몇 종류 되지도 않았다.

2

일단 모았던 자료들을 살펴보니, 서산대사가 조선 불교사의 한 중심에 서 있었다. 그 점이 머리를 짓눌렀다. 거기에다 임진왜란이 배경이었다. 어찌된 판인지 임진왜란을 소재로 한 대하소설만 해도 여러 편이 출간되었으나, 공교롭게도 서산대사를 비롯한 의승군과 의승수군의 활동이 많이 빠져 있었다. 사서를 보면 당시 유가들 시각으로 승려들 이야기가 누락, 폄훼, 왜곡되기는 했지만 왕조실록을 비롯한 여러 사료에 버젓이 나와 있는 의승군과 의승수군의 활동이 빠져 있다는 것은 현대에 와서까지 역사를 왜곡한 것 아닌가 하는 생각을 떨쳐버릴 수 없었다.

여기에 이르니 애초 한 권에 이야기를 담으려 했던 생각이 가당치 않게 생각되었다. 다섯 권으로도 내용을 다 소화할 수 없다고 생각되어 10권으로 늘려 구상을 끝내고, 집필에 들어갔다. 주변에서 '소설시대'에 무슨 아날로그 방식이냐고 비아냥거려도, 조선 불교사를 소설로 쓴다는 생각을 바꾸지 않았다.

3

처음 5권을 출판해 선을 보였는데, 생각지도 않은 반응들이 들어왔다. 특히 대학 선배이신 신봉승 선생님이 '배짱 있는 문체에, 불교 소설의 백미'라는 칭찬을 아끼지 않으시면서, 왜 중심인물을 파고들지 않고 주변 이야기가 많느냐는 지적과 함께 다음부터는 중심인물을 파고들라는 방향을 제시해 주셨다. 그 지적은 폐부를 꾹 찔렀고, 그 이후의 내용에 그 점을 반영한다고 했으나 그렇게 되었는지 어땠는지 필자로서는 가늠이 안 되어 답답할 뿐이다.

다음은 가까이 지내는 문학평론가로부터 '소설에 무슨 각주가 달렸냐.'는 지적이었다. 각주가 소설의 권위를 반감시킨다는 지적으로 받아들여졌으나, 각주를 달게 된 것은 극히 단순한 생각에서였다. 요즘은 예전과 달리 소설도 남의 글을 한 줄만 가져오거나 베껴 쓰면 '표절'이라 하여 언론과 인터넷에 꼬리가 붙어 다녔다. 그렇다면 뭐 그럴 것 있느냐, 출처를 밝히자, 출처를 밝혀 놓으면 최소한 '표절'이란 소리는 듣지 않을 것 아니냐, 그러다가 보르헤스의 작품을 읽게 되었는데, 이분 소설에도 각주가 많이, 길게 달렸음을 보게 되었다. 물론 보르헤스 소설과 소설 『서산』의 각주가 같은 맥락이라는 이야기는 아니다.

그러다 보니 우리 주변에 그 흔한 창작이라는 것이 무엇인가 하는 생각을 깊이 하게 되었고, 거기에 새삼스러운 관심을 기울이게 한 계기가 되었다.

4

소설 『서산』에서는 두 가지 문제에 시각을 달리했다. 임진
왜란의 여러 연구서에는 관군과 의병들의 싸움이 수도 없이
이야기되었으므로, 이 소설에서는 의승군 문제와 의승수군
문제에 지면을 할애했다.

군대의 규율이 승가의 내규를 표방했다는 이야기는 오래전
부터 전해 온 이야기이다. 군대나 승가나 집단생활이 전제되
어 그 내규가 집단을 통솔하기 용이하게 제도화되어 있다는
점은 다 알려진 사실이다. 하지만 나라에 전쟁이 났다면 이
름만 관군인 당시 잡색군보다는 제도적으로 기동성 있고, 단
결력이 공고할 뿐 아니라 명령 계통이 확실하게 서 있는 승
군이 구경만 하고 있었겠느냐는 문제를 다룬 내용의 소설은
찾기 어려웠다.

두 번째는 논개가 왜장을 안고 남강에 빠져 죽었다는 내용
이다. 손가락에 모두 가락지를 끼고 왜장을 껴안으니 빠져나
가지 못했다는 이야기는 합리적으로 이해가 잘 안 되었다.
아무리 두꺼운 가락지를 끼고 팔까지 껴안았더라도 손가락
하나만 뒤로 젖히면 쉽게 깍지가 풀린다. 설령 적장이 술에
취했더라도 의암義巖으로 건너뛸 정도였으면 정신을 잃을 만
큼 취하지 않았음이 입증된 셈이다. 더구나 전쟁터에서 단련

된 왜장이고 보면 여린 여인의 손가락 하나쯤 뒤로 젖히지 못했겠느냐는 의문과 함께, 조선 중기의 평균수명이 사, 오십에 불과하던 시대에 인의를 가문의 자랑으로 여겨 온, 육십이 넘은 사대부 노인이 논개를 첩으로 두었다고 하는 전설은 너무 쉽게 꾸며 낸 내용 같아 쉽게 납득이 되지 않았다. 더구나 양가집 규수도 아닌 열여덟 살 기생이 육십이 넘은 노인을 사랑한 나머지 왜장을 껴안고 죽었다는 동기 또한 당시 조선의 풍습으로 미루어 볼 때 설득력이 약하다고 생각되었다. 여기에 보다 확실한 동기부여를 위해 어머니를 죽인 원수를 갚는 것으로 바꾸었다.

5

2013년 2월 소설 『서산』 8권이 나왔는데, 여러 사람들로부터 서산이 실명소설이냐는 질문을 받았다. 소설 서산은 실명소설이 아니다. 서산대사의 유년 시절은 청허당집 '상완산노부윤서上完山盧府尹書'에서 가져왔을 뿐이고, 조선 불교사로 생각하고 집필했기 때문에 재미가 없더라도 역사를 왜곡하지 않으려고 무던히 애를 썼다. 그래서 유가들 이야기는 거의 실명이고, 읽는 맛을 더하기 위해 다소 과장이 없는 것은 아니나, 내용에 각주를 달면서 사료에 바탕을 두고 기록했다. 한데 승려 쪽 이야기는 정반대였다.

도서관 같은 데서 사명대사 자료는 더러 눈에 띄었으나 서산대사 자료는 잡문조차 찾아보기 어렵다는 이야기는 앞에서도 했다. 조선조 대표적인 고승의 자료가 이러한데, 자료를 갖추고 있는 고승이 몇 사람이나 될까. 비문도 찬자撰者가 대부분 유가들인데다 행장 자체가 스님들 이야기를 듣고 유가들 시각으로 쓴 내용이 전부라 해도 과언이 아니었다. 그마저도 조선 중기 스님은 몇 분 되지도 않았다. 후세 학자들이 발표한 논저들이 없는 것은 아니나 불교의 경전 해설 같은 내용들이 대부분이어서 소설로 엮어 내기에는 필자의 역량이 너무 모자랐다.

더구나 서산대사가 생존해 있던 시대의 스님들 가운데 시나 게송을 남긴 저서가 전혀 없는 것은 아니나, 그 외의 스님들은 대부분 이름만 전해지거나, 이름조차 없는 분들이 전부여서 픽션으로 엮을 수밖에 없었다. 그러했음에도 유가들 내용에 비춰 보면 서산대사 이야기가 실명소설처럼 인식되었던 것 같았다.

더욱 놀라운 사실은 조선 중기 왕조실록만 보아도 유생들이 사찰로 올라가 숙식을 하면서 승려들을 심부름꾼으로 과거 공부를 하는 것까지는 좋았으나, 걸핏하면 법당에 모셔 놓은 신앙의 대상을 굴려 내거나 사찰을 파괴하고 불태우는 일이 다반사로 기록되어 있다. 더구나 사찰 재산을 향교의 재산으로 바꿨고, 더러 개인 이름으로 바꿔 탈취하는가 하면, 불교를 탄압하면서 승려를 원수 보듯 하는데도, 중종실록에

신륵사에서 축령이란 승려가 과거를 보러 올라가는 경상도 유생들이 행패를 부리자 혼찌검을 냈다는 기록 외에, 승려 가운데 어느 누구 한 사람 유생들에게 대응하거나 저항하거나 욕을 했다는 자료를 찾지 못했다. 그 점이 불교를 아주 달리 보게 했는데, 역설적이게 바로 그 점이 소설 『서산』을 엮어 나가게 만들었다.

6

소설 『서산』 10권을 탈고하는데 5년 걸렸다. 1년에 2권씩 집필을 끝낸 셈이나, 능력이 모자란 작가이다 보니 시간이 너무 짧았음을 고백하지 않을 수 없다. 그래서 내용을 보면 어수룩한 데가 눈에 띄고 거친 문장을 만나게 된다. 그렇긴 하나 불교의 선을 이야기하면서, 선문염송이나 전등록 같은 선서禪書에서 이미지를 가져오긴 했지만 대거리의 대화는 창의적으로 바꾸려고 무던히 애를 썼던 것도 사실이다.

새삼스러운 것 같지만 소설 『서산』을 쓰면서, 과거를 단순히 근대의 전사前史로 파악하지 않았고 파묻혀 있는 것들, 잊혀진 것들에 주목함으로써, 궁극적으로 역사적 변화 속에서 인간의 조건에 대한 깊이 있는 통찰이 도모되어야 한다는, 리하르트 반 뒬멘의 이야기에 주목했던 것도 사실이다.

내용과는 상관없이 소설이 '어려워서 못 읽는 것은 독자의 책임이지 작가의 책임이 아니란' 이야기 때문에 어려운 불교

적 용어와 한문 문구를 그대로 놔둔 것은 아니었다. 시간에 쫓기다 보니 어려운 불교용어는 물론 특히 도교와 유학의 용어를 가슴속으로 깊이 삭이고 소화해 내 소설 문장으로 재생산해 내지 못했던 점 아쉬움으로 남는다. 다음에 기회가 주어진다면 그 점에 손을 댔으면 하는 바람이며, 지금은 다 폐사가 되었겠지만 북한의 현지 사찰을 답사할 수 없었던 것이 가슴 아픈 점으로 남아 있다.

7

소설 『서산』이 나오기까지 감사를 드려야 할 분들이 너무 많다. 특히 대흥사에 집필실을 내주고 책이 완간되어 나오기까지 뒷바라지를 아끼지 않으신 대흥사 주지 범각 스님께 감사드린다. 글을 쓰는 데 용기를 잃지 않도록 항상 미소로 격려를 해 주신 대흥사 회주 보선 큰스님께도 감사드리며, 진주에서 사천, 통영, 바다 한가운데 떠 있는 섬 연화도까지 답사를 함께해 주신 석운 스님께도 감사드린다.

누구보다도 1권부터 10권까지, 출판사에 원고를 넘기기 전에 꼼꼼히 살펴 읽고 지적해 주시고, 의견을 개진해 주신 대구대 명예교수 김춘일 박사님께 깊은 감사를 드린다. 또한 여러 자료를 보내 주시고 지리산 의신골을 중심으로 폐사지를 찾아다니며, 서산대사와 관련된 이야기를 빼놓지 않고 설명해 주신 경상대 손병욱 교수님께도 감사드리며, 멀리 모스

크바에서 이메일로 또는 전화로 일본과 관련된 가톨릭교 예수회의 내용과 성경 내용을 보내 주신 레포르마 신학대학원장 이상길 박사님께도 감사드린다.

서산대사가 지리산에서 금강산으로 올라가셨을 길을 추적해 동해안을 거쳐 오대산에서 건봉사에 이르기까지 11일 동안 답사를 함께해 준 후배 김기록 사장님께도 감사드리며, 늘 잊지 않고 격려를 아끼지 않으신 경희대 박이도 선배님과 소설가 백시종 선배님께도 감사드린다. 대흥사 사부대중 여러분께도 깊은 감사의 말씀을 드리며, 끝으로 이 책을 맡아 출판해 주신 연인M&B 신현운 대표와 직원 여러분께도 감사드린다.

2014년 서산대제 제494주년 4월

대흥사 정진당에서

신지견